致青春 067

我的世界級榮耀

（上）

烏雲冉冉　著

高寶書版集團

目錄
CONTENTS

楔子

鐘銘坐在艾倫辦公室裡的沙發上，手指在手機螢幕上胡亂地點了點。因為一局比賽，此時的論壇又沸騰起來了。

『This is not the VBN that I knew. He is too sucks.』

（這不是我知道的ＶＢＮ，太菜了！）

『The era of VBN is over, so is the era of TK, trophy is better to be left to the rising stars.』

（ＶＢＮ的時代過去了，ＴＫ的時代也過去了，獎盃還是留給後起之秀吧！）

『TK never get any decent score since that incident.』

（那件事之後，ＴＫ就再也沒有什麼像樣的成績了。）

這樣的評論幾乎擠爆了論壇，當然也有不一樣的聲音。

『Without TK, VBN can not go into the finals, now you guys go so far as to scold him!』

（如果沒有ＴＫ，ＶＢＮ連決賽都進不了，你們竟然在這罵ＴＫ？）

『Without TK, VBN is not worth a red cent! 』

（沒有ＴＫ，ＶＢＮ什麼都不是！）

『TK shouldn't take responsibility for losing the game!He has done well enough! 』

（我不認為這場比賽輸了是ＴＫ的錯，他已經做的足夠好了。）

『When he wins，they will praise, on the contrary, they will scold. Are there any fans who truly love esports in this area?』

（贏就誇輸就罵，電競圈就沒有真愛粉嗎？）

可是這種聲音很快就會被另一種聲音淹沒。

『What he performed really disappoints me !』

（打成這樣真的愛不起來！）

『The halo of TK is the only thing that he has left. If he registers another ID and plays again, who can recognize it is the style of TK?』

（他也就是還揹著ＴＫ的光環，重新註冊的個小號打路人誰能看得出這是ＴＫ的操作？）

『This year's international invitational tournament, VBN should send others to the game.』

（今年的國際邀請賽，ＶＢＮ還是派其他人上場吧！）

鐘銘隨意看了幾則，直接拉到頁面最下方，留言竟然已經一百多頁了。

耳邊經理艾倫還在碎碎念。

「What the hell did you play? Don't you know the teamwork? T-E-A-M! Feel so cool playing alone? Think you are a hero? Train a monkey for a month and he'll beat you! It's the dumbest decision I've ever made to make you captai! You forgot who back you to the position today?」

（你打的這是什麼狗屎！你不懂什麼是團隊配合嗎？團－隊！覺得自己單幹很帥是嗎？覺得自己是個英雄？一隻猴子訓練一個月都比你打的好！讓你當隊長簡直是我最蠢的決定，你忘了當初誰把你捧到今天這個位置上的？）

鐘銘聞言微微皺了皺眉：「有完沒完？」

艾倫不懂中文：「What are you saying？」

鐘銘冷笑一聲，站起身來，沒什麼溫度的視線緩緩移到艾倫的臉上：「你不是後悔嗎？I said 'just cancel the contract'！」

波士頓的夏季炎熱潮濕，到了傍晚時分才有些許涼意。

從俱樂部裡出來，鐘銘信步走向不遠處的一個小廣場。太陽西斜，將他散漫不羈的身影長長地投在了餘熱未退的地面上。時不時有三三兩兩的美國男孩從他身邊路過，說笑聲清澈響亮，打破廣場上的寧靜。

不知不覺中時間已經進入了六月，一年一度的畢業季悄然而至。

他不由得想到三年前，也是這樣的季節，如果那時候他選擇回國，或者選擇一份像樣的工作，而非加入ＶＢＮ成為一名職業電競選手，現在又會是什麼模樣？

他找了張長椅，懶懶地坐下，空掉的可樂易開罐在他手裡「嘎嘎」作響。晚風習習，帶來一絲涼意。他輕輕吐出一口氣，已經不記得多久沒有像現在這樣放空自己了。

「銘哥！」

有人喊他的名字，他回過頭，看到陳宇氣喘吁吁地從遠處小跑了過來：「銘哥，你真的想好了？」

鐘銘笑了笑，抬手將手上的易開罐準確無誤地投入幾公尺外的一個垃圾桶裡。

「國際賽馬上開始了，你這時候離開豈不是要錯過了？」

「去年不是也沒參加嗎？無所謂的。」

陳宇頓了頓，還是說：「就算你不在乎能不能參加國際賽，但是銘哥，你的合約還有兩個月就到期了，你再撐兩個月就可以省一百萬了！」

陳宇說的一百萬，是美金。其中五十萬簽約費要原數返還，還要賠償違約金五十萬。

鐘銘入行三年，大三那年因參加了當時的全美ＬＯＴＫ高校聯盟比賽而一戰成名，被ＶＢＮ現在的老闆——就是前ＶＢＮ一號位艾倫看中，並簽了下來，順理成章地踏入了職業電競圈。

其實那時候的ＶＢＮ剛成立不久，沒戰績、沒名氣，唯一被人知道的就是艾倫。艾倫的個人操作水準毋庸置疑，即便退役多年的今天，偶爾跟鍾銘Solo兩局，也是有輸有贏。只是，管理一家俱樂部不是只要懂LOTK就可以的。

一時的腦子發熱加入這樣一支戰隊，但他從來都沒有後悔過。這幾年他帶著VBN東征西討，出戰各類比賽，可以說是一手締造了北美電競第一豪門。

戰隊漸漸擴大，相比富得流油的艾倫，作為拿過世界冠軍的「TK教主」卻因為很少參加商業活動而顯得清貧了點。所以一百萬美金對他來說也不是個小數目。

陳宇還在試圖勸說他：「你管粉絲說什麼，今年的國際賽再拿個冠軍就行啊！再說艾倫那張嘴你也瞭解的，別跟他計較。就兩個月了，到時候續不續約隨便你。就算……非走不可，那也找好下家來支付轉會費啊！」

「下家？哪還有下家？」鍾銘懶懶地斜靠在椅背上，對著一臉不解的陳宇說，「VBN是這樣，其他地方也都一樣。」

陳宇看著他，不知道該說些什麼。面前的男人曾是他少年時的偶像，也是因為他，自己才走上了職業電競選手的路，最初也想著要一起捧起世界冠軍的獎盃的，可是後來，一切都在變，包括俱樂部，也包括他們本身。

良久，陳宇問：「那你以後打算怎麼辦？」

鍾銘深吸一口氣，抬頭望著遠處亮起的燈塔，過了半晌說：「回國。」

第一章　*LOTK*

六月的波士頓已經非常炎熱了，好在周彥兮即將從某野雞大學學成回國。不過回國前，她還想再漂漂亮亮打幾局遊戲，畢竟回國後，Gay 密小熊不在身邊，想再玩人多人組隊排位就難了。

行李已經打包好立在門口，周彥兮蹲在電腦前，電腦畫面停留在遊戲組隊中的畫面，己方五人早就準備就緒，只是遲遲沒有人來應戰。

他們玩的這款遊戲名叫ＬＯＴＫ（League of the Kings），是美國ＬＩＮ公司開發的一款五對五英雄對戰ＭＯＢＡ競技網遊。通過摧毀對方防禦塔以及基地水晶來獲取勝利。這款遊戲在全世界各地擁有大量玩家，每年舉辦的世界級電競大賽中，ＬＯＴＫ國際賽始終是最受關注的。

周彥兮等得有點不耐煩了，跟網路對面的小熊抱怨道：「這些人怎麼搞的？進來看一眼就走，跟誰打不是打？浪費時間！」

這種情況也不是一天兩天了，小熊早就習慣了：『進來看到妳還有膽留下的全服也沒幾個。』

周彥兮樂了：「我有那麼厲害嗎？」

小熊對著空氣翻了個白眼：『人家為什麼怕妳，妳自己心裡沒點數嗎？』

平臺上的玩家千千萬，能被人記住的只有兩種，一種是像小熊這種，操作好的，榜單上占有一席之地的，還有一種情況，目前只有周彥兮做到。

周彥兮此人的水準在普通玩家裡可能算是好的，但是真正讓人對她聞風喪膽的原因，說來卻有點可笑。

打遊戲嘛有輸有贏很正常，有人輸了會喪氣，有人輸了會生氣，但周彥兮跟所有人都不一樣，她輸了非但不會生氣，反而還會莫名其妙地生出幾分「棋逢對手」的快意。所以一旦遇上高手，她也不管人家有什麼想法，只要她心情來了就會沒玩沒了地追著人家「討教」。

一開始也沒人把她當一回事，直到一張據說是她本人的照片被曝光後，她就在一夜之間成了遊戲平臺上的名人——見她不躲的好像都不是直男，畢竟正常男人見了「她」的第一個反應都應該是避開的。

不過今天運氣還不錯，又等了一會兒，對面的五人也終於齊了。

周彥兮正思考著等等要用什麼英雄，忽然聽到耳機裡小熊說：『對面應該也是個黑店[1]，以前見到過他們。』

她看了一眼對面幾人的ID，貌似是有些印象：「他們幾人黑？」

『好像是四人，還有一個是路人。』

「那我們五打四，穩贏！」

小熊冷笑一聲：『我看還是別太樂觀。』

遊戲很快開始，周彥兮首選了自己還算熟練的英雄白牛。

小熊想著這可是波士頓最後一晚了，怎麼也要讓周彥兮開心才行，於是說：『等等給妳個優勢路，妳隨便 Farm（打小怪賺錢）一下，不指望妳 Gank（兩人以上並肩作戰，抓人）了，別送人頭就可以。咦，那個路人正好去下路，妳跟他對線應該輕鬆點。』

「嗯嗯，懂。」

周彥兮一看這位「路人」用了個小脆皮宙斯，立刻就樂了——宙斯前期這點生存能力跟皮糙肉厚的白牛對線，吃虧是註定的。

遊戲前幾分鐘，周彥兮還是按照小熊囑咐的在認真 Farm。她的 Farm 能力一直不錯，而且又是用她順手的英雄，沒幾分鐘就更新了一次裝備。

從商店出來時，她意外發現對面的「路人」正好半血，而且站位也的確有點風騷……「一血[2]」還沒出現，這難道是等著送她的畢業大禮嗎？

於是周彥兮躲到陰影處偷偷地點了個「衝」技能，就見螢幕上她的那隻白牛原地刨了幾步，然後直勾勾地衝向了對面塔下正兢兢業業補兵的宙斯。

然而，宙斯就像是有感知似的，在她快要摸到他的一剎那，迅速放出個「雷擊」技能打斷了她的「衝」技能，然後還沒等她反應過來，就直接被對方一串連招放倒了。

系統提示音立刻響起：「First blood！」

耳機裡傳來小熊的慘叫：『大姐，這才幾分鐘，妳就開始送頭了？』

周彥兮正想解釋一下，發現螢幕上突然出現了一行中文：『這麼急著來送烤豬？可惜神仙吃素。』

傳訊息的人叫Shadow，正是那個路人的ＩＤ！

周彥兮一口氣堵在胸口：「誰說我是豬，這分明就是牛！」

『噗……』

笑聲此起彼伏地從耳機裡傳來，是小熊和其他幾個隊友。

受此奇恥大辱，周彥兮當即咬牙切齒地說：「看來今天不是畢業局，這分明就是恩怨局！兄弟們，給我殺！」

小熊無比同情地嘆了口氣：『這傢伙完了……』

小熊的技術不俗，請來的兄弟也都是平臺上響噹噹的人物。本來就是為了踐行開的局，也就玩得有點隨意，聽周彥兮說要殺宙斯，幾人立刻配合起來，展開了全場針對宙斯的Gank。

正常情況下，這麼惡意地去針對對方某一個人，這人肯定不會再有翻身的機會。正常人會乾脆退出遊戲吧？可是這個叫Shadow的傢伙，就像是開了圖[3]一樣，他們上一秒組團去抓他，他下一秒就會立刻從地圖上消失，其中幾次甚至還帶領著隊友反埋伏，搞得小熊他們無比被動。

遊戲才進行到二十分鐘，小熊率先打出「ＧＧ[4]」。

第一局結束，但是兩方似乎都意猶未盡，很快進入第二局。

起初，小熊他們還抱著幻想，認為對方贏了第一局是己方太過衝動，可是到後來，第二局、第三局、第四局下來，他漸漸發現，不管他們如何切換戰術，如何小心謹慎，結局都是一樣。對方那個四人黑店倒還好說，就是那個路人Shadow技術不是一般的好。他就像發了瘋似的，帶領著隊友瘋狂的Gank他們，幾乎不給他們任何喘息的機會……

就這樣一個晚上過去了，周彥兮竟然一局都沒有贏。她看著窗外漸漸泛白的天空，絕望地登出遊戲——再不走，飛機都要趕不上了。

剛關上電腦，小熊的電話很快打了過來。

『要撤了？』

「嗯。」周彥兮無精打采地應了一聲。

『遊戲而已，別放在心上。』

「剛才你也看出來了，他專門追著我殺！分明就是針對我！」

小熊心不在焉聽著她的抱怨，點擊遊戲好友欄，試圖添加「Shadow」為好友。申請傳送出去後，他這才笑著回應周彥兮：『究竟是誰針對誰啊？』

還有一句話他沒有說——那個Shadow並沒有專門追著誰殺，而是追著他們所有人殺！那操作，真的好得沒話說！

小熊剛生出點「英雄識英雄，惺惺惜惺惺」的感慨，「叮咚」一聲，系統顯示有新郵件，他連忙點開，只看了一眼火氣就竄了上來——那個Shadow拒絕了他的好友申請，而且理由竟然只有一個「菜」字！

納尼？他可是被北美第一俱樂部VBN邀請過的！竟然說他菜？

一向「溫文爾雅」的小熊頓時深吸一口氣，對著電話破口大罵道：『這個死變態，自以為很了不起是不是？小爺我還沒有使出全力呢！他得意個屁呀！自大狂！變態！心理缺陷！』

周彥兮愣了愣，稍稍把手機拿遠一些。看來這一個晚上，被虐的不止她一個人，小熊好像也好不到哪去。想到這，她不免覺得有點抱歉，反過來安慰起好友：「好啦，別氣了，我記住他的ID了，以後我們再找機會贏回來！不過現在我得去機場了，回國見。」

『嗯！妳先回去，哥隨後趕回，到時候帶妳重返戰場！』

退出遊戲，鐘銘站起身去櫃檯結帳。贏了一整晚，卻沒什麼成就感——對方水準太差，讓他提不起任何興致。不過沒辦法，他原來的帳號一上線肯定會立刻引來路人圍觀，所以只能登錄之前用過幾次的小號，小號級別低，進不去太高級的房間，就當是釋放壓力了。

結完賬，網咖外的天已經亮了。推開門走出去，迎面吹來溫熱的晨風。有那麼一剎那，他以為自己還在波士頓。

他動了動有點僵硬的脖子，朝著對面酒店的方向走去。

「那個……等一等！」

好像是在叫他。

不明所以地回過頭，就見一個清瘦的男孩站在身後距離不遠的地方，見他回頭，朝他尷尬地笑了笑。

鐘銘想起來了，這孩子就是剛才在網咖裡坐在他旁邊的那個。

他微微挑眉：「有事？」

男孩走上前：「大哥，你ＬＯＴＫ玩的真好，能不能教教我？」

鐘銘掃了他一眼，男孩看起來也就十七、八歲的樣子，模樣乾乾淨淨，看穿著打扮，應該是還在讀書。

他沒打算多停留，轉身繼續走：「好好讀書，少打點遊戲。」

本以為這樣的拒絕能讓這少年死心，可沒想到這少年卻一直跟著他：「不是暑假了嗎？大學暑假又沒作業，讀什麼書？我真的很喜歡打ＬＯＴＫ，也最崇拜你這種操作很神的人，拜託你教教我吧！」

鐘銘背對著他擺擺手：「你的操作我看到了，還是好好讀書吧。」

「我現在菜不代表以後菜啊？ＴＫ教主有句話說『不到最後一刻，都有翻盤的機會』，我才十八歲，怎麼就不能打好遊戲了？」

聽到這話，鐘銘停下腳步，回頭看了一眼：「你喜歡ＴＫ？」

「打ＬＯＴＫ的人誰不喜歡他？我就是因為看過一場他的比賽才開始打ＬＯＴＫ的，從此一發不可收拾！他是我長這麼大唯一的偶像，早晚有一天我也要成為他那樣的人！」

熬了一晚上，此時的鐘銘突然覺得有點倦意。他習慣性地伸手到褲子口袋裡摸了一下，這才想起來菸應該是忘在網咖了。

「有菸嗎？」他隨口問道。

少年愣了一下，眉開眼笑地掏出菸雙手奉上。

鐘銘接過菸盒，拈出一根含在嘴裡點上。又看了一眼少年，然後將剩下的半包菸連帶打火機直接揣進自己的口袋，含含糊糊地回了句：「就當學費了。」

一秒、兩秒、三秒……

少年臉上綻放出笑容：「這麼說你答應教了？太好了！」

鐘銘冷笑：「就你這反應速度……自求多福吧。」

少年撓了撓頭笑：「能留個電話給我嗎？」

鐘銘看了他一眼，伸出手：「手機。」

遞上自己的手機，周俊看著他修長的手指飛快地在鍵盤上點了幾下，心中不禁感慨——就是這雙手，敏捷靈活，局局超神[5]！不過……他的視線移到鐘銘的臉上，他已經看了一晚上了，不知道為什麼總覺得有點眼熟。

目送著鐘銘進了酒店，周俊低頭看手機，剛才他在他手機裡輸入的名字是：Shadow。

歸國的周彥兮被父母安排進了一家事業公司，每天上班唯一的正事就是等著下班，日子過得無比悠閒。後來她發現同辦公室的大姐經常早退，於是也有樣學樣，經常在下午偷偷溜出來，叫上正在放暑假的弟弟周俊去網咖打遊戲。

雖然是一起玩，但是卻是各玩各的。周俊的想法很簡單——每次跟周彥兮雙排必輸，所以能不雙排就不雙排。當然周彥兮也不太瞧得上自己小弟的技術。

又一次團戰被秒殺，等著英雄復活的空檔，周彥兮瞄了一眼隔壁小弟的操作，發現半年沒見他水準見長，一堆菜鳥裡也能混個MVP。

「運氣不錯。」

「什麼叫『運氣不錯』？我最近可是得到大神指點了。」

周彥兮沒接話，幾秒之後她的英雄也復活了。

周俊瞟了一眼她的螢幕：「呦，怎麼玩起宙斯了？」

要知道，他姐的英雄池實在淺得可憐，LOTK一共一百零八個英雄，他姐會用的一隻手都數的過來。宙斯這個英雄他好像還是第一次見她玩。

而周俊這隨口一問，卻讓周彥兮又想起回國前的恐怖一夜，十幾局中那傢伙竟然有六次用到宙斯，所以宙斯這個英雄是讓她印象最深刻的。一開始她以為是這英雄在這個版本強勢，就想著以後一定要好好研究一下，可是真的輪到自己操作後才發現根本不是那麼回事。

周俊說：「我說的那個大神，宙斯玩得特別好！」

周彥兮心不在焉地應付著：「什麼大神啊，伺服器榜單上有他嗎？」

「他不玩國內伺服器。」

「瞧不起國內玩家啊？」

周俊立刻替他家大神辯解道：「應該只是個人習慣吧。」

「這是理由嗎？也就唬你這種小孩。」

這話成功激怒了周俊，第一，她質疑他家大神的水準，第二，她又叫他小孩。

「不信回頭我約上他，我們打一局。」

「Solo 嗎？」

LOTK一般都是五比五，在這種規則下，除了玩家本身操作，意識和團隊配合也顯得十分重要。但是 Solo 不一樣，因為是一對一，也就談不上什麼配合了，而周彥兮缺的就是團戰時的意識。所以，Solo 對她而言贏的面更大一點。

可在周俊看來，即便是 Solo，周彥兮在他家大神面前也猶如螻蟻一般，不堪一擊。

周俊笑：「我看還是算了，萬一我家大神被妳盯上了，以後都別想安安心心打遊戲了。」

不提這事還好，提到這個，周彥兮也較真起來：「你放心約他，我還真不是什麼人都看得上的！」

周俊才不相信周彥兮如果真被Shadow虐了，她能輕輕鬆鬆放過他，於是說：「Solo沒意思，還是讓他帶著我們打一局吧，厲不厲害妳自己看。」

周彥兮閒著也是閒著，就說：「你約吧，我隨時奉陪。」

「真的？那妳等著，我這就約。」

鐘銘剛剛洗完澡從浴室出來，就看到桌上的手機螢幕亮了一下，他拿起來看了一眼，是那個小孩傳來的訊息：『影神，有空嗎？開黑啊？』

鐘銘在VBN時每天下午都要訓練，回國後雖然沒有比賽壓力，但是多年養成的習慣卻一時半刻改不掉，下午不打幾局都覺得少點什麼。

不過……他瞥了一眼外面火辣辣的太陽，實在懶得出門，但飯店的網速想登錄國外伺服器肯定是不行，國內的倒是可以勉強試一下。

他不喜歡打字，直接撥了個電話過去。

周俊沒想到他竟然會打電話給他，受寵若驚地接通了電話，而且抱著對周彥兮炫耀的心態，他按了擴音。

電話裡，鐘銘的聲音依舊是冷冷清清的：『哪個伺服器？』

「哪個都行。」周俊剛說完，又想到剛才周彥兮質疑他水準的事，於是問道，「影神，你怎麼不在國內玩啊？用國外的應該很容易掉線吧？」

周彥兮聽了周俊的問話，也不由得豎起耳朵等著看對方怎麼回答。

過了一陣子，鐘銘『哦』了一聲說：『我沒帳號。』

「噗嗤」一聲，周彥兮笑著看周俊，彷彿在問他怎麼大神連個帳號都沒有。

周俊怕電話那邊的鐘銘聽到，立刻按住話筒，笑道：「這好辦，我有，等等傳給你。」

『好。』

「哦對了，等等我帶個人一起，你不介意吧？」

『無所謂。』

對方答應的這麼爽快，倒是讓周俊有點不好意思，他猶豫一下還是決定把醜話說在前頭：「這個人……有點菜，也沒關係嗎？」

身旁立刻飛來無數眼刀。

而電話裡也沉默了下來，周俊以為他會不不高興，沒想到過了片刻，他還是那句話：『無所謂。』

周俊明顯鬆了口氣：「那好，我這就把帳號傳給你。」

周俊混跡遊戲多年，大號只有一個 Jun，小號無數，從 Jun2 排到不知道 Jun 幾。掛上電話，他把戰績還看得過去的 Jun2 傳給了鐘銘。連忙開了個語音房間，邀請了 YAN 和 Jun2。

不一會兒就見到 Jun2 進入了房間。

周俊介紹道：「影神你來了，房間裡那個叫『YAN』就是我說的有點菜的那位，不過是我姐，你多多關照哈。」

如果目光能殺人，那麼周俊已經不知道死了多少次了。

出於對鐘銘的尊重，周彥兮雖然沒說話，但還是回了個微笑的表情符號。

誰知鐘銘根本沒注意，他隨手點開 Jun2 的戰績看了一眼，心說菜得可以，又聽周俊說這位 YAN 更菜，心裡已經做好了一打九的準備。

「那沒其他人就開始吧。」

從始至終這人沒理周彥兮一句，好歹她還專門跟他打了個招呼，這是有多嫌棄她啊？想到這裡，她也不管對方是不是真的厲害，可以斷定的是，對這位大神，她沒有任何好感。

1 黑店是遊戲中的組隊行為，指的是一群相互認識、交流方便的人組成一隊進行遊戲的行為，由於他

2 一血：first blood 通常指在遊戲中的第一個人頭。

3 開圖是 LotK 中最另人不齒的情況之一，是通過外掛，擁有全地圖視野的意思。

4 Good Game，稱讚對手的意思，遊戲一放率先打出 GG 表示認輸。

5 超神：連殺十人以上。

第二章　GD

遊戲開始幾分鐘，鐘銘發現即便是登錄國內的對戰平臺，飯店的網路速度也實在是卡得很誇張，但是礙於用了周俊的帳號，也不好秒退。只好勉勉強強打一會兒。好在對方水準也不高，開局幾分鐘，他頂著四百多毫秒的延遲，竟然也收穫了兩個人頭，一下子成了全場最富裕的人。

這時候，桌上的手機響了。

他掃了一眼來電顯示，突然有點心不在焉，猶豫了幾秒，最終摘掉耳機，接通了電話。

『鐘銘啊，怎麼回國也不跟媽媽說一聲？』

「也是剛回來。」鐘銘頓了頓說，「再說，我不說您不是也知道了嗎？」

『你這孩子……』鐘母嘆了口氣，『你回來住在哪？我今天去你那公寓看過了，也沒看你回去。』

鐘銘在B市有一間自己的房子，是加入VBN的第一年買的，有時候回國他就住在那，但大部分時間那房子是空置的。

「嗯，那房子太久沒人住了，暫時住不成。」

『既然如此，那就回家住吧？』

「不了，我還是一個人住更方便點。」

鐘母沉默了片刻，原本不願意提起的話題還是不得不提：『還在跟你爸爸鬥氣呢？之前那些話都是他在氣頭上說的，本來就算不了數，再說這都多少年了，難道一直要這樣下去嗎？你們好歹也是親父子，你就認個錯就當什麼事都沒發生過好不好？』

可是鐘銘還是和三年前一樣，並不認為自己有什麼錯可認。

他打斷母親：「媽，您還有別的事嗎？」

鐘母嘆了口氣，想了想還是問道：『我聽說你和原來那家俱樂部解約了？』

鐘銘早就習慣了父母這麼神通廣大，對母親知悉解約一事，他也沒表現太多的意外，只是「嗯」了一聲，算作回應。

鐘母又問：『那你回來打算做什麼？』

鐘銘隨手晃了晃滑鼠，電腦螢幕裡的一個穿著斗篷的小老頭立刻轉了一圈。

遊戲裡剛剛經歷了第一波團戰，除了在泉水邊掛機的他和沒來得及參加團戰的ＹＡＮ以外，其他幾人全部陣亡。ＹＡＮ用的是宙斯，隊友陣亡了還在忙著打野，眼見又已經被敵人發現，幾招減速技能之後，血量一點點的減少……

「做我想做的。」他邊回話，邊空出一隻手來打了一個字。

周彥兮看到螢幕上那個「大」字後沒明白是什麼意思，還是周俊提醒她：「讓妳放大招呢！」

周彥兮這才發現宙斯最後一個大招的冷卻時間剛剛結束，連忙按下F鍵，全地圖頓時亮起五道閃電。

系統提示音立刻響起：「Double Kill! Triple Kill!」

一個大招收了三個人頭，周彥兮樂了——她終於找到了適合自己的英雄。

周彥兮說：「不過他說話時我的大招還在冷卻中，他怎麼知道快好了？」

周俊有點得意：「不然人家怎麼會是大神，而妳是菜鳥呢？職業選手掌握場上每一個英雄是否有大招，這是最基本的。」

周彥兮不信：「我看他就是蒙到的。」

電話中，鐘母還在說：『無論如何解約也好，遊戲總不能打一輩子，也是時候想想以後的出路了。要不然……你回公司吧？你爸爸年紀也大了……』

讓他回家接班的事這些年來母親沒少提，但是他還是那句話：「我不會回去的，至少現在不會。」

母親似乎還想再說什麼，但是鐘銘也知道，再說下去還是那些，於是在母親開口前就說：「媽，我這裡有點忙，先掛了吧。」

鐘母愣了一下，也知道這時候說什麼都沒用，於是說了聲『好』掛斷了電話。

見到妻子對著電話怔愣的神情，鐘啟山一巴掌拍在了身邊的沙發扶手上，其實他早就猜到自己這兒子不是一個電話就能勸回來的：「人家ＭＩＴ畢業的設計個遊戲還差不多！他倒好，玩物喪志啊！」

一招三殺，周彥兮有點得意忘形，血回滿後又立刻出了門，結果可想而知，不到半分鐘，她的英雄又倒了下來。

再看那個 Jun2 還在泉水旁站著，她有點不爽：「不打了！」

雖然兩邊已經漸漸出現差距，但是周俊對鐘銘充分信任，相信他只要回來就能帶著他們翻盤，所以他乍一聽周彥兮要退遊戲，還有點不理解：「為什麼？」

周彥兮點開資料欄，掃了一眼鐘銘的經濟狀況，直接退出了遊戲：「為什麼？我在他身上看不到希望。」

語音房間裡，鐘銘半天不說話，叫他也不答應，剛才讓周彥兮放大還是透過打字，所以周彥兮以為他根本就沒在聽，說這些話時也就沒有刻意關掉麥克風。可是就在剛才，鐘銘掛上電話重新回到語音房間，而回來後聽到的第一句就是這句。

他說：『網路有點卡。』

原來他在！周彥兮立刻閉了嘴。

周俊尷尬地打圓場：「沒事沒事，就當熱身了。」

退出遊戲，眾人並沒有立刻退出語音房間。

周俊打開了國際邀請賽的大賽轉播，今年TK又沒有上場，他本來也沒什麼興趣，但聽到解說說到VBN，就不由得多看了一下。

解說甲：『這一屆國際賽的開幕賽，VBN作為老牌強隊參賽，不過我看首發陣容裡竟然沒有TK，難道傳聞是真的？TK真的跟老東家鬧翻提前解約了？』

解說乙：『我覺得這是早晚的事吧？TK的技術暫不評論，但是這個人品嘛……』

解說甲立刻打斷他：『唉唉，小心說話啊，這裡TK的粉可不少，不想被粉絲口水淹死就閉嘴。』

解說乙明顯不怕事：『我們就事論事嘛！YOYO的爆料文相信大家都看過，那上面說的事情有鼻子有眼，不像空穴來風，所以說『TK性格很乖張，跟團隊成員乃至老闆都相處不好，仗著自己拿過世界冠軍，簡直把自己當成VBN的衣食父母』的話未必有假。』

解說甲嘆了口氣：『誰都不是完人啊！不過VBN失去了TK也不知道還能強多久……』

解說乙：『我倒覺得這對VBN是件好事，這幾年被他強行打壓的有資質的後輩終於有出頭之日了。』

解說甲笑：『前提是，VBN真的還有有資質的後輩。』

周俊聽不下去了：「這解說腦子有病吧！他們又不認識ＴＫ，憑什麼這樣說？」

周彥兮問：「那個ＹＯＹＯ的爆料是怎麼回事？」

周俊沒什麼好氣：「就是論壇上有個叫ＹＯＹＯ的傢伙，連續幾年執著的黑ＴＫ，一開始他發文根本沒人理會，甚至被粉絲罵，可是後來大家發現他對ＶＢＮ好像很瞭解——什麼時候跟誰打訓練賽、哪個隊員要退役、俱樂部又買了誰……他都特別清楚！這樣時間一長，有人就說他說的那些關於ＴＫ的事情，很有可能也是真的。」

周彥兮問：「那你覺得呢？」

周俊不屑地「嘁」了一聲：「我當然不信他了！就算這人對ＶＢＮ很熟悉，但也不能代表他說的都是對的。搞不好他是因為嫉妒ＴＫ故意黑他的，不然其他幾個隊員就一點毛病沒有？怎麼不見他一起爆料？」

周彥兮想了想說：「爆料這種事多少還是有點根據吧，就算不全是真的，那也不全是假的啊，說不定那個ＴＫ就是那種人呢？」

周彥兮沒有什麼偶像，對ＴＫ也沒有過多關注，純屬就事論事，沒想到卻因為這一句話激怒了周俊。

周俊一巴掌拍在鍵盤上說怒道：「妳不懂就不要亂說好不好！」

周彥兮被她弟這反應嚇了一跳，拍著胸脯說：「你有病吧？人家的事與你何干啊？」

「他是我的偶像，他的事就與我有關！」

周彥兮差點笑出聲來：「那請問你偶像知道有你這麼個人嗎？」

兩人你一言我一語爭論著，但是心裡都清楚，事情的真相究竟是什麼樣，恐怕只有TK教主本人知道了。

「咦。」周俊突然注意到語音房間裡只剩他們姐弟倆了，「影神什麼時候退的？」

周彥兮聳聳肩，表示不清楚。

周俊嘆了口氣：「算了，今天不玩了。」

周彥兮也贊同，跟著周俊離開網咖時隨口問道：「對了，話說你這山寨大神哪找來的？」

「是真大神好嗎？我曾經見他徒手拆黑！對面一個五人黑店，結果被他一個路人按在地板上狠狠痛打一整晚。」

周彥兮不以為然：「你別替他吹牛了，我今晚算是『眼見為實』了。」

國際邀請賽的總決賽剛剛結束，這一次沒有TK的VBN最終拿到了亞軍。這讓很多人認為TK統治北美電競圈的時代已經過去了，而在新人大放光彩的同時，也讓越來越多的人相信，他或許真的曾為了自己在團隊的地位，卑鄙地打壓有資質的後輩，因而遭到團隊的孤立，最終無奈解約。

原來的ＬＯＴＫ大神ＴＫ教主，一夜之間，光輝形象全然被顛覆，酸民們彷彿自己就是那個曾被ＴＫ打壓過的潛力後輩。而那些愛ＴＫ的粉絲們，也因為負面的聲音越來越響亮而變得不敢發聲。

言論向一面傾倒，ＴＫ教主的時代已然成了過去式。

鐘銘看到社群上陳宇曬出慶功宴照片，隨手點了個讚。

下一秒，手機提示音響起，是陳宇傳來的訊息：『回國爽嗎？』

鐘銘對著手機螢幕勾了勾嘴角，回覆說：『沒波士頓涼快。』

『這幾天忙了什麼？』

鐘銘想了一下，他發現他的生活中除了ＬＯＴＫ似乎沒有別的。

『閒著。』

『那以後呢？要不要加入國內戰隊？其實這幾年國內戰隊發展也不錯。』

『不考慮。』

他記得他對陳宇說過，離開了ＶＢＮ他哪裡都不會去，因為去哪都一樣，北美、歐洲、國內，都一樣。

『銘哥，難道你真的要退役嗎？』

鐘銘沉默了半晌，緩緩打出一行字：『我想要一支真正屬於自己的戰隊。』

過了一會兒，陳宇回覆：『這個想法不錯，不過運營一支戰隊的成本不低，哥你有錢嗎？』

鐘銘隨手掏出菸點了一根，其實他早就想到了，錢可能的確是他目前面需要面對的最大問題。

他沒有立刻回話，對方卻一直是「正在輸入」的狀態，過了好一會兒，電話響了，是陳宇。

『哥，我覺得組建戰隊這個想法不錯。』

「嗯，暫時還只是個想法。」

『其實……我瞭解了一下，開銷用不了太多……』

鐘銘沒說話，陳宇接著說：『如果你那有困難，我……』

鐘銘沒有等他把話說完，直接打斷他：「行了，你那邊挺吵的，還在吃飯吧？」

『哦，是，打完比賽，吃個便飯。』

他專門把「慶功宴」說成「便飯」大概是怕刺痛他。

鐘銘笑了笑：「我也餓了，先掛了。」

陳宇愣了愣，『哦』了一聲：『那改天再聊。』

掛上電話，陳宇對著手機出了一會兒神，他剛才是一時腦熱，不過還好鐘銘沒有讓他繼續說下去，否則以後怕是連朋友都沒得做了。

他收起手機回到隊友身邊，一回去立刻被人拉著喝酒，說什麼為他高興要替他慶祝……沒錯，他是這次首戰告捷的大功臣，是鐘銘走後代替鐘銘打一號位的人，也就是外面傳說中的被鐘銘瘋狂打壓的潛力後輩……

退出遊戲，鐘銘打開一個電競新聞平臺，簡單看了下VBN最近的戰績——這一屆的國際大賽持續了二十天，VBN最後在決賽中輸給韓國強隊NONO，雖然依舊是與冠軍無緣，但比去年四強都沒進的成績要好太多了。看來失去了他，VBN的成績並沒有出現眾人臆想中的滑鐵盧，果然這個世界上少了誰都無所謂。

有人專門寫了篇報導，分析沒有TK的VBN面臨著什麼樣的局面。報導裡介紹了幾位成員的戰績和優缺點。鐘銘發現，陳宇近來進步不小，每場比賽中的表現都可圈可點。

看到這裡，剛才那絲似有若無的落寞也澈底消失了——或許他離開VBN除了成全了他自己，也成就了陳宇。

飯店的網路速度顯然不適合鐘銘這種人久住，第二天一早他就聯絡了之前找過的房屋仲介。

小夥子效率很高，以為鐘銘要問賣房子的事情，立刻說道：『哥，我正要給您打電話呢，目前有不少人看上您那房子了，但我篩選了兩戶可靠的可以先談一下，您看您最近什麼時候方便，我們約時間見面談談？』

「不談了，就那個數，他們接受我就去辦手續。」

『這……』仲介人員猶豫了一下，不過見鐘銘態度堅決也就不再說什麼，連忙應好，『那好，有消息我第一時間通知您。』

「嗯，對了，我今天找你還有個事，你再幫我找個房子……」

當天下午，仲介人員就按照鐘銘的要求篩選了幾棟附近的小別墅帶他去看。第二天，鐘銘租下了一棟一百坪左右的別墅。

簽約時，仲介還問他：「您只有一個人，為什麼要賣了之前那三十多坪的房子又租了這一百坪的？」

交了定金鐘銘笑道：「現在一個人不代表以後也一個人。」

很快手續辦好了，他又找人打掃了房間、安裝了網路寬頻，然後就拎著簡單的行李搬了進去。

剛收拾好房間，他就收到了周俊傳來的訊息。

『影神？忙嗎？什麼時候排位？再帶帶我唄。』

鐘銘看了一下時間，不算太晚，於是回覆說：『現在吧。』

周俊立刻說：『好嘞！等我建個房間拉你進來！』

鐘銘打開電腦，剛登錄就見到Jun的邀請。點擊「同意」，進入到語音房間，他發現除了他和Jun，還有上次那個菜鳥YAN。

有了上次不怎麼愉快的經驗，這次周彥兮也懶得多說話，直接進入遊戲。

這次她沒有選宙斯，而是選了個控制技能比較多的冰女，也是她最近剛玩過幾次的英雄，鐘銘則是選了藍貓直奔中路。

出門前，鐘銘隨手看了一眼冰女的出門裝，立刻就覺得這局勢有點莫測了。

『冰女。』鐘銘叫周彥兮。

周彥兮正手忙腳亂地買著裝備，心不在焉地「嗯」了一聲，就聽那個清冷的聲音繼續問道：『解釋一下妳的出門裝。』

周彥兮納悶，她對冰女這英雄不熟悉，所以出裝是按照網友攻略出的，即便那網友水準比不過大神，但也不會差得太離譜吧。

「有問題嗎？」

『有問題嗎？』重複完她的話，鐘銘似乎笑了一聲，『沒問題，就是想幫妳這套裝備取個名。』

周彥兮想說原來出裝還有名字啊，隨口問道：「什麼名字？」

『就叫「我已躺好，你們加油」。』

「噗……」周俊差點被自己的口水嗆到，他立刻去看周彥兮的出裝，果然有點詭異。

「姐，妳這是哪個傢伙提供的攻略啊？」

難道真的有問題？周彥兮連忙切出遊戲去找那文章，再仔細一看，原來不是人家坑她，是她不小心看錯行了……

她尷尬地咳了一聲：「其實，我就是想有多種嘗試……」

周俊唉聲嘆氣：「看來又要輸了……」

周彥兮自知理虧不敢吭聲，好在鐘銘倒是沒說什麼，安安靜靜打著遊戲。

開局前幾分鐘，鐘銘強勢壓制對方的中單英雄火女，不到一分鐘就拿下了一血，搞得對方只敢縮在塔後，直到把他養到了六級。

『冰女來中，殺一下。』鐘銘說。

周彥兮一看自己才四級，而火女被殺過之後又很謹慎，她這樣冒然衝上去，不就等於去送人頭嗎？

不過雖然心裡這麼想著，但她還是走到了中路——他讓她去中路她就去，但是究竟怎麼打，還是她自己說了算。

所以到了中路，她也不上前，就躲在河道旁邊蹭中路的經驗。蹭經驗什麼的也就算了，但鐘銘看到她用技能補兵就有點無法忍受了：『聰明點的NPC都懂得把技能往對方英雄身上甩吧……』

這話什麼意思？不主動上去賣血送人頭就不如個電腦了？周彥兮有點不高興了，他要是真的那麼厲害用得著讓她來中路幫忙嗎？

「大家水準差不多，有必要說得這麼刻薄嗎？」

周俊暗自擦汗，心說妳可拉倒吧，你們的水準一個天上一個地下，有個詞怎麼說的？那叫「雲泥之別」！

不過周俊以為，無論如何他姐是女孩子，都這麼說了，鐘銘多少應該給點面子。沒想到鐘銘卻一本正經地說：『刻薄嗎？實事求是而已。』

周俊在心裡嘆息——大神你可真敢說！

但這邊還得小聲安撫他姐：「淡定淡定，遊戲而已！」

周彥兮劈哩啪啦地敲著鍵盤，口中念念有詞：「我就上去收了火女給他看看！」

而就在這時，火女的走位出現了破綻，周彥兮立刻按下「E」釋放冰凍技能，鐘銘見狀剛要上前接技能，卻發現情況好像不對……

『呵。』看到人群中被封住的一個小兵，他不禁笑了一聲，『行了，那個冰女妳隨便去哪逛一下吧，收掉火女這事還是我來吧。』

原來他都聽見了……

周彥兮羞憤得手都抖了，但剛才確實是她不小心將技能放在了小兵身上，此時再說什麼也都顯得蒼白無力了。

她想，如果她的冰女能有情緒，那一定會捂著臉跑回下路的。

此時，火女也升到了六級，剛才被周彥兮那過於「飄逸」的冰凍技能嚇出一身冷汗，但最終沒有傷到一絲血，又發現鐘銘的藍貓只有半血，於是躍躍欲試，想著一雪前恥。

鐘銘看出對方動機，又看了一眼身上的補給，很快評估了一下，可以打這一架，於是在躲掉火女一個技能後直接越過河道上前攻擊。

周俊和周彥兮也留意到了中路的情況。看到藍貓的走位都有點意外，這是要越塔殺人？周彥兮幾乎要敲鑼打鼓的吶喊了，這才是送人頭的教科書典範啊！

可是譏諷的話剛到嘴邊，就見藍貓飄逸的走位，順利躲過了對方防禦塔以及火女的攻擊，補充血和魔力的同時完成了一次漂亮的單殺！

周俊率先反應過來：「看到了沒！這就是大神操作！」

周彥兮悻悻然撇了撇嘴，但心裡不得不承認，這一套操作的確有些技術含量。

而接下來的團戰打得也很輕鬆，不到一刻鐘，鐘銘的藍貓直接接管了比賽，輕巧地帶著周家姐弟成功躺贏。

遊戲結束，周俊發現耳機一側突然沒有聲音了，他對語音房間裡另外兩人說：「我去找老闆換個耳機，等回來再開始。」

周俊離開，周彥兮打開網頁查看冰女的正確出裝，其實真的是各有各的說法。

「那個……」

鐘銘正在看國際賽的重播，聽到周彥兮的聲音，反應了一下才知道對方是在跟自己說話。

『嗯？』

「你覺得冰女該怎麼出裝？」

鐘銘想了一下說：『出裝沒有固定的，這要結合隊友英雄、敵方英雄，還有比賽形式來看。順風局基本怎麼出都ＯＫ，逆風的話就要多出些過渡裝備撐撐血量。』

聽上去句句在理，卻沒一句實在的東西。所以他說了這麼多，到頭來周彥兮還是不知道怎麼出裝。

她小聲嘀咕了一句：「等於沒說。」

她以為自己的聲音夠小，可偏偏鐘銘耳朵非常好，聽了她的話。雖然聽到了，但似乎也不生氣，竟然還笑著說：『妳不理解？那很正常，因為妳菜啊。』

剛對某些人產生的那麼一點點的好感瞬間又沒了！

周彥兮氣不打一處來：「你厲害，怎麼不去打職業？」

『打的好就一定要打職業嗎？』

「如果只是純娛樂那菜不菜又有什麼關係，反正自己高興就好。」

『好像有點道理，那妳肯定是純娛樂型。』

「才不是。」

這一次，鐘銘是真的感到意外了：『妳也想打職業？』

他這口氣就差說出：「妳這麼差的水準還是不要抹黑LOTK了。」

不過這一次，周彥兮無言以對。她一直以為如果能把興趣愛好和人生規劃相結合，那是最幸運的事情。她不是沒幻想過自己也能成為一名職業選手，可是她也知道自己距離那個目標還差很遠……

大概是覺得周彥兮這樣的人打職業的確是太魔幻了，鐘銘只好往別的方向猜：『還是妳就是想找個打遊戲的男朋友？』

聽到這話，周彥兮聞言幾乎被氣笑了：「算了吧，我雖然很喜歡打LOTK，但是對網癮少年沒任何興趣。」

說這話時，周彥兮不厚道地幻想了一下鐘銘的形象，突然就不那麼生氣了。

沒想到鐘銘卻悠悠地來了一句：『放過LOTK界的少年們，也算妳功德一件。』

周俊回來時，就看周彥兮氣沖沖地摘下耳機走向櫃檯。

他愣了愣：「幹嘛啊姐？不打了？」

回頭再看語音房間裡，鐘銘也不知什麼時候下了線。

櫃台前周彥兮沒好氣地說：「打什麼打？回家睡覺！」

周俊也不知道為什麼，自從這天之後，他姐就說什麼也不願意再跟鐘銘一起玩了，不過他也樂得這樣，畢竟帶上他姐就要四打六，沒有他姐還能正常的五對五。

這天，剛和鐘銘打完一局排位，周俊就看到論壇上又在宣傳平臺大賽的消息了。不過算算也是是時候了，每年國際賽過後，遊戲平臺就會辦一個平臺的夏季賽。他突然就冒出個想法——玩了這麼多局路人賽，不如試一試團隊比賽。

他慫恿鐘銘：「影神，平臺的夏季線上賽我們也組個隊參加吧？」

『平臺夏季賽？』鐘銘頓了頓，聽都沒聽說過的比賽，『不打。』

「為什麼啊？」

『沒聽說過。』

周俊說：「那是你一直在國外才沒聽過。因為我們現在這個VV平臺是國內普及率很高的遊戲平臺，幾乎國內百分之八十的LOTK玩家都在用，雖然因為某些比賽要求，有些職業隊沒辦法以俱樂部的名義直接參加比賽，但是很多職業選手會選擇加入別人的隊伍來參賽，這樣一來這比賽的含金量還是有的。」

『職業選手和路人組隊打比賽？』

「對啊，平臺財大氣粗，獎金也很可觀，既然隨便玩玩就能賺點獎金，為什麼不玩？」說到這裡，周俊尷尬地笑了笑，「不過我們肯定不是為了錢，就是歷練自己……」

『冠軍多少？』

周俊愣了愣：「什麼？」

『如果拿到冠軍，獎金有多少？』

周俊仔細看了看論壇上的通知：「團隊有一百萬，但是如果能拿到賽季最佳選手的獎還有額外獎勵。」

『那參加吧。』

鐘銘算了下，雖然賣掉房子能有八百多萬，但是要運營一支戰隊究竟需要花多少錢，心裡還真的沒有把握。眼下既然有一百多萬獎金擺在眼前，自然是不拿白不拿。也正好，可以順便探探國內LOTK的水準。

周俊不敢相信自己的耳朵，他還準備了一大車話等著說服鐘銘，而且也做好了一次不行就兩次、三次的遊說他，可是沒想到他這麼快就同意了，難道他真的缺錢？周俊努力回想了一下上一次見到鐘銘時他的樣子，雖然熬了一晚顯得有點疲憊，但看那身行頭、那氣質、那談吐，怎麼也不像缺錢的人啊。

不過這些都不重要，重要的是他同意參加。

「太好了！」周俊說，「可是現在問題是，組隊需要五個人，我們只有兩個……你那還有別的人選嗎？」

這倒是把鐘銘難住了，一時半刻到哪去找三個合適的人選？

周俊猶猶豫豫地說：「不過我這倒是有個人。」

鐘銘突然有種不好的預感：『你姐？』

「嘿嘿，其實我姐挺厲害的，Farm 能力超強。」

『只是 Farm 強有什麼用？又不是開心農場。』

「呃……她資質還不錯，就是團戰時的意識一般。」

『那是「一般」嗎？那叫「沒有」。』

大神就是大神，補刀一絕。

雖然鐘銘的每一句話周俊都恨不得舉雙手雙腳贊成，但是這種時候湊夠人手參加比賽才是最重要的，於是昧著良心繼續誇他姐：「我姐的真的不錯！這不是還有一週嗎？我們突擊訓練一下，就專門訓練她的逃生意識，只要她不送頭，有你在的話那不是穩贏嗎？」

鐘銘拿過桌上的打火機點了根菸：『我不幫她訓練，累。』

周俊突然想到那天晚上的不歡而散，於是小心翼翼地問：「那天我去換耳機的時候是不是發生了什麼事？」

鐘銘皺眉回想了一下：『也沒什麼，隨便聊了幾句。』

其實不用鐘銘細說，以周俊對兩人的瞭解，他就大概猜到那天的情形了……

他立刻賠笑道：「我姐是不是說什麼不中聽的話？你可別聽她的，她這人一向口是心非。」

『是嗎？』鐘銘笑，『我倒覺得她是心直口快。』

「不不不，她其實特別崇拜像你這樣會打遊戲的男生，不然她那種操作打什麼遊戲！」

鐘銘想到那天兩人的對話，難怪她反應有點過激，原來是心思被他無意中說中了……想到這裡，他無所謂地笑了笑。

周俊繼續說：「說出來怪不好意思的，我姐也老大不小了，各方面都挺好卻沒談過戀愛，說來這罪魁禍首就是那些電競小說。自從看完那些小說她就喜歡上了遊戲打得好的男生。那天她看你藍貓越塔殺人的操作都驚呆了……所以她平時是個挺溫柔的人，唯獨對你那樣，你懂的。」

鐘銘有點無語，一時間也不知道該說些什麼。

周俊「嘿嘿」笑道：「我說這些，是希望你千萬別和她計較，畢竟女孩子的心思都是千迴百轉的，並不像她們表現出來的那樣。」

其實周彥兮究竟怎麼想的，鐘銘並不在意，不過對人手的事情他也有些苦惱，所以本著「能解決一個是一個」的原則，他不打算拒絕周彥兮的加入。而且周彥兮就如周俊說的那樣，技術比普通路人強點，就是團戰時意識太差，而意識這東西是可以通過後天提升的，稍微訓練一下，應該能有很大的進步。

『那還需要兩個人。』

「我這邊再找找，不過影神你那能不能再找個水準高點的，線上參賽就可以的……畢竟帶著我姐打比賽，我還是有點怕……」

『嗯，我想想。除了這些還需要準備什麼？』

周俊想了一下：「還需要一個響噹噹的隊名……不過我已經有個備選的了。」

『叫什麼？』

「GD！」

『什麼意思？』

「掘墓人 Grave Digger！」

鐘銘微微皺眉：『怎麼想到叫這個名字？』

「致敬我的偶像TK啊！」

鐘銘沉默了。

古墓守護者，Tomb Keeper，TK教主。

第三章　*Shadow*

見周俊興高采烈地進了家門，正在敷面膜的周彥兮隨口問道：「撿錢了？」

「嘿嘿，差不多吧。對了姐，平臺那個比賽通知妳看到了吧？」

「嗯，怎麼了？」

「妳看我們也打這遊戲打了這麼久了，還沒參加過比賽，這次機會難得，要不然我們也試試？重在參與嘛！」

對周彥兮來說，反正都是打遊戲，跟誰打都一樣。而且五個人同時為了共同的目標聚在一起，聽起來好像更熱血一點。

不過，她有點猶豫：「那要湊夠五個人吧？」

「嗯，目前算上我們兩個一共有三個，另外兩個得再找找。」

周彥兮立刻注意到了周俊話中的重點：「三個？哪三個？」

「影神答應跟我們一起組隊了，有他在還不至於淘汰那麼快。怎麼樣？驚不驚喜？開不開心？」

周彥兮倏地掀掉面膜：「驚喜個屁！我不跟他一隊！」

周俊無語：「為什麼啊？」

「沒有為什麼，單純看他不順眼不行嗎？」

周俊想了想，立刻換上一副笑臉問：「妳是不是還在為上次的事情不高興？今天他還跟我提到，說妳好像生氣了。」

周彥兮不屑地「哼」了一聲，心說那自大狂還能看出她生氣了，真是不容易。

見周彥兮這反應，周俊心裡有了數：「欸，其實影神他也很後悔啊，只是想逗逗妳，沒想到妳不經逗。他那人平時挺溫柔的，我們打路人沒少被坑，也不見他說誰不好，對妳那樣純屬是因為妳是女孩子……」

「女孩子怎麼了？他這是性別歧視！」

「我說姐，妳也太不懂男人了！」周俊認認真真地分析給她聽，「影神那種神級操作的人對LOTK的感情肯定不一樣，這種人找女朋友大概也要跟LOTK有點關係，打LOTK的女生本來就少，遇到妳這種志同道合的就更不容易了，他對妳多留點心這不是很正常嗎？」

周彥兮正想罵神經病突然又想到那天兩人的對話，他好像的確有問過她是不是想在遊戲裡找男朋友的……

見周彥兮沉默下來，周俊再接再厲道：「我們打遊戲的男人都很單純的，遇到喜歡的女生也不懂怎麼追求，只會想辦法讓人家注意到……追妳的人那麼多，這種類型妳應該很熟悉了，多理解一下啊。」

周彥兮挑眉：「他跟你說的？」

「不然呢？」

周彥兮撇了撇嘴：「膚淺！」

周俊笑：「對對對，膚淺！那組隊的事情……」

「不是還差兩個人嗎？」

姐弟倆正說著話，周彥兮的手機突然響了。她拿起來一看，是小熊的訊息：『寶貝兒，我到B市啦！明天約起來！』

周彥兮樂了：「第四個人找到了。」

說服小熊參加比賽的過程很順利。這邊周彥兮剛和小熊說好，那邊周俊就跟鐘銘說了：『銘哥，我們這邊的人都說好了，新加入的大哥水準很高的，曾經還被VBN邀請過。現在就差一個人了，你那邊想想辦法，湊夠了人我們要抓緊時間磨合一下啊！』

剛剛完成了一次雙殺，鐘銘的手機螢幕突然亮起，他低頭看了一眼，也顧不上回覆，帶著自家小兵推掉了對方一座塔。

Conqueror：『哥，我到底做錯了什麼？』

其他路人：『？？？』

Tomb keeper：『你好好想想。』

陳宇愁眉苦臉，他只是想打個排位賽而已，可是從前一天開始鐘銘就像住在遊戲上一樣，等他上線就追來，連著打了十幾局。這感覺就像鐘銘還在波士頓一樣，完全沒有時差，只不過以前是他們兩個一起打別人，現在換成鐘銘聯合別人來打他。被TK教主針對是什麼樣的感覺，陳宇終於體會了一次。

一局遊戲結束，他立刻私訊鐘銘：『銘哥，就算你不介意那些酸民怎麼寫，也拜託考慮一下兄弟我的承受能力好不好，我就想問一下，到底怎麼樣才能放過我？』

看到這句話，鐘銘不易察覺地勾了勾嘴角，他隨手拈出一根菸點上，吸了一口，才不緊不慢地回覆道：『你最近沒比賽吧？』

『嗯，最近算是休假了。』

『那好，反正你閒著也是閒著，陪我打幾局。』

陳宇無語：『還不夠嗎……』

鐘銘：『之前就當我給你做陪練了。』

陳宇哭笑不得，遇到這樣的陪練，多數人應該是不想再碰遊戲了吧？不過看樣子，鐘銘應該是有求於他，只不過他這種求人的方式實在有點特別。

陳宇稍稍鬆了口氣：『不是你打我，那是？』

『帶著三個菜鳥，去打別的菜鳥。』

『……』

見陳宇這反應，鐘銘問：『不願意？那我們繼續。』

陳宇連忙回覆：『不不不，什麼時候？我隨叫隨到。』

看到這句話，鐘銘滿意地拿起手機回覆周俊：『正好人剛剛湊齊，這幾天就練幾局吧。』

周俊興沖沖地回覆：『好嘞！那我通知其他人，明天一早開始！』

在家裡打遊戲沒有氣氛，第二天一早，周家姐弟和小熊早早來到網咖找了個包廂，等著鐘銘和另外一個外援上線。

約定的時間剛到，鐘銘帳號亮起，周俊立刻拉他進了語音房間。

周俊問：「影神，房間裡的 XiongBa 就是我說的那位很厲害的大哥，對了你說的另一位什麼時候到？」

『馬上。』

不一會兒，就見房間裡又多了個名叫CC的。

周俊興奮地打招呼：「大神好，請問怎麼稱呼啊？」

陳宇看到鐘銘用了「Jun2」這種小號，推測其他人也不知道他們的身分，於是只回了個

『CC。』

直接稱呼CC還用得著問嗎？周俊失落地「哦」了一聲。

周彥兮看著自己弟弟自討沒趣，有點無語地笑了笑：「這個白癡。」

遊戲開始匹配，小熊問：「等一下怎麼分工？」

沒有人回答，似乎都等著鐘銘發話。過了一會兒，那個清冷的聲音再度響起：『我打後期，CC走中路，XiongBa三號位，周俊你們兩個打輔助。』

鐘銘說的後期就是一號位，隊伍中最大資源占有者，全隊的重點保護對象，初期能力較弱，需要一定裝備才能形成戰鬥力，發育的好的話後期直接可以接管比賽。二號位是僅次於一號位的核心人物，主要負責前中期帶領隊友Gank，掌控比賽節奏，因為也很吃資源，一般是中單。三號位是隊伍中的主要支援者，在經濟資源配置上必須要對二號位做出讓步，出門位置一般為是上單，或者遊走。至至於兩個輔助，俗稱「醬油」，聽名字就知道在隊伍中扮演什麼樣的角色了。

小熊一聽到這個分工，臉色立刻就不怎麼好看了。畢竟以前他都是打一、二號位的，聽周家姐弟說那個影神是個大神要打一號位也就算了，可那個CC又是什麼來頭？難道操作也比他好？

周彥兮猜到小熊會不高興，但是一想到難得能湊夠五個人打比賽，也不想一開始就鬧不愉快，於是安撫性地拍了拍小熊的手臂。

小熊沒好氣地看了她一眼：「這也是為了妳！」

一、二、三號位都確定了，但是團隊裡的醬油的確也有差別，一般意義四號位是個半輔助，主要還是配合團隊大哥Gank，偶爾也能收點錢、收個人頭，而五號位就是純輔助，幾乎不占用任何團隊資源，還要負責購買信使，全場包視野，就是俗稱的「包雞包眼」，因為沒錢沒等級，在團戰中，肯定也是第一個被炮灰的人。這麼一比較，明顯四號位更有尊嚴。

周俊立刻追問：「那我和我姐怎麼分？」

聽到這話，周彥兮覺得自己這個弟弟實在沒點自覺，勸她來打比賽，連個四號位都要跟她爭還有沒有誠意？雖然心裡很是憤憤不平，但又不自覺地豎著耳朵等著鐘銘放話。

鐘銘似乎想了一下，然後回答周俊說：『你打五號位。』

「為什麼啊？」周俊一向覺得他姐水準不如自己，更何況這段時間得到鐘銘的指導，他早就突飛猛進了，讓他打個純醬油，他不甘心。

周彥兮還沒來得及高興，就聽耳機裡那清冷的聲音再度響起：『視野做得好不好直接關係到比賽的結果，所以五號位還是需要有大局觀的人來打。』

什麼？正笑嘻嘻看著周俊哭的某人聽到這句話，臉上的立刻晴轉多雲。

她打開麥克風，輕咳了一聲不爽地問：「我是空氣嗎？」

突然有人笑了，不是鐘銘的聲音，應該是那個CC，他說：『好了好了，對面人齊了，我們先開始吧，具體的定位還會根據每局情況不同有所變化的。』

周俊馬屁道：「對對對，姐妳好好打，等等少送幾個人頭。」

「管好你自己吧！」

首先進入B／P環節(BAN/PICK的簡稱，BAN意為選擇禁用英雄，PICK為挑選英雄)，根據對方陣容，鐘銘選了幽鬼，陳宇選了影魔，小熊用流浪，到周彥兮時，鐘銘猶豫了一下：『妳會用什麼輔助？』

周彥兮正要開口，又聽他說：『別跟我說冰女。』

周彥兮無語，事實上她會用的那幾個英雄裡沒什麼適合打輔助的。

過了一會兒，鐘銘說：『妳用ES吧，團戰的時候出個跳刀跳進人群甩技能就行。』

「ES是什麼？」

『噗……』耳機裡響起絡繹不絕的笑聲。

陳宇忍不住私訊鐘銘：『哥，你就算真的退役當教練也完全可以指導職業選手啊……』

鐘銘沒有理會他，一字一頓地回覆周彥兮說：『撼地神牛。』

這局遊戲打得異常順利，那個CC果然是個高手，剛剛十四分鐘就已經「大殺特殺」，迫使對方打出了「GG」。

可是周彥兮還意猶未盡，尤其是她覺得自己對這局遊戲的勝利好像一點貢獻都沒有。

周俊像是知道她的想法，笑呵呵地說：「姐，我們這局能順利的拿下，妳可是做了巨大貢獻。」

周彥兮意興闌珊，以為他是要安慰自己，隨口回道：「什麼貢獻？」

「只送了一次人頭，這還不是巨大貢獻啊……」

耳機裡傳來此起彼伏的笑聲，除了那個愛笑的CC和小熊外，好像也有鐘銘的聲音。

周彥兮惡狠狠地看向周俊，周俊無所謂地朝她做了個鬼臉。真是太丟臉了！

好在她的犧牲也有回報，接下來的語音房間裡，氣氛活躍了不少，就連剛才還因為位子分配不高興的小熊，後來也會認真地和鐘銘探討一下戰略分工。

小熊問：「那我們後面比賽時的分工和分路是不是就按照今天這樣的定下來了？」

鐘銘說：『今天這種是逆風局的打法，只有對手比較強的時候可以這麼打。』

小熊：「那其他時候呢？」

鐘銘頓了一下說：『隨便。』

語音房間裡安靜了一瞬間，周彥兮和小熊對視了一眼，彼此的想法都心照不宣——這個Shadow是真的狂妄。

再看周俊，已然是一副「我影神厲害我影神說什麼是什麼」的腦殘粉狀態。

周彥兮悠悠地嘆了口氣，也不再說什麼，等著下一局遊戲開始。

沒一會兒，排位房間裡一下子進來了五個人。不用想也知道對方情況和他們一樣，是五人排位，俗稱「黑店」。不過周彥兮在意的倒不是這個，她發現對方一個人的ＩＤ好像有點眼熟。

她正想去戳身邊的周俊，就聽周俊嘀咕道：「那個ww_Lee是李煜城大神本尊嗎？」

周彥兮意外：「真的是你那個偶像？那個拿過世界冠軍的職業選手？和ＴＫ關係也不錯的那

個？」

周俊皺眉：「如果不是被盜號了，那就是他了……」

鐘銘聽著那姐弟倆你一言我一語的對話，不禁勾了勾嘴角。

他們口中的這個李煜城正是WAWA戰隊的隊長，世界級頂級Carry，在上一屆的國際邀請賽中率領著WAWA拿下世界冠軍，不過這一屆不知什麼原因沒有參賽。

周彥兮問：「那其他四個呢？」

周俊掃了一眼其他幾人的ID：「不是他們隊的，可能就是Lee認識的朋友吧，但是能跟著大神一起打遊戲的，水準怎麼樣也不會太差。」

不用多說了，因為李煜城的突然出現，這一局註定是個品質局。

這一局他們幾人選的英雄和上一局都差不多，但是周彥兮發現Shadow的幽鬼要比上一局謹慎很多。這搞得周彥兮也很緊張，所以乍一聽到小熊說話時，她嚇到手一哆嗦空放了個技能。

小熊嫌惡地瞪了她一眼，然後手指了指麥克風的方向。

周彥兮明白過來，立刻關掉麥克風，這才問小熊：「你剛才說什麼？」

「我說這傢伙果真是個高手。」

「誰？」

「用妳弟小號那個。」

周彥兮想起上一次鐘銘用藍貓越塔殺人時的操作的確很驚豔，但這麼精彩的操作彷彿只是曇花一現，後來他的打法也非常中規中矩。

周彥兮一邊補兵一邊說：「你才跟他打了一局就知道了？而且剛才那局可是CC Carry全場的。」

小熊冷笑一聲說：「也只有妳這種小學生玩家會看不出，剛才那局他根本就沒有盡全力。妳看看這局，開局三分鐘的時候我看了一眼，二十五刀一刀都沒有落空，還有七、八個反補，對方還是個帶著補刀斧的遠端英雄……這Farm能力可比妳苦練這麼久的還要強不知道多少倍。而且妳看他滿螢幕的傳信號，讓周俊去插眼、排眼，插眼的地方必然是對方後期英雄常出現的地方，而且每次排眼都能排準。這開掛般的意識只有高手才有。」

周彥兮聽得一頭霧水的：「真的有那麼厲害？」

小熊冷「哼」了一聲：「妳看不出來很正常，妳就沒有『意識』這種東西。」

這時候小地圖上又亮起驚嘆號，位置正好是周彥兮打野的位置。

耳機裡鐘銘說：『對方來送人頭了，妳過來。』

周彥兮還沒反應過來怎麼回事，多虧了小熊提醒她：「叫妳呢！」

她聞言迅速收了幾隻小野怪，躲到了下路的草叢中，等著對方送上門來。

就這樣等了半分鐘，等來的卻是一聲悠長的嘆息。周彥兮的心立刻提了起來：「他們看到我了嗎？」

鐘銘有點不耐煩地說：『妳躲得那麼遠他們就算長了千里眼也看不到！』

周彥兮鬆了口氣：「那就好。」

『好什麼好？』男人似乎是咬著牙說道：『妳躲在那是想看我跟他們打架嗎？出來啊！』

「現在出去嗎？可是對方兩個人，雖然不是滿血狀態，但等級都比我高，我這不是去送死嗎？」

鐘銘好像沒聽到她的話，最後一絲耐心被耗光了，冷著聲音命令道：『出來，吃技能！』

周彥兮這人典型的吃軟不吃硬，雖然知道鐘銘在遊戲方面比她專業得多，但是誰也沒想到鐘銘此時的態度正巧戳中了她的那根反骨。

「我不。」她回答的言簡意賅。

而此時語音房間裡的幾個人都不約而同的沉默了。

鐘銘深吸了一口氣，努力強壓著火氣解釋著：『對方兩人加起來不超過四百的魔量，只夠放兩個技能，兩百八十五點傷害妳死不了。不過我說的是現在，再拖拖拉拉就不好說了。』

這麼短的時間計算的這麼精準？

「那還有眩暈，還有普通攻擊呢？」她依舊不從。

『我是在一旁看戲的嗎？』鐘銘深吸一口氣說，『妳還沒死，他們先死，信我。』

或許是這句逼不得已下說出的「信我」頗有力度，鬼使神差的，蠢蠢的撼地神牛扛著他的大棒子走出了草叢。

果不其然，她一出現，對方兩人都嚇了一跳，幾乎把能甩的技能都甩在了她身上，眼看著她的血量驟減，而她又處於眩暈狀態，只能任人打殺。還好Shadow的幽鬼突然從天而降，一串技能將兩人雙雙送上了西天。

周彥兮還沒看清他的操作，耳機裡已經響起「Double Kill」的提示音。她連忙動了動滑鼠，自己還活著……

正慶幸著，卻聽已經走遠的幽鬼又說：『下次就算是要死也記得把技能放出來再死。』

周彥兮對著幽鬼飄逸的背影無話可說，身邊小熊朝著她的螢幕揚了揚下巴說：「看到了吧？我沒猜錯，他是專業的！」

今天的幾場遊戲周彥兮他們幾乎是戰無不勝，眾人鬥志昂揚地一直打到中午，鐘銘猜想著陳宇該去睡覺了，這才喊停。周俊還意猶未盡，問下午什麼時候訓練。

鐘銘想了一下陳宇的時間說：「下午不方便，以後就一早開始吧。」

於是眾人約定好第二天早上開始訓練這才紛紛下了線。

其實陳宇在今天之前完全不知道鐘銘找他打的究竟是什麼比賽，今天上了平臺，看到廣告才大概猜到應該是這個平臺的夏季賽。

所以只剩下他和鐘銘兩個人的時候，他問鐘銘：『哥，你和一幫路人打遊戲是為了獎金嗎？』

鐘銘回他：「不行嗎？」

陳宇笑了：『行是行，就是有點騙錢的感覺。』

看到這話，鐘銘冷著臉敲出一行字：「我不開圖、不開掛本本分分打個遊戲怎麼就成騙錢的了？」

陳宇幾乎能夠想像得到鐘銘的臭臉，怕惹怒他，他立刻回了個ＯＫ的手勢。可心裡想到的卻是——如果那幫人知道自己的對手可能是ＴＫ教主，那麼他們還會不會浪費那麼多時間和精力在這場勝負已分的比賽中？

下線前，鐘銘想了一下還是又多說了一句：「別說的跟你沒關係一樣，賺了獎金一樣分你。」

不光是要跟陳宇分，還有周俊、小熊，以及那個菜鳥ＹＡＮ。

不間斷的訓練了十多天，周彥兮終於顯得不那麼菜鳥了，至少不會再像以前那樣頻繁地被對手抓死了，而且撼地神牛這個英雄在她手上也能發揮出作用。不過正式比賽到來時，她多少還是有點緊張。一緊張就眼花，完全沒注意到有人換了ＩＤ。

「那個……是我看錯了嗎？」小熊的聲音帶著幾分戒備。

周彥兮渾身肌肉緊繃，心不在焉地回道：「怎麼了？」

「妳沒發現 Jun2 不見了嗎？換成了一個莫名其妙的東西……」

周彥兮這才注意到，鐘銘的ＩＤ竟然換成了 Shadow。

Shadow？Shadow！

不能怪小熊緊張，這個名字對她來說也是抹不去的夢魘！她永遠都不會忘記回國前那一晚，他們是何等的慘烈，而那一切都是拜一個叫 Shadow 的人所賜！

難怪總聽周俊叫他影神，原來是這麼個由來……

周彥兮說：「不會這麼巧吧？」

小熊臉色有點難看：「有幾個人能徒手拆黑，一局都不給對方贏的機會，還好巧不巧還都叫 Shadow？而且，他這局又用宙斯……真的有這麼巧的事？」

不用說，答案已經擺在那裡。

然而這一次，或許是因為緊張，小熊和周彥兮都沒有關麥克風，雖然是小聲議論，但早被語音房間裡的其餘幾人聽得清清楚楚。

周俊神色不明，心思千迴百轉。陳宇直接打了個問號給鐘銘。

鐘銘這才想起來，大約在一個多月前，他去國外平臺打路人，曾經徒手拆黑，將對方打到一整晚氣勢萎靡，而其中有個蠢蠢的白牛，被他宙斯殺了無數次……這麼菜的路人，他完全不會記住對方ＩＤ，但是此時聽這兩人的對話，再結合周彥兮的操作，一切似乎就水落石出了。

號角聲已經吹起，雙方開始出兵。

鐘銘的宙斯踏上征程，臨出門前丟給正發呆的某人一句話：『沒事，被我虐，不丟人。』

第四章　平臺賽

或許是回國前那一晚對周彥兮造成的打擊實在不小，以至於她看到 Shadow 就反射性地朝著他的反方向跑，搞得鐘銘每次剛要大開殺戒，就發現他家輔助跑得比對方英雄還快，這就導致有幾次明明可以擊殺對方，卻白白錯過了大好時機。

幾次擊殺失敗，局勢變得有些尷尬，語音房間裡的氣氛也凝重起來。誰也不敢說話，倒顯得鐘銘的呼吸聲無比清晰，帶著有規律的壓力傳遞到了周彥兮的耳朵裡。

一個危險的預感不斷提醒著她，他好像快要炸了……尤其是當她又一次落荒而逃，害得他被群毆致死之後……

耳機裡傳來「啪嗒啪嗒」的聲音，像是有人按動打火機。周彥兮覺得自己的心臟也隨著那聲音一下又一下地重重撞擊著自己的身體。

片刻後，鐘銘的英雄復活，上路之前，他幾乎用商量的口吻問她：『能不能不跑了？』

鐘銘說話一向冷冰冰的，像這樣跟她說話還是頭一次。

她這種吃軟不吃硬的人哪受得了這個，正想著乾脆認個錯吧，就聽身邊小熊陰陽怪氣地來了一句：「還不是怪你把她殺怕了。」

耳機裡的男人似乎無奈地嘆了口氣：『這和之前有什麼可比性嗎？真的把自己當對方的人了？』

小熊也沒再說什麼，因為從鐘銘選擇宙斯這個英雄就可以看出來，他不打算打後期的。所以越往後拖，局勢對他們越不利。

周彥兮也知道不能再這樣下去了，連忙說：「好的，我會注意的。」

眾人聽到這話，稍稍安下心來。

可是鐘銘卻殘忍的補充了一句：『不要怕死，我會替妳報仇的。畢竟現在本場最不值錢的就是妳，所以無論妳和對方哪個換都是我們賺，明白嗎？』

「噗……」有人沒忍住，不小心笑出了聲。

周彥兮則恨恨地對著螢幕豎了個中指。

平臺的比賽對參賽隊伍的要求並不高，所以隊伍的水準也是參差不齊。一般來說，只要運氣不太差的話，一開始不會遇上什麼強隊，但是比賽越往後，對手的實力也就越強。不過慶幸的是，經過前期的磨合，周彥兮他們幾個也打出點默契來了，配合度很高，整體實力比起賽前有了很大幅度的提升。當然最重要的是，他們隊裡「大腿」夠粗。

對於一般的對手，小熊或者CC隨便誰就能Carry全場，到後期遇到稍微厲害點的，Shadow就會突然爆發，在小熊和CC的配合下，總歸能將對方按倒在地。所以雖然周彥兮還是在拖著團隊的後腿，不過也因為隊友夠強，她並沒有對比賽的結果產生太大的影響，無非就是他們二十分鐘推上對方高地，還是四十分鐘推上對方高地的差別……就這樣GD一路打到了決賽。

其實經過這麼多場比賽以後，Shadow的實力大家有目共睹。周彥兮因為波士頓那夜而對他產生的那點怨念，也隨著他一次又一次帶著她打爆敵方水晶而漸漸變成了她自己都沒察覺到的崇拜。

小熊對她的轉變很是不屑，還經常潑她冷水。這樣的次數多了，她覺得小熊對鐘銘的態度倒是有點奇怪了：「我記得之前訓練時你誇他就像誇自己時一樣，怎麼開始正式比賽了，就變了個人了？」

小熊肯定不會把自己曾經想要加Shadow好友結果被對方以「菜」為理由拒絕的事情告訴周彥兮，只是一再地提醒她：「回國前那晚妳忘了？」

「沒忘。」周彥兮想了想說，「但是我也想明白了，我這樣的操作都想贏，何況是他呢。排位時遇到一隻菜雞，不殺難道要當寵物養著嗎？」

小熊還處於對「菜」這個字極度敏感的階段，一點也不客觀地評價說：「那也只能說明他沒愛心！」

決賽定於下週六的晚上，距離比賽還有不到一週的時間。

對手是一個叫做ＷＩＮ的戰隊，以前沒有出現過，應該也是臨時組建的。不過，雖說都是臨時組建的，ＷＩＮ和ＧＤ的情況又不一樣。

聽說ＷＩＮ的幾個人都是現實生活中的朋友，以前就常在一起打遊戲，時間長了，這幾個人在相互配合上肯定要比ＧＤ強。而且，鐘銘通過之前的比賽影片還發現，ＷＩＮ的那個中單，操作和和意識都不俗，Gank節奏掌握得也不錯。所以他特地留意了一下，對方的ＩＤ叫做「明月歸」。

這時候，手機響了，是陳宇的電話：『晚上不訓練嗎？』

鐘銘不緊不慢地回道：「在看影片。」

『那個ＷＩＮ的比賽影片？』沒等鐘銘回話，陳宇心裡已經有了答案，『那就是個臨時組起來的隊伍，水準也一般，哥你是不是太謹慎了？』

「都到這一步了，陰溝裡翻船不值得。」

『也是。那研究出什麼了嗎？』

「沒什麼，不過，他們那個中單不錯。」

『再不錯也只是個業餘玩家的水準……』

說到這，陳宇突然發現，一向自恃清高的ＴＫ教主竟然誇別人水準不錯，而且對方還是個業餘選手。

想到這裡，他揶揄地笑了：『哥。』

「嗯？」

『你怕了。』

電話裡沉默了，片刻後鐘銘無奈地承認道：「是啊，但我不是怕對手，我是怕隊友。」

周彥兮連著打了幾個噴嚏，恢復過來時，擔憂地問她弟：「你說我不會是感冒了吧？一個禮拜能不能好？會不會影響我比賽發揮？」

周俊正在玩手遊，聞言連眼皮都沒捨得抬一下：「得了吧，妳那水準還談不上發揮不發揮的。」

「嘶，你每天跟著那個外人欺負你姐很有成就感嗎？」

「哪個外人？影神嗎？人家說的又沒錯，還不准我附議了？」

周母打完麻將剛回來，就看到姐弟倆又在吵嘴，但看女兒紅著鼻頭，也不管三七二十一就朝兒子開火：「怎麼跟你姐說話呢？沒大沒小！」

周俊無語地翻了個白眼：「又來一個……」

「又來什麼又來？整天只知道打遊戲，要開學了，趕緊給我收收心。」說完發現兒子似乎不為所動，於是又氣道，「都幾點了還玩手機？趕緊回房睡覺去。」

周俊慢吞吞地收起手機朝樓上走去，臨走時看到他姐幸災樂禍的表情，腦子裡只有一個想法——這輩子如果要找女朋友，一定不能找他姐或者他媽這種類型的！

周彥兮哼著歌回到房間，剛登錄遊戲，就收到一則私訊：『來，Solo 一局。』

再一看發信人ＩＤ，竟然是 Shadow。

她立刻斂起笑容。大神怎麼突然想起找她 Solo？是心情很好想提點提點她，還是心情很差只想虐菜？

但還沒等她想清楚，她的手指已經不聽使喚地打了兩個字：『好啊。』

訊息傳送出去，她很快收到邀請提示，點擊同意便加入了只有她和鐘銘兩個人的語音房間。

她有點不自在地咳了一聲：「那開始吧。」

『嗯。』

Solo 一直算是周彥兮的強項，而且她最近跟著鐘銘打比賽又進步很多，不管輸贏，就想著能讓對面的男人看到她的進步也好。而且搞不好對方還會考慮到她的賽前狀態，給她放點水，讓她不至於輸得太慘。

然而周彥兮不知道，在鐘銘的職業生涯中恐怕就沒有「放水」這兩個字。所以這局 Solo 也沒什麼好期待的，無非是周彥兮被追打，被打死；周彥兮被包抄，被打死；周彥兮守塔，還是被打死……

連續送出三個人頭，不到十分鐘，勝負已分。

到了這一刻，周彥兮可以肯定，大神的心情很不好，找她來就是要發洩的。

她默默退出遊戲，本想就這樣灰溜溜地下線得了，卻突然聽到耳機裡那個清冷的聲音突然響起：『不總結一下嗎？』

周彥兮悻悻地說：「總結什麼？你很強，我很菜？」

『聽說 Solo 是妳的強項，可是剛才這局，妳漏洞百出。』

周彥兮無話可說，鐘銘繼續說：『首先妳走位太隨意了，在視野裡沒有對手的時候一定要保持高度的警覺，少補一個兵也只是幾十塊的事情，但是為了最後那個兵送了人頭就得不償失了。再說妳的打錢速度，只要對方干擾妳，就沒辦法正常補兵，每個英雄在不同等級不同裝備下的攻擊力是可以估算的，妳什麼時候能算到這些，就不怕殺不到人了，更不怕打不到錢。』

周彥兮訥訥地聽著，見對方不再說話，她問：「就這些嗎？」

『還有，其實剛才妳有一次反殺我的機會。我追妳妳就只知道跑嗎？好的選手遇到這種情況通常會權衡雙方的血量和魔量，看看有多少勝算，而且也會分析對手的心態，妳還手他究竟怕不怕。撿漏算什麼本事，逆風反殺才是一個好的選手的基本操作。』

周彥兮聽得目瞪口呆：「這是基本操作嗎？」

鐘銘沉默了一下說：『早點休息吧，週六正常發揮就行。』

什麼才是周彥兮的「正常發揮」？跟著Shadow連勝了幾場，她幾乎就要忘了，自己在高手如雲的局裡，脆弱的就像個嬰兒一樣不堪一擊，而最後和WIN的這場決賽，好像又讓她回憶起了自己之前的樣子。

對方好像對他們的弱點很瞭解，竟然全場針對周彥兮展開了各種Gank，以她作為突破口，打得他們措手不及。而周彥兮看到自己一次又一次地連累隊友，心態早已被打崩了。

在鐘銘的幽鬼第二次被那個「明月歸」擊殺後，周俊欲哭無淚地問：「難道要止步亞軍了嗎？」

要止步亞軍了嗎？不應該啊，不可以啊！如果這個隊伍裡沒有她，或許GD早就奪冠了。周彥兮想到比賽前鐘銘對她說的那些話，突然覺得自己很對不起他。

在人物再一次復活時，她一邊整裝出門一邊回應周俊那句話：「亞軍什麼亞軍？你那什麼偶像不是說過嗎？不到最後一刻就還有翻盤的機會。現在開始力保幽鬼！」

「幽鬼我替你擋一下！」

「幽鬼我跟他們一換一！」

「幽鬼你先走！」

「幽鬼我來賣，你收割！」

「……」

接下來的半場比賽中，語音房間裡都是周彥兮犧牲前的豪言壯語。好在大哥幽鬼不負眾望，從五十二分鐘開始終於帶領著隊友走上逆襲之路。

推掉對方水晶的那一刻，周俊感慨：「TK教主說的果然沒錯！」

小熊瞥了眼正一臉喜色查看自己戰績的周彥兮說：「我看是每個成功男人的背後都有一個越挫越勇的傻子吧。」

『噗……』陳宇正在喝水，一時沒忍住，電腦遭了殃。

周彥兮也不生氣，相反，她發現經過剛才背水一戰，她和那個Shadow之間好像真的生出了革命的友誼。

眾人說笑了一會兒，周俊突然問了一個問題：「比賽打完了，這是不是意味著我們GD要解散了……」

原本熱鬧的語音房間裡突然安靜了下來，周彥兮和小熊彼此對視了一眼，似乎都有不捨。

最後還是周俊打破沉默，他問鐘銘：「影神，這次比賽之後肯定會有職業隊看上你的，你以後打算怎麼辦？考慮加入哪支隊伍嗎？」

房間裡又靜默了片刻，過了一會兒，鐘銘不緊不慢地說：『不會。』

「為什麼？」

『沒有為什麼。』

「你不想打職業嗎？那真是可惜了。」周俊的語氣裡滿是遺憾，在他看來，他的影神就是為LOTK而生啊，這還是TK和李煜城之後，唯一讓他崇拜的人。

可沒想到鐘銘卻說：『不會加入別的隊伍，但並不代表不打職業。』

周俊愣了愣：「什麼意思？難道說你想自己組一支隊伍嗎？」

『嗯。』

聽到他的回答，小熊和周彥兮也很意外，而且意外之餘還有點小激動——如果他想組建戰隊，那是不是會考慮一下剛剛跟他一起拿下平臺夏季賽冠軍的這些隊友呢？

周俊已經等不及先問出口了：「組隊至少五個人，那你有合適的人選嗎？」

『目前還沒有。』

周俊彷彿聽到了什麼天大的好消息：「那影神你看我能打職業嗎？我好歹也是你的關門弟子了吧？」

鐘銘想了想，周俊這孩子資質的確不錯，反應速度和手速都很快，最可貴的是學習能力也很強，如果好好培養一下應該也是個不錯的苗子。

他笑了一下說：『打職業不是兒戲，你不是還在上學嗎？這要跟你父母商量好才行。』

周俊一聽這話就知道有機會，正想說父母那邊沒問題，卻感覺到有人在扯他的袖子。回頭看，是他姐一副欲言又止的模樣。

「幹什麼？」

周彥兮翻了個白眼，無語地指了指麥克風，周俊這才明白她的意思，不情不願地關掉了自己麥克風。

周彥兮這才惡狠狠地問他：「你是不想甩掉我？」

「別鬧了姐，就妳那水準，真的比不上職業選手的標準。如果熊哥說要跟著影神還差不多，妳就算了吧。」

周彥兮又看向小熊，後者眼神閃爍地輕咳了一聲說：「反正我剛回國也還沒找工作，如果有機會做自己喜歡的事情那正好。」

周彥兮的目光冷冷地在閨密和弟弟之間掃了個來回：「你們都想甩掉我？」

周俊還是那句：「打職業不是兒戲啊，妳都工作的人了怎麼能打職業呢？」

「那有什麼，辭掉唄。」

「那怎麼跟老爸老媽交待？」

「這你不用管，倒是你，開學了怎麼辦？」

「我那半吊子學，上不上都一樣。」周俊還是覺得她姐打職業是件很可笑的事，繼續勸道，「我記得妳和影神不太合啊，還是別太衝動吧。」

提到這個，周彥兮的神色有點不自然，但態度還是很堅決的：「那是以前，剛才那局你也看到了，我們還是很有默契的。」

周俊見實在勸不動她，只好說：「可是願不願意接受妳也不是我說了算，這還要看影神的意思。」

周彥兮說：「你跟他熟，好好說一說。」

周俊無奈：「那好吧，不過結果怎麼樣，我就管不了了。」

好在三個人再回到語音房間時，鐘銘還線上。周俊輕聲咳嗽了一下說：「影神，我是這樣想的啊，你看我們經過這段時間的磨合也算有默契了，要不然乾脆就我們五個組隊吧？你也不用再到處找其他人了。」

陳宇連忙說：『抱歉啊，我不行，我人在國外，只能精神上支持你們了。』

「啊……」周俊愣了愣說，「那就我們四個，回頭你再好好找找，簽個像C神這麼強的，GD還是GD！」

周俊說這些話時聲音都是虛的，就怕鐘銘會一怒之下連他都不要了。

沒想到鐘銘卻問：『哪四個？』

「呃，就是……你、我、熊哥，還有……我姐……」

他的聲音越來越低，底氣也越來越不足，但是周彥兮沒有怪他，因為就連她自己聽到後半句時都忍不住縮了縮脖子。

她自知是自己奢望太多了，但是不試一下怕以後想起來會有遺憾。

語音房間裡靜得可怕，時間也像是在配合著她的心情而刻意放慢了速度。彷彿過了很久以後，才聽到鐘銘說：『以前是因為不熟悉，但是這一次看，小熊確實有達到職業選手的水準了，完全可以去更強的戰隊。』

鐘銘這麼說，隱隱就有為之前的事情道歉的意思，但是他不說破，小熊自然也不會說破，不過這樣一來，他對鐘銘倒是更加佩服了。

小熊說：「戰隊強不強那還是要看戰隊選手強不強。」

這話有幾分狂妄，但也是實話，只要一個人夠強，那麼他在哪支戰隊，哪支戰隊就是強隊。

而鐘銘只是不置可否地笑了下，也沒再說什麼。這樣一來眾人都明白，鐘銘其實不願意接受的就只有周彥兮了。

周彥兮知道人家沒有明確的拒絕已經是在給她臺階下了，她嘆了口氣打開麥克風，沒什麼情緒地說：「我聽周俊說你會把這次冠軍的獎金平分給大家，我知道自己沒什麼貢獻，不配拿這個錢，所以就你們分了吧，不用給我了。」

說完，她也沒再提要跟著鐘銘組隊的事情，直接關掉麥克風，退出了房間。

怪他嗎？不怪，誰打遊戲不想贏？而LOTK中的五個人，每個人都有自己的使命和職責，眾人即便是要保護一個人，那也只能是有實力的後期大哥，而她的操作和意識，比其他幾個人差太多，到了專業的比賽裡必然成了敵方的突破口，最後導致己方隊友的努力付之東流。

這些她都明白，可是怎麼那麼不甘心呢？

見她這樣離開，周俊和小熊也不能再像平時一樣落井下石，立刻也下了線跟上她。

周俊試圖安慰她：「我就說女孩子打什麼職業，妳現在的工作又清閒又舒服，以後再找個男朋友談談戀愛，日子過得多好啊。」

衣食無憂毫無壓力，這或許在很多人眼裡都是不錯的生活，可是這不是周彥兮想要的生活。她一直很想做一件事，一件自己真正喜歡的事，然後在自己為做成這件事而努力的日日夜夜中，看到自己存在的價值。

現在她找到了這件事，但是自己卻沒有為它奮鬥的資格。

見周彥兮只是嘆氣，周俊求助地看了看小熊。

小熊深吸一口氣說：「算了，那人真沒勁，我也不跟他打了。」

聽到這話，周彥兮終於開口了：「你別因為我意氣用事，你不是一直想打職業嗎？我知道你之前是考慮要回國才拒絕VBN的。這次那個Shadow我也早看出來了，他不是一般的路人選手，他說要組建戰隊肯定也不是一天兩天的事了，這是挺不錯的機會。」

小熊沒有說話，因為周彥兮說的沒錯，他欣賞鐘銘的技術，也看好他隊伍的前途。

周彥兮見兩人沉默，反而安撫起他們：「其實我也不是一點收穫都沒有，我進步了啊，而且有人陪我玩了半個月，帶我各種虐人，以後就靠你們帶我起飛了。」

周俊見他姐終於想開了，欣慰地點點頭：「這麼想就對了！」

ＧＤ拿了冠軍，按照賽前提交的協議，獎金按比例分別打到五個人的銀行帳戶上，而且鐘銘還是本賽季的最佳 Carry，多一筆獎金。只不過他卻前後收到了三筆獎金。

他看到最後入帳的那一筆，想了想，傳訊息給處理這事的周俊。

Shadow：『？』

周俊回了個冒汗的貼圖。

Jun：『我姐逼我的……再說她也不缺錢，影神你就別拗了，安心收著吧！』

Shadow：『我看上去很缺錢嗎？』

周俊想起當初他一提獎金鐘銘二話不說就同意組隊的情形，搓了搓手指回覆道：『當然不是，主要是這事對她來說就是重在參與，錢不錢的無所謂。』

這則訊息傳過去後，周俊的手機沉默了下來。當他以為鐘銘已經接受了這筆錢的時候，手機卻又震動了幾下。

Shadow：『沒有任何一場比賽可以一挑五。』

看到這句話，周俊差點感動哭。在鐘銘這種熠熠生輝的大神面前，他們這些人就像路人一樣黯淡無光。而且不管是什麼樣的比賽，所有人都只會記住像鐘銘這種 Carry 全場的大神，不會有人在意到他這種默默無聞的小輔助。可是此刻鐘銘這麼說，那無疑是對他，還有周彥兮他們最大的肯定了。

周俊無言以對，只能回覆一個抱大腿哭的貼圖。

鐘銘無語：『所以我把錢轉到哪個銀行帳號？』

周俊咬了咬下唇，怎麼這一個、兩個都這麼視金錢如糞土啊？那可是真金白銀啊！

Jun：『這事我做不了主，要不然你還是直接聯繫我姐吧，她的電話號碼我倒是可以提供。』

鐘銘看著周俊傳來的那一串號碼，不禁有點猶豫。

第五章　基地

其實拒絕人的話鐘銘在這過去二十幾年裡沒少說，有時候為了減少麻煩，他甚至無意中說過不少傷人的話。不過他不覺得有什麼不對，他一直認為直接一點並不是什麼壞事。可是這一次不知道為什麼，面對周彥兮，卻覺得有些難以啟齒。

百無聊賴地登錄遊戲平臺，平臺上還掛著這次比賽的結果，兩個流光大字GD在最頂端最醒目的位置。

他不由得回想起這些天的比賽，突然發現周彥兮好像也不是一無是處，甚至有的時候還讓他有點意外……

點開遊戲好友列表，她正好在線上，而且還在遊戲中。

遊戲有個功能，開局時可以設定遊戲是否可以被圍觀，如果可以，那麼除了十名選手的位子，還會多出兩個觀眾席。觀眾進出自如，但是不能發言。而周彥兮的這局遊戲剛好有空出來的觀眾席，鬼使神差的，鐘銘點了進去。

周彥兮已經連輸了一整晚，遇上的路人隊友都非常不專業，不是熱衷於Gank搶人頭，就是死一次就到處甩鍋全是負能量。

這一局又是這樣，遊戲已經持續了五十分鐘，大哥的裝備初見起色就開始帶著隊友四處Gank，然而LOTK是個講意識、講戰術的遊戲，很顯然這局的大哥沒有這些東西。幾次去抓人，結果被人反埋伏，殺死對方一個，自己人死了三、四個。尤其是周彥兮，作為輔助她已然超鬼了，雖然逆風局裡勢必如此，但是面對隊友甩來的鍋，她開始懷念之前在GD的日子了，尤其是鐘銘，雖然有點刻薄，但是卻很公道。

敗局已定，己方已經有人率先退出了遊戲。她在退出遊戲前想看一下戰績，卻發現房間裡又多了一個人，一開始還以為是其他隊友，仔細一看是一個叫Shadow的觀眾。

他什麼時候來的？看了多久了？看到她這麼菜肯定更加堅信不接納她了吧？

她無比鬱悶的退出遊戲，好友列表中他的帳號還亮著。她就那樣看著他，彷彿能穿過網路看到他漠然的臉。

就在這時，對方像是有感應似的傳了私訊給她。

她無精打采地點開來看，意外的是他竟然說：『打得不錯。』

怎麼會打得不錯？他是不是看錯了？還是在嘲諷她？

無比沮喪地傳了個刪節號過去用以詮釋她此刻複雜的心情。

過了一會兒，他卻回覆說：『我打電話給妳吧。』

什麼？周彥兮以為自己理解錯了，連打了幾個問號給他。

對方沒有再回話，而且很快就下線了。然後不到一刻鐘，她的手機真的響了起來，來電顯示是一個陌生號碼。

周彥兮的心跳開始加速，猶猶豫豫間接通了電話。

電話裡有一瞬間的沉默，沉默過後，還是那個清冷熟悉的聲音，他說：『我是鐘銘。』

認識了這麼久，這卻是她第一次聽到這個名字，但是不知道為什麼，她一點都不懷疑這就是他的名字，Shadow 的本名。

「嗯。」她也不知該說些什麼，「你怎麼會有我的號碼？」

『周俊給我的。』

「哦……」周彥兮想了一下說，「是要還錢嗎？不用了，我不會要的，你們分了或者你留著都可以，這很公平。」

又是一陣沉默，周彥兮想，她和他之間除了這個怕是也沒什麼好聊的了。

正想說沒事就掛了吧，卻忽然又聽對方問：『很喜歡打ＬＯＴＫ？』

這還用說嗎？

「嗯，很喜歡。」她說。

『哦，那就有點奇怪。』

「什麼？」

『一般喜歡遊戲的都是能在遊戲中得到快感的，妳這個……讓妳很愉快嗎？』

是啊，被人虐很愉快嗎？其實在回國前小熊也問過她這類的問題，但她當時的回答是：「我就是喜歡。」

至於為什麼，周彥兮想了想說：「這就好比你喜歡一個女孩子，難道一定要你們各方面都很相配，你也很懂她很瞭解她才可以喜歡她嗎？其實並不是那樣，只要你能看到她的好，你喜歡她就沒問題。我對LOTK也是這樣。」

男女之間的事，鐘銘是外行，不過聽她這麼說好像也有點道理……

他點了點頭又問：『那妳對職業選手瞭解多少？』

周彥兮想了想，她確實瞭解的不多，不過他問她這些幹什麼？

鐘銘似乎早就料到她不會回答，自問自答道：『真正的職業選手可能並沒有外界謠傳的那麼風光，大多數人每天都過的很辛苦，訓練強度很大，除了吃飯、睡覺、上廁所就都是在訓練，有時候很長時間裡選手們每天都只睡四、五個小時。妳想睡個懶覺起來打打遊戲？那太天真了。而且真正的職業選手收入也不高，薪水可能還沒有妳當公務員的高，獎金也要看戰績。同時為了俱樂部的生存，妳可能還要做很多自己不願意做的事，比如和某些直播平臺簽約，在幾萬甚至十幾萬人的眼皮子底下打遊戲，參與贊助商要求出席的垃圾活動，還有，要承受很大的壓力……妳可以嗎？』

一開始周彥兮還以為鐘銘只是希望她能心悅誠服地接受他的拒絕，可是聽到後面，她漸漸發現他好像不是在拒絕她，而是有種「醜話說在前頭」的感覺。是錯覺嗎？

彷彿已經看到自己如死灰般的心重新有了生機，壓抑著內心隱隱的激動，小心翼翼地回答：「如果真的喜歡一件事，就算再辛苦應該也願意堅持吧。」

『那妳……願意繼續留在GD嗎？』

他真的願意接受她了！真的能夠和周俊小熊他們一起打職業了！

可是真的聽到這句話時，她依舊不敢相信自己的耳朵。

她再一次確認道：「那個……你說你願意接受我？」

鐘銘似乎有點無奈：『沒辦法，拿人手短。』

周彥兮才不管他什麼理由，只要能讓她留在隊伍裡就夠她開心好久！

「那你要說話算話！」

鐘銘似乎能夠感受得到電話另一端那傢伙的喜悅，他像是受了感染一樣，不經意間，臉上也有了笑容。

他輕咳了一聲說：『剩下的事情見面談吧。』

「見面？」

之前光聽周俊誇他如何英俊帥氣英明神武，突然就要見面了，她的心情立刻從雀躍變得有點忐忑。

鐘銘倒是沒留意到這些，只是說：『我們好歹拿了冠軍，怎麼樣也該有個慶功宴吧。』

周彥兮掛上電話的第一件事，就是跑去父母房間，告知他們她要辭職了。

周父愣了一下，立刻問她是不是公司裡發生了什麼不開心的事。周母倒像是有預知能力一樣，絲毫不覺得驚訝。

周彥兮回她爸：「沒有不開心，就是不喜歡！」

然後也不等父母再說什麼，就從他們房間裡跑了出來。

周母對著鏡子抹完頸霜，回頭看了一眼滿是遺憾的老公，笑了：「這不是早晚的事情嗎？早知道她坐不住，只是沒想到連試用期都沒堅持完。」

周父愁眉不展：「這麼沒長性，以後可怎麼辦啊？」

「這還不是被你寵的？我看啊，讓她朝九晚五的去上班是別指望了，嫁人倒是個更長久的方法。」

這話成功惹來周父一個白眼：「我女兒還小。」

但想想自己也的確不能照顧她一輩子，於是又說：「不過要找個可靠合適的也不是那麼容易，還是要早點打算。」

因為除了吃慶功宴還要談合約的事情，所以鐘銘就決定把大家請到別墅來。正好之前委託仲介找的阿姨剛剛上崗，大家可以提前感受一下基地的伙食。

快到中午時，周彥兮開著車帶著小熊和周俊奔赴鐘銘給的地址。

一路上周俊就像嗑了藥似的不停地透過訊息向鐘銘彙報著他們的位置，收到鐘銘的回覆後又興高采烈地告訴車上另外兩人：「銘哥說外部車輛進不了他們社區，他怕我們找不到，等一下到社區門口接我們。」

一想到等等會見到鐘銘，周彥兮剛平復下來的心情又忐忑起來：「不就是吃個飯嗎？為什麼一定要在他家啊，多不方便……」

周俊忙著回訊息沒理她，小熊卻話裡有話地說：「沒看出妳覺得不方便，如果是要去見人父母的話，妳這身行頭沒問題啊。」

周彥兮出門前特地敷了個面膜，化了個淡妝，還挑了件低調但又顯身材的裙子，乍一看看不覺得怎樣，但勝在細節迷人。不過她倒是沒想別的，完全是把今天這次見面當成找工作面試了，好歹和老闆第一次見面要給對方留下個好印象才行。

但被小熊這麼一說，她還是忍不住紅了臉：「有些人幻想有點誇張啊，我這完全是出於對人家的尊重好不好！再說你那香水味都嗆得我嗓子疼了還好意思說我嗎？」

周俊不知道這兩人去吃個飯怎麼會扯到香水和見家長，傻乎乎地問：「什麼情況啊？」

小熊沒理他，繼續對周彥兮說：「我勸妳還是別報什麼想法，妳也知道遊戲打得好的男人形象上都好不到哪去，妳又那麼外貌協會，肯定會失望的！」

周彥兮反擊道：「欸欸欸，怎麼把自己都說進去了？」

「妳哥我能一樣嗎？像我這種操作好又帥得人神共憤的今天之前電競圈一個都沒有，今天之後，也就只有我一個！」

周彥兮倒是早就習慣了閨密這過於膨脹的自信，但周俊卻坐不住了，轉過頭弱弱地對小熊說：「不一定啊熊哥，其實影神他超帥的，至於操作……」

後面的話他沒有說完，直接被小熊無情打斷：「他要是真的帥，我……立刻掰彎他！」

「噗……」周彥兮笑了，「突然替他捏一把汗是怎麼回事？」

周俊愁眉苦臉：「熊哥你別搞事啊，我可不想我們GD剛剛成立就有隊員因為對老闆求愛不得而憤然退出的。」

小熊一巴掌拍在周俊的後腦勺上：「你這死小孩，在你眼裡是什麼阿貓阿狗都能入得了你熊哥的眼嗎？」

周俊還想再說點什麼，但猶豫再三終究什麼也沒說。

轉眼就到了鐘銘說的那片別墅區，周彥兮一邊找地方停車，一邊心不在焉地搜尋鐘銘的身影。

正是一天中最熱的時候，整片停車區的小廣場上一個活物都沒有。她只掃了一眼，就找到社區大門旁的一塊陰涼地上站著的男人。

他個子很高，屬於挺拔修長的那類型，身上鬆鬆垮垮的穿著簡單的白色T恤和黑色休閒褲，很稀鬆平常的款式，但穿在他的身上卻又有種說不出來的氣質。

可能是等得無聊，他正低頭看著手機，略長的劉海恰好遮住了眼睛，但露出的半張臉依舊稜角分明。

到了這一刻，周彥兮的腦子裡只有此前周俊誇他好看的那些話……原來，真的有這樣的人。

周彥兮還在愰神，周俊已經下了車朝著鐘銘的方向跑了過去：「影神！」

鐘銘聽到聲音抬起頭來，目光朝他們這邊掃來，讓周彥兮開車門的手又不由得頓了一下，但好在那目光最後停留在了周俊的身上，而那張原本懶散又淡漠的臉上也隨之露出了笑容，然而就是這一笑，讓周遭的一切都成了背景。

周彥兮像是被定在了原地，手腳都有點不聽使喚，半晌還是在小熊的催促下才下了車。

見到他們，鐘銘稍微收斂了神色，禮貌性地朝他們笑了笑：「是小熊和YAN吧，我是鐘銘。」

「你……你好。」周彥兮還處於一切反應不聽使喚的狀態，而剛才還活蹦亂跳的小熊此刻看清鐘銘後也被「傳染」上了和周彥兮同樣的「病」，見鐘銘跟他打招呼，反應還不如周彥兮自若。

但鐘銘顯然沒料到兩人是這種反應，有些不解地看向周俊，周俊連忙打著哈哈說：「天氣太熱，哈哈，太熱……」

鐘銘點頭：「那就先進去再說吧。」

說著就帶著周俊在前面領路。他這一轉身，身後周彥兮和小熊都不約而同地鬆了口氣。

小熊的目光依舊貪婪地停留在鐘銘的身上：「想不到……」

周彥兮挑眉看他：「想不到什麼？」

「想不到真能讓我遇見跟我志同道合又顏值跟我相當的人。」

周彥兮撇嘴：「你怎麼知道人家跟你『志同道合』啊？」

「我說的『志同道合』不是妳想的那個意思好嗎？不過……」小熊笑了笑，「也難說。」

周彥兮心裡突然升起了不好的預感：「我看還是算了吧？多少職場雞湯都在說，愛上老闆沒好下場！」

小熊白了她一眼：「妳這是從哪裡看的毒雞湯啊！毫無根據！」

兩人邊說邊跟著前面的人穿過大片的綠植，最後在社區角落的一棟小別墅前停了下來。

鐘銘回頭招呼他們：「就是這了。」

早有阿姨等在門前，見眾人來，張羅著迎人。

周俊像個沒見過世面的傻孩子一樣，上上下下把這棟房子的陳設掃了一遍，然後問鐘銘：「影神，你父母不和你一起住嗎？」

「嗯，他們不住這，這是剛租的，目前只有我一個人。還有，叫我鐘銘就行。」

「好的銘哥……不過，既然是你一個人住，怎麼租這麼大的房子？」

鐘銘笑了笑說：「其實這次叫你們大老遠跑一趟，不光是為了吃頓飯，還可以順便看看以後的生活環境，嚐嚐阿姨的手藝合不合胃口。」

「你是說……」周俊這傻孩子回過神來了，驚喜地看著鐘銘。

鐘銘點了點頭：「這就是我們的基地，以後吃住訓練都在這裡。來，我帶你們看一下吧。」

這棟別墅分兩層樓，一樓餐廳和客廳是貫通的，一邊放著餐桌，另一邊靠窗的位置擺放著幾張電腦桌，七、八臺新電腦堆在桌上，有的已經安裝好，有的還沒拆封。另外除了開放式的廚房和衛浴，一樓還有兩間臥室，臥室都很大，全部朝南。而二樓全部是臥室，兩間朝南一間朝北，正好五間。

眾人跟著鐘銘看完樓下又看樓上，鐘銘帶著大家一間間看：「這都是房東出國前裝潢好的，我看還行就沒再動，回頭你們有什麼要求可以提。」

周彥兮注意到其中一間朝南的房間色調很暖，布置溫馨，想必之前住在這裡的也是個女孩子。她走進房內仔細看了看，落地的推拉玻璃門外還有個大陽臺，站在陽臺上，正好看到來時的那一大片綠油油的草坪，視野很不錯。

正在這時，身邊突然傳來關門的聲音，她回頭，才注意到自己所在的陽臺旁邊還連著隔壁房間的陽臺，剛才關門的聲音應該就是來自隔壁。

從房間裡出來，想看看隔壁是誰，就見鐘銘從裡面出來，手上還拿著一份文件。

「決定好誰住哪間了嗎？」他問周俊。

周俊說：「那娘炮的房間肯定是留給我姐，至於朝北這間，熊哥離不開我姐，給他吧。」

周俊只是隨口一說，但是不瞭解情況的人聽了多半會誤會，小熊本來還想解釋一下，但是鬼使神差的，話到嘴邊卻什麼也沒說。而鐘銘聽了這話，不禁若有所思地點了點頭。不過周彥兮完全沒注意到這些，她此刻關注的重點是——住在自己隔壁的人，是鐘銘嗎？

第六章　影魔

再下樓時，阿姨已經將一桌熱騰騰的飯菜端上了桌。

眾人圍一桌吃飯，邊吃邊聊，周俊對鐘銘的事情很有興趣。

「銘哥，聽說你剛回國，你之前在哪個國家？」

「美國。」

「哪個城市？」

「波士頓。怎麼？」

「這麼巧啊，我姐也在波士頓，熊哥之前在華盛頓。」

還真的有點巧，鐘銘不由得抬頭多看了一眼周彥兮，正巧碰上周彥兮也抬眼看向他。而視線相觸的一剎那，她卻不動聲色地移開了目光。鐘銘覺得有點好笑，後來又聽到周俊問他以前是不是職業選手，他只是含糊的回應：「以後是了。」

周俊點了點頭：「對，以後我們都是了。那銘哥你在波士頓時有沒有去現場看過職業比賽？」

「沒有。」

鐘銘說的是實話，他從來沒有去「看過」比賽，因為每一次他都是去參賽的。

周俊說：「太可惜了，我還去觀摩過幾次，只可惜沒能看到ＴＫ的臉啊。」

小熊笑：「那位的臉怕是只有他隊友見過吧。」

ＴＫ的故事之所以具有傳奇色彩，除了因為他兩次奪得世界冠軍又因為「代打」被禁賽外，還有個原因就是，他的粉絲誰也不知道他究竟長什麼樣。

倒不是因為他打比賽時還要刻意遮擋住臉，而是他打職業以來參加的都是大型比賽，大型比賽觀眾和選手距離很遠，沒有攝影機給特寫，觀眾很難看到選手的臉。而ＴＫ在他的職業生涯內，就沒有在鏡頭前露過臉，哪怕國際賽的頒獎儀式，他為了不出現在鏡頭下都沒有上過場。漸漸的就傳出了他其實患有一種叫「鏡頭恐懼症」的病。

周俊感慨：「不過要不是我姐也有這毛病，我真難相信這世界上還有這種病。」

「咳咳咳……」鐘銘正在喝水，聽到周俊的話差點把自己嗆出毛病。

周俊擔憂地問他：「銘哥你沒事吧？」

他擺了擺手，有點難以置信地看向周彥兮：「妳真的有『鏡頭恐懼症』？」

「鏡頭恐懼症」是怎麼來的，他鐘銘絕對比誰都清楚。

當初不願意在鏡頭下曝光自己其實是因為家裡父母不同意，怕自己去打比賽被他們看到。正好打職業後的第一次大賽的主辦方中有認識的人，就順便請對方幫了個忙，讓鏡頭不要在自己身上停留。後來他打出成績有了影響力，又習慣了不被粉絲打擾的生活，就向後來的主辦方提出不在鏡頭下露臉的要求，主辦方們多半也會配合。久而久之，就傳出了他有「鏡頭恐懼症」的毛病。後來等再去參加比賽，甚至不用專門提要求，主辦方也會自覺配合。

但是，他怎麼也想不到，還有人會得同樣的「病」！

周彥兮以為鐘銘是怕她影響線下比賽，連忙否認：「其實也不是，就是我一想到會有人在拍我，就會有點焦慮，不過沒關係，不會影響線下比賽的。」

鐘銘了然地點了點頭。

周俊也意識到自己可能說多了，連忙岔開話題：「對了銘哥，你是VBN的粉絲嗎？」

在北美，在波士頓，只要提到電競，連不打遊戲的人都知道有VBN這個俱樂部。鐘銘一直生活在波士頓，又喜歡LOTK，照理說不可能不喜歡VBN。

不過鐘銘只是笑了笑，沒有說是或者不是。

周彥兮倒是想到之前剛看過的關於國際賽的報導——這一次VBN是亞軍，比上一屆的成績好不少，好像並不像之前有人猜測的那樣，沒了TK他們會一蹶不振。

想到這裡她說：「不過VBN實力確實很強，大哥出走還能拿到亞軍也挺難得的，尤其是他們那個新Carry Conqueror，表現不錯，他以前是TK的替補吧，沒想到他們連個替補都這麼厲害。」

周彥兮實話實說，卻遭到弟弟的不滿反駁：「Conqueror怎麼能跟TK比？妳沒看他們這次拿亞軍拿得有多吃力嗎？半決賽時也差點陰溝裡翻船，如果TK在那必然是輕鬆拿冠軍！」

「你說這些也沒意義，他又沒參加比賽，而且誰也不知道他現在在做什麼。」

這話成功的讓周俊閉了嘴。這在電競圈裡還真是頭一遭，這麼大一個神就這樣消失了，既沒有轉會消息，也沒有退役消息，就這樣從眾人的視線下消失了！

大家你一言我一語，只有鐘銘垂著眼安靜的吃菜，對VBN的新局面，對TK的去向，他似乎都沒什麼興趣。

片刻後，小熊說：「不過這一次我國戰隊中好像只有80 Gaming拿到個第五的成績吧？去年奪得冠軍的WAWA，也不知道什麼原因沒有參賽，不知道下一屆他們會不會參加。」

周彥兮掃了一眼桌上的眾人小聲問道：「下一屆我們會參加嗎？」

然而話音剛落，她就感受到來自弟弟和小熊的古怪目光，但卻聽沉默許久的鐘銘說道：「為什麼不會？」

說著，他拿出剛才帶下樓來的幾份文件遞給大家：「這是合約，你們看一下。如果三個月後大家還留在這裡，那一年後必然會出現在國際賽的賽場上。」

周彥兮迅速地掃了一遍合約，很快就注意到了「試訓期三個月」的字，心也隨之涼了一半。

她不死心地問鐘銘：「試訓期結束有審核嗎？如果沒有通過是不是就像找工作沒有通過試用期？」

鐘銘點了點頭：「可以這麼理解。」

周彥兮欲哭無淚。

不過除了試用期這一項以外，鐘銘開出的其他條件都很不錯，有薪水，而且不低，還有獎金，根據戰績來發，看比例也都很仁義。

只是……周彥兮又想到一個問題：「可是銘哥，我們現在只有四個人。」

鐘銘說：「第五個人選我已經想好了。」

「誰？」

「王月明。」

「銘哥你說的是決賽那場殺了你兩次的ＷＩＮ戰隊的Carry嗎？」周俊問。

鐘銘輕咳了一聲點了點頭。

周俊皺眉：「銘哥你怎麼會想到他？不會是想報復吧，放在身邊好好虐他？」

鐘銘無語：「把他請來供他吃住還發薪水給他，有這樣的虐法嗎？」

「可他雖然殺了你兩次，但我真的不覺得他打得有多好，看他那路子，一點都不懂戰術，也就是路人水準。」

「路人？我們這裡誰不是路人？」

被鐘銘這麼一說，周俊和周彥兮立刻有點不好意思，尤其是周彥兮，恨不得自己是隱形人。

鐘銘抬頭掃了她一眼，像是看穿了她的心思，似笑非笑地說：「其實路人也沒什麼不好，多少優秀的職業選手曾經都是路人王。」

「那倒是，那倒是。」周俊邊點頭稱是，邊拿起筆在合約最後一頁簽上了自己的名字，「那我明天是不是就可以搬過來了？」

鐘銘說：「隨時可以。」

「太好了，每天都可以跟銘哥線下開黑了！姐、熊哥，我們明天一起搬過來吧？」

小熊表示沒意見，倒是周彥兮猶豫了一下說：「我東西太多了，過兩天吧。」

讓周彥兮顧慮的是周家父母。她懷疑周俊會騙爸媽說是回學校，借機搬出來，可惜她就沒有這麼好的藉口了。要辭職可以，但是要搬出去住，以她對父母的瞭解，他們肯定不會同意的⋯⋯

她突然有點擔心，腦子一熱簽了合約，萬一父母真的不答應怎麼辦？

王月明正和幾個隊友坐在一起聊天，說起最後那場比賽，隊友一致認為是對方運氣太好。

「你看他家那個輔助，專業送人頭。我當時就樂了，現在平臺水準這麼低嗎？」

「那個叫 Shadow 的幽鬼也很一般嘛，還不是被月月按在地上打！」

「是啊，是啊。」眾人附和。

只有正主王月明低著頭吃飯，一聲不吭。那場比賽，前期在他們強勢的時候，他殺了幽鬼兩次，但幽鬼殺了他六次。後期幽鬼發育起來以後，他差點連家門都不敢出，不敢去其他路就打野，但往往沒打一會兒就被抓，以至於之前那幾天，他打路人遇到幽鬼都忍不住害怕。不過後來他很快意識到，能把幽鬼用得像那個 Shadow 一樣好的人，其實沒幾個。所以他真正害怕的是 Shadow，而不是幽鬼這個英雄。

心裡正鬱悶著，桌上的手機突然震動了兩下，他隨手拿起看了一眼，是一則來自陌生號碼的簡訊：『有空嗎？聊兩句。』

這年頭神經病越來越多了，他沒好氣地回覆：『你他媽誰啊？』

回覆完又「咣當」一聲隨手丟在桌上。

這舉動讓周圍的人意識到，他的心情不怎麼樣。眾人都不再說話，桌上難得安靜了片刻，而就在這時，手機又振動了兩下，王月明沒好氣地抓過來，正要發作，卻看到對方的回覆是：『Shadow。』

就像烈焰遇到了一盆冷水，他所有的脾氣瞬間都消失不見了，只是看著那簡訊若有所思。

眾人又詫異又好奇地看著他這一連串的舉動，等著他回過神來跟大家分享一下，沒想到他卻只是漠然站起身來，丟下一句「我去打個電話」就出了餐廳。

聯繫王月明之前，鐘銘早就找人打聽過他，他年紀不大，大專畢業二十出頭，在一家私人工廠替人裝配電路板，平時下班沒事幹就是找之前一起讀書的幾個同學打遊戲。鐘銘開給他的條件可遠比他在工廠好多了，而且打職業一直都是他的夢想，興趣愛好是一方面，錢和名的誘惑力是另一方面。所以這次機會，他沒理由放過。

至此，GD 最初的陣容誕生了，一號位鐘銘，ID：GD.Shadow；二號位熊志強，ID：

GD.XiongBa，三號位王月明，ＩＤ：GD.moon，四號位周彥兮，ＩＤ：GD.YAN，五號位周俊，ＩＤ：GD.Jun。

有人說電競圈沒什麼有文化的人，其實這個結論有據可循，從ＧＤ的陣容就可見一斑。周彥兮學渣，國外某野雞大學畢業。小熊學渣，國外另一所野雞大學畢業。周俊不用說了，連出國讀書的錢都省了，就在本地上了個類似於貴族學校的大學，說是貴族學校就是只要交贊助費就可以上的學校。而王月明，大專畢業。

許久之後，ＧＤ首發陣容坐在一起，不知道怎麼就聊到考大學，學渣四人組互相比誰成績更差，聊得熱火朝天時發現只有老闆兼隊長的鐘銘沉默不語。有眼無珠的周俊覺得這種時候不該冷落他，隨口問道：「銘哥，你當時考了多少分啊？」

鐘銘似乎回憶了一下，然後說了個數字，學渣四人組的表情也隨之凝滯了片刻——想不到鐘銘的成績竟然比他們四個人加起來還高。

周彥兮問：「你不是考ＳＡＴ嗎？還要參加國內升學考？」

他的回答是：「嗯，隨便考了一下。」

事實證明電競圈文化人少，然而一旦有個有文化的，那就是了不得的人物。

與父母周旋了半天，周彥兮最後選擇了下下策——跑路。不過她也擔心父母真的去找她，那她的職業生涯鐵定就完了，搞不好連帶著鐘銘也會受牽連。所以出走前留了紙條給父母，洋洋灑灑上千字，希望獲得他們的支持，就算不支持，諒解也可以。最後，真的怕逼急了周父，她還說自己是和小熊一起加入的俱樂部，希望他們放心。

小熊和周彥兮從小一起長大，兩家父母關係也不錯。周家父母對小熊的能力、人品，乃至性向都十分放心，知道自家女兒和他一起，至少不會擔心她的安全。這樣雙方都留點餘地，後面的事情才好商量。

因為策劃跑路的事情耽誤了一點時間，所以周彥兮成了最後一個到基地的人。

這天王月明出門買菸，正巧碰到門口一個開著寶藍色 Porsche Cayenne 的美女在和保全交涉要把車子開進社區，他忍不住多看了兩眼，心裡還忍不住感慨，這姑娘長得真是養眼啊。粗略估算，沒有一百七十公分，也有一六八，高高瘦瘦，卻也凹凸有致，一頭長髮烏黑柔順披在肩後，襯得她皮膚更加白皙。再看那張臉，五官明媚，眼角稍稍上翹，透著幾分嫵媚，但是並不妨礙她整個人的氣質是有些冷豔的，尤其是說起話來也不見笑容，一看就是冰山美人一個。

王月明看得心神蕩漾，不禁開始暢想美好的未來——等他拿到世界冠軍，年收入幾百萬，也要找個這麼美的女孩當女朋友，然後買輛這麼騷包的車給她。

這念頭還沒有澈底過去，他買完菸從外面回來，發現之前門口那輛車竟然就停在他們基地門口，後行李箱開著，裡面還有幾個行李箱，而基地大門大敞著。

難道是剛才那個美女？

他有點興奮，加快腳步走進門，正見美女從樓上下來，見到他先是一愣，然後櫻唇微啟露出一個讓周遭一切都黯然失色的笑容：「你好，我是周彥兮。」

王月明樂呵呵地努力記下美女的名字，心裡還在揣測著她是隊裡的經理還是俱樂部其他的工作人員，直到聽到周彥兮的下一句話，他蕩漾的心神突然回歸了原位。

「我是GD的輔助YAN，之前我們交過手的。」

竟然是她？那個他前隊友口中那位「專業送人頭」的醬油？他們是隊友，那麼奪冠之路豈不是困難重重？

心已然涼了半截，抬頭再看眼前的美女，也只覺得是紅顏禍水了。

這時候鐘銘施施然從樓上下來，就站在周彥兮的身後。

王月明抬頭叫了聲「銘哥」，然後悻悻地說：「我去打排位了。」

鐘銘點了點頭，看著他走遠。

周彥兮回頭看他，有點尷尬地沒話找話說：「新隊友有點靦腆哈！」

他笑了一下，從她面前走過：「也可能是妳太熱情了。」

有嗎？她剛才只說了一句話而已！

周彥兮忍不住朝著鐘銘的背影翻了個白眼，誰知鐘銘突然轉身，看到她的表情愣了愣：「妳的眼睛怎麼了？」

周彥兮低頭掩飾：「沒，沒事，我繼續搬行李。」

鐘銘似笑非笑地看著某人低著頭像隻鵪鶉一樣從自己面前走過：「需要幫忙嗎？」

「不，不用。」

周彥兮收拾好房間，下午正式加入訓練。只不過她發現鐘銘安排給她的訓練內容和別人不太一樣。

其他人只限制了訓練時間，每天打夠八小時，除了約好的訓練賽要參加以外，其餘時間是要單機練習Farm，還是打路人，都自由安排。唯獨她，一點自由都沒有。

她每天必須練夠兩個小時的單機，除了練習Farm，重點的是練習走位和拉野。除此之外還要熟練背出常用英雄各項技能屬性和常用裝備的屬性，剩下的時間才能打打路人。更要命的是，她每天訓練時長要比其他人多兩個小時……

周彥兮美好的職業設想徹底破滅——人機大戰太無聊，背東西也不是她的強項，多訓練兩個小時她沒意見，但是看比賽影片寫觀後感這事小學生都不屑做了！

這樣幾天之後，周彥兮決定找她家隊長聊聊。

她不喜歡拐彎抹角，開門見山地問：「說實話，你是不是想讓我打候補？」

鐘銘微微挑眉：「妳怎麼看出來的？」

「這還需要看嗎？」

「妳放心，不是。」

周彥兮將信將疑：「真的？」

「嗯，不是候補，候補也是正式選手，而妳現在還在試訓期。」

什麼？這麼說她連做候補都還不夠格？

周彥兮努力壓下翻湧的火氣，技不如人沒辦法，只能認命。

「三個月的試用期已經過去好幾天了。」鐘銘像模像樣地指了指電腦螢幕上的電子日曆，「有些人好像一點進步都沒有。」

周彥兮垂頭喪氣：「我這就去訓練……」

又完成一天的規定內容，她總算可以打一局排位了，但小熊他們幾個開車出去買宵夜了，所以她只能單排。

既然是打路人，周彥兮沒有選熟練的那幾個輔助英雄，執著地選了宙斯走中路。對方和她對線的是影魔。

影魔這英雄對操作要求比較高，打路人時經常能看到有些菜鳥放空炮，不過就算是熟手也不是每次都能把握好釋放技能的位置和方向。所謂「十個影魔九個菜」，就是因為這個原因。可是好巧不巧，周彥兮今天遇到的卻是那十分之一。

人物再一次倒下，她開始懷疑人生——或許鐘銘說的對，她真的沒什麼打職業的天賦。

心裡正鬱悶著，突然聽到身後也是一聲嘆息。她嚇了一跳，轉身一看，竟然是鐘銘，他怎麼沒跟周俊他們一起出門？

回過神來，她第一個反應就是去找快捷鍵，手忙腳亂地想切出遊戲，奈何幾次都沒按準。正好此時比賽已經結束，她的送了十二次人頭的「超鬼」成績赫然掛在螢幕的頂端。

終於成功退出了遊戲，周彥兮小心翼翼地回頭看鐘銘：「你看到了什麼？」

鐘銘無比淡定地坐到自己的位子上：「也沒什麼，就看到了某些人感人的操作，還有……」

他轉過頭看了她一眼，像是同情又像是嘲諷：「還有驚人戰績。」

周彥兮的心徹底涼了，看來她離轉正更遙遠了……

她心灰意冷，但嘴上還在試圖為自己辯解：「你不知道，主要剛才那個影魔太厲害了，我前期被他壓得很慘。」

鐘銘笑了笑：「那樣的影魔算厲害嗎？看來妳是沒遇到真正厲害的。」

周彥兮連忙打開榜單指給鐘銘看：「我說真的！不信你看，他的ＩＤ我記得。」

說話間，螢幕上突然彈出一個對話框：『您的好友GD.Shadow邀您加入遊戲，是否接受？』

周彥兮還沒反應過來，就聽身邊鐘銘說：「進遊戲，讓妳看看什麼叫影魔。」

這一局鐘銘選影魔，周彥兮老老實實選了撼地神牛。

影魔走中路，與他對線的是藍貓。看到這個搭配，周彥兮沒留在中路輔助他，而是直接去了下路。

因為藍貓雖然厲害，但是鐘銘的藍貓才是周彥兮見過最厲害的，他這麼瞭解這個英雄，想必對付起來也容易很多吧。

果然，遊戲剛剛進行到一分鐘時，鐘銘就完成了一次漂亮的單殺，拿到了一血。可是還不等周彥兮高興，就在下一秒，螢幕顯示 Shadow 被對方輔助惡魔巫師擊殺。

周彥兮以為是鐘銘太輕敵，偶爾有個失誤也是正常，就沒放在心上。可是沒多久，她注意到對方的兩個輔助，除了惡魔巫師，還有冰女就像住在中路一樣，不停地配合他家藍貓 Gank，瘋狂壓制著鐘銘的影魔。不出意外的，影魔又連續被擊殺兩次。

雖然有點意外，但周彥兮還算淡定。不過其他幾個路人隊友就表現得沒那麼淡定了。

『不會玩就不要選影魔啊！』

『又來個腦袋有洞的。』

『預感會輸的很難看……』

雖然不懂大家為什麼這麼篤定，但是周彥兮也有點相信，他們可能真會輸。

而此時鐘銘似乎也感受到了壓力，竟然從中路退了下來開始轉戰野區。周彥兮只好幫他做好視野，免得被對方抓到。

這期間倒是還算安靜，幾次對局雙方各有死傷。中間周彥兮的神牛死了一次，等著英雄復活的空檔，她看了一眼資料，驚訝的發現影魔的經濟竟然追了上來，再看地圖上的他，打野的效率非常高。

這傢伙是開掛了嗎？

鐘銘的影魔打完最後一波野怪時，正好是河道出符的時間，於是就往河道走去。而就在此時，地圖上一個敵方英雄的身影一閃而過——對方惡魔巫師竟然早一步到了隱身符旁邊。

雙方人馬顯然都看到了這一幕，知道勢必會有一場惡戰要打，所以離得近的隊友都不由得向河道發起支援。

可是影魔還是慢了半拍——惡魔巫師搶先吃下隱身符，緊接著他就消失在了地圖上。

周彥兮長嘆一聲，這下完了，對方占盡天時地利人和，而影魔只能自求多福了。顯然她的其他隊友也是這個想法，正向著河道支援的那兩個人，此時竟然就近打起野來。也是，知道影魔必死，團戰必輸，何必還去送死，倒不如只犧牲影魔一個。

可就在這千鈞一髮之際，就見影魔對著空氣連放兩個影壓，螢幕上立刻顯示惡魔巫師被擊殺。

還不等眾人反應過來是怎麼一回事，對方已經開罵：『影魔開圖了吧！』

己方沒有人敢吱一聲，因為擁有這樣開圖般意識的人的確沒有幾個。

然而只有周彥兮知道，這才是真正的開始。

遊戲進行到十二分鐘，對方推掉了他們的二塔，並且在中路展開了一次慘烈的團戰。周彥兮他們死了兩人，對方死了四人，鐘銘成功拿下了三個人頭，系統響起「Triple Kill」的提示音。

周彥兮忍不住叫了聲「好」，但身邊的鐘銘卻沒什麼反應。此時他正從另外一條路包抄野區，追殺對方最後倖存的一名英雄。

周彥兮剛想說野區沒視野應該是追不到了，就見鐘銘像是早有感知似的，在野區小道與河道交叉口處連放兩次的盲壓（憑自身判斷，對已經隱身的目標釋放影壓技能），地圖上沒有立刻看到人，但系統提示音卻第一時間響起：「Dominating！」

他已然主宰了比賽！

後面的比賽，周彥兮幾乎沒有費什麼力氣，因為只要有鐘銘在的地方就有收割。

他數次盲壓幾乎百發百中，血量即將耗盡也敢賭上性命與對方一較高下，然而就是這麼自信的操作每一次都展示了什麼叫極限。最後當他們推上對方高地時，周彥兮跟著他，看他大步走在前方，面對敵方眾英雄毫不畏懼，一抬手，一個「魂之挽歌」讓她的電腦螢幕裡充斥著最斑斕的色彩……

這一刻，周彥兮想，這才是真正的影魔。

遊戲結束前，螢幕上顯示盟友的對話。之前罵影魔罵的比誰都厲害的那傢伙換了個人似的誇影魔打得如何不錯。

周彥兮不屑：「馬後炮。」

那人見他們不領情，又補充了一句：『不過我說不錯也是相對而言，講道理，除了TK，別人的影魔都是菜。』

鐘銘從來不跟路人廢話，打完遊戲便退了出來。

周彥兮見狀也跟著退出遊戲，不過想到剛才那人的話，她有點好奇：「銘哥，ＴＫ的影魔真的有那麼厲害嗎？」

「妳覺得呢？」

周彥兮搖頭：「不知道。因為我是這兩年才開始關注ＬＯＴＫ比賽的，都沒看他在大賽中用過影魔。」

「那是對手不肯給他機會。」

「什麼意思？」

「妳沒注意嗎？和ＴＫ打比賽，每一次對手首ＢＡＮ的就是影魔。」

周彥兮了然：「這麼說對手是知道他影魔用得好，所以不給他機會選影魔？」

鐘銘摸出一根菸點上，不置可否。

周彥兮想了想說：「我也想學！」

「妳學不了。」

「為什麼？」

「妳沒聽說過嗎？『團戰可以輸，影魔必須死。』」

「這又是什麼意思？」

鐘銘又開了一局遊戲，邊邀請周彥兮加入，邊解釋說：「開始時他們罵我，是因為選影魔很冒險。影魔這個英雄雖然厲害，同時也很難操作，能用好這個英雄的，全世界的選手一隻手都數的過來。而發育不好的影魔就是團隊的噩夢，因為大家會覺得你自不量力，對自己操作過於自信，所以對你的仇恨值也會更高。就像他們前期針對我的狀況，在有影魔的局裡時有發生。所以必須真的操作很強，能頂著來自隊友和對手的雙重壓力撐到自己發育起來，然後才是收割的時候，否則只能等著被收割。」

聽他解釋這麼多，周彥兮卻只捕捉到一句話——能用好這個英雄的，全世界的選手一隻手都數的過來。那麼，他究竟是誰？

第七章　不只是遊戲

第二天上午訓練時，鐘銘難得遲到了。

周俊隨口問了句：「誰看見銘哥了？」

周彥兮打著瞌睡說：「昨晚我們搞到太晚，他大概起晚了吧？」

前一天晚上周俊他們吃完宵夜回來後就都去睡覺了，當時鐘銘正帶著周彥兮打排位，本來說好打完那局就去睡，結果狀態來了就又打了幾局。不過這事被周彥兮說出來好像就變了味。

「噗……」王月明的電腦螢幕濕了。

周俊笑得前仰後合，小熊則是無奈地罵了句：「白癡。」

周彥兮摸不著頭緒，不解地看著這行為詭異的三個人。

王月明不懷好意地問：「銘哥是不是很厲害？」

周彥兮回想了一下昨晚的戰績，打了三局，全勝，於是說：「是啊，很厲害。」

眾人又是一陣哄笑。

這時候鐘銘睡眼惺忪地從樓上下來，先去廚房倒了杯咖啡，出來時聽到眾人笑，隨口問：

「不用訓練？」

王月明笑：「醬油小姐一大早就爆猛料，不怪我們。」

鐘銘打開電腦，挑了挑眉：「什麼猛料？」

「她說你們昨晚搞到很晚，還誇你很厲害。」

被王月明這麼一說，周彥兮才明白過來他們剛才在笑什麼，臉瞬間就紅了。

「我……我是說你昨天影魔很厲害……」

周俊和王月明還在笑，鐘銘瞥了一眼臉紅得像番茄一樣的周彥兮，對兩個沒事找事的傢伙說：「一大早的找虐是不是？」

眼見老大發飆，兩人只好改大笑為竊笑。

最後還是小熊心地善良地岔開了話題：「這些年很少看人用影魔了，除了ＴＫ。」

周俊聽到有人提自己的偶像，立刻說：「對對對，ＴＫ的影魔真是一絕！尤其是影魔冠名之戰，那叫一個精彩！」

王月明點頭：「世界第一影魔嘛，這名號不是白給的。不過近兩年他不怎麼打影魔了，每次對手必定首ＢＡＮ影魔，真是可惜。」

周俊說：「那有什麼？我們ＴＫ英雄池深不可測，ＢＡＮ掉一個影魔，用其他英雄照樣完虐別人。不過話說回來，影魔的確是他所有英雄中用的最好的一個。」

周彥兮在一旁聽得一頭霧水，但怕別人注意到她不懂，只好私訊問小熊：『「冠名之戰」是哪一場？』

小熊看到她的問題，對著電腦螢幕就是一個白眼。

GD.XiongBa：『拜託妳能不能不要總像個新人一樣問一些很蠢的問題？好歹也是半個職業選手了，這些圈子裡的故事該補課就補一下嘛。有個被分享幾萬次、瀏覽上百萬的影片妳沒看過嗎？』

GD.YAN：『沒。』

很快，周彥兮收到了一個影片網址，打開一看，題目赫然是「世界第一影魔還有誰」，再看觀看數，已經直奔千萬了。

周彥兮戴上耳機點開影片。這並不是一場完整的比賽，而是TK在不同的比賽中使用影魔的經典瞬間的剪輯。可以看出無論是走位，還是技能釋放，他都處理得恰到好處，就好像螢幕中的那團影子就是他本人的影子一樣，在他的操控下舉手投足都是行雲流水瀟灑自若。

雖然只有短短的十幾分鐘，但的確能夠詮釋什麼叫做「世界第一影魔」了。

周彥兮看完，也不禁感慨：「哇，好厲害⋯⋯」

對面兩個滿腦子污穢的傢伙聽到這聲讚嘆，又笑了起來。

鐘銘瞥了一眼她的電腦螢幕——影片已經接近尾聲，黑色的背景上只有「Tomb keeper」這個ID在漸漸放大，而她那張時常會欺騙同胞的臉上此時還掛著一副被震撼到的神情。

然而影片看完了，周彥兮發現自己還是不知道哪一場才是「冠名之戰」，於是她又傳了個問題給小熊，小熊剛進排位，沒工夫理她。

不過這問題卻被身邊某人無意中窺到，也就順便解釋給她聽：「其實沒什麼真正的『冠名之戰』，不過幾年前ＶＢＮ拿下世界冠軍的那場決賽上ＴＫ用了影魔，其實那次他狀態一般，發揮算不上多好，只不過大家都只看結果，每次說到『冠名之戰』就把那場比賽拿出來說。」

周彥兮聽到他說話，立刻警惕地回頭看他，發現他離自己並不算近：「這麼遠你都能看到？」

鐘銘像看白癡一樣看著她：「妳用那麼大字體還紅色加粗，我想不看到很難。」

那豈不是一點隱私都沒有？她立刻手忙腳亂地重新設定字體。

鐘銘無所謂地勾了勾嘴角：「還有什麼問題？一起問了吧。」

周彥兮猶豫了一下，難得有人願意當百科全書，她也不怕被笑話了，繼續問：「那『冠名之戰』的『冠名』是什麼意思？」

對面小熊聽到這個問題，手一抖漏掉了一個兵：「我說大姐，妳看了半天影片竟然連冠名是什麼意思還沒搞清楚啊？」

周俊在一旁說風涼話：「熊哥你又不是第一天認識我姐。」

鐘銘耐心解釋說：「ＬＯＴＫ地圖製作者南森為了致敬ＴＫ，從某個版本的地圖開始，只要你選擇影魔，就有十分之一機率讓你的ＩＤ變成金色的『Tombkeeper』，這就叫冠名。這樣的冠名英雄除了ＴＫ的影魔還有幾個，比如ＷＡＷＡ戰隊那個 Carry 李煜城的敵法師。」

王月明忍不住感慨道：「什麼時候我也能有個英雄冠名！」

周俊嘆氣：「我覺得我這輩子是沒辦法超過我偶像了。」

鐘銘冷冷一笑：「沒事少廢話比什麼都強。TK影魔練了一千六百多局才有那樣的操作你們不知道嗎？既然你們這麼上進，那麼從今天開始你們兩個每人再加訓兩小時吧。」

「銘哥手下留情！」

「不是吧銘哥？我們究竟做錯了什麼？」

周彥兮樂了：「終於有人陪我了。」

下午的時候，鐘銘發現陳宇上線了，於是招呼幾人：「陪練的來了，來三對三。」

陳宇接到鐘銘的邀請，很快加入了他們的語音房間，聽說要三對三，就問：『怎麼分組？』

鐘銘回覆說：「我和YAN一組，其他人隨意。」

眾人一陣沉默⋯⋯

周彥兮沉默是因為緊張，因為跟鐘銘一組免不了要被他罵，但其他人沉默的原因就不好說了。

還是陳宇膽子比較大，直接打了個問號過來。

鐘銘看到之後只掃了一眼眾人：「我和YAN一組，平衡兩隊實力，有問題？」

眾人連忙說：「沒問題！沒問題！」

周彥兮鬱悶地撇了撇嘴，已經不是第一次了，她發現鐘銘好像很喜歡讓她來陪襯他，難道大神還需要通過這種方式來顯示自己有多強嗎？欺人太甚！

最後的分隊結果是鐘銘、周彥兮還有小熊一隊，剩下的人在另一隊。

B／P（禁用對方英雄）環節，見陳宇首先BAN掉了影魔，周俊立刻問：「首BAN影魔，C神是不是也知道銘哥影魔用得好？」

陳宇：『還有人不知道嗎？』

周俊：「我們都是剛知道啊……」

陳宇：『無知真可怕……』

鐘銘：「少廢話，快點選。」

最後鐘銘拿手的英雄幾乎都被BAN掉了，他只能選了一個小小，然後幫周彥兮選到了擅長的撼地神牛。

出門前，鐘銘提醒周彥兮：「記得買眼，妳做視野。」

周彥兮叫苦不迭，雖然她打錢很快，但是每局都死不少次，所以經濟從來算不上富裕，這次還要買眼，真是雪上加霜。

周彥兮還想討價還價一番，卻聽鐘銘繼續說：「遊戲真正打起來就沒有固定的幾號位了，有時候一號位起不來，二號位、三號位就要見機崛起，後期接管比賽。輔助也是一樣，周俊做不了視野的時候，妳就要分擔一下，現在正好學學怎麼插眼。」

周彥兮不情不願地「哦」了一聲，只好留了錢，學著周俊的樣子出門先把眼插在河道附近。

「還有……」鐘銘說。

「什麼？」

「有情況傳訊號或者打字。」

「為什麼？」

「隔牆有耳。」

王月明差點笑岔了氣：「我看沒必要吧銘哥。」

周俊也趁機打擊周彥兮：「是啊，我姐那操作，顧得上打字顧不上打架了。」

周彥兮憤憤地說：「你們兩個少廢話，等著受死吧！」

遊戲很快開始，起初雙方互有死傷，局勢還算平衡，直到中期時鐘銘在野區被陳宇和王月明兩人抓到兩次，局勢開始朝著陳宇所在的一方傾斜。

鐘銘在地圖上某個位置打了個驚嘆號，然後打字說：『我在這裡被抓了兩次，這裡有眼。』

周彥兮回覆：『我這就去排掉。』

鐘銘：『等我一起。』

所以鐘銘復活後就開始帶著周彥兮一邊排眼，一邊做視野。鐘銘在地圖上打個驚嘆號，周彥兮就把眼插在那裡。有時候怕她不明白，他還會多解釋幾句，不過這些插眼的基本技巧他倒是不怕別人聽到。

他說：「插眼要計算眼的覆蓋範圍，還有地圖上的陰影區域，妳插高一點可能被對方的塔打掉，插低了覆蓋的視野不夠。」

周俊聽到鐘銘這麼說嘿嘿一笑：「銘哥，我猜到你們在哪了。」

鐘銘沒有理他，因為此時陳宇出現在了野區，正好是他們剛做好的視野範圍內。

鐘銘立刻傳了訊號，帶著周彥兮去抓人，不出意外的，陳宇死了。

殺掉了陳宇，兩人又順手排掉了周俊插的兩個眼。王月明和周俊遠遠看著這一切，奈何顧忌他們是兩個人，所以也不敢冒然上前，更何況線上還有小熊牽絆著他們。

在泉水裡等著復活的陳宇看著鐘銘和周彥兮雙進雙出在他們野區穿行自如，不禁感慨：

『欸，銘哥什麼時候這麼有耐心教人插眼了？』

鐘銘：「你是不是不想出來了？」

周俊：「銘哥偏心，帶我都沒這麼認真。」

鐘銘：「說話時記得摸著良心說。」

王月明：「銘哥偏心是正常的，周俊你跟銘哥關係再近充其量也就是個郎舅關係，跟醬油小姐姐就不一定了。」

周彥兮內心OS：插個眼而已啊，這都能帶節奏？

鐘銘：「你今天再加兩小時。」

王月明立刻意識到誰才是老闆：「銘哥你認真的？」
鐘銘眼皮都沒抬一下：「我像是在開玩笑嗎？」
周俊和王月明不敢再亂說話了，尤其是王月明，只能把「加班」帶來的鬱悶釋放在遊戲當中。
結果打了三局，鐘銘和周彥兮就輸了三局，不過鐘銘似乎一點也不意外，還難得誇她進步了。
周彥兮這種順毛驢的脾氣，被人誇反而更聽話，打完訓練賽乖乖去人機大戰了。

退出遊戲，陳宇傳訊息給鐘銘：『你真的打算讓她繼續留在隊裡？』
鐘銘瞥了一眼在一旁兢兢業業練習補兵的周彥兮沒有回話。
陳宇又說：『據我觀察，小熊和王月明技術都還不錯，周俊也很有潛力，打個輔助沒什麼問題，就是這個周彥兮……放在路人中可能算中上水準，偶爾團隊配合好了也能發揮作用，但是在高水準的職業比賽裡，她的弱勢就顯現出來了，將來必然會成為隊裡的短板，到時候你怎麼辦？』
到時候怎麼辦？說實話，這種情況鐘銘還沒想過。
見鐘銘不回話，陳宇不確定地問：『你不會真的看上她了吧？』
鐘銘正端起水杯喝水，冷不防地看到螢幕上這句話，差點嗆到。
他不禁狂咳起來，引來周彥兮也看了過來：「銘哥你沒事吧？」

他若無其事地回了句「打妳的遊戲」，然後回覆陳宇：『試訓期三個月，三個月以後再說吧。』

陳宇說：『我就怕你到時候狠不下心，就像當初接受她入隊一樣。』

看到這句話，鐘銘沉默了，他沒有再回覆陳宇，而是直接結束了對話。

訓練結束回到房間已經是半夜，周彥兮洗了澡坐在梳妝鏡前吹頭髮，吹到一半，突然從鏡子裡看到對面牆壁上有一個黑呼呼的東西，仔細一看，竟然是隻壁虎！

緊接著就是一聲刺破長空的尖叫聲……

周彥兮從小到大最怕這種小動物，大熱天的，她瞬間從頭涼到腳趾。她立刻打電話給周俊，無奈周俊電話已經關機。想來想去，只能去對面求助小熊了。

小熊剛洗完澡就聽到周彥兮的尖叫聲，正好她找來，一問才知道只是隻壁虎而已。

「我還以為妳那裡進採花賊了。」

「絕對比採花賊還可怕啊！」

後來在周彥兮的再三懇求下，小熊才極不情願地答應跟著她回房間捉壁虎。可是等他們再回到房間時，那壁虎卻早已不知去向。

這下好了，周彥兮是絕對不敢留在這房間裡了。最後商量了半天，小熊才同意暫時跟她換房間睡一晚。

第二天一早，除了周彥兮和小熊，其他人都早早下樓訓練。不過看幾人的精神狀態，似乎都不怎麼樣。

周俊問王月明：「月哥，你昨天有沒有聽見什麼異動？」

王月明打著哈欠努力回憶：「好像聽到了，大半夜的一聲慘叫，怪嚇人的。」

周俊：「那一嗓子之後，我就再也沒睡著……還以為出了什麼大事，今早問了社區保全，並沒發生什麼慘烈命案。」

鐘銘無奈地揉了揉太陽穴，他應該才是最大的受害者，因為他離那聲音最近……當時他剛睡著就被吵醒，以為周彥兮出了什麼事，直接從床上彈了起來，可他都穿好短褲打算出門去看看了，又聽到她在走廊裡和小熊說話，好像沒什麼事，這才又回去睡覺。不過這一鬧，昨晚就再沒怎麼睡熟了。

鐘銘想抽根菸提提神，一摸口袋，想起菸落在臥室了，只好再返回樓上。剛走到房門口，小熊的房門突然打開，他正想打個招呼，但看到穿著睡衣睡眼惺忪的周彥兮從裡面走出來時，他自己都沒察覺到，他的臉色一下子就變了。

周彥兮抬眼見是他，迷迷糊糊地打了個招呼：「早啊銘哥。」

「還早？」口氣相當的不客氣。

周彥兮一下子愣在原地，她做錯什麼了嗎？

鐘銘抬手指了指手腕上的錶：「給妳三分鐘，收拾好自己，下樓訓練。」

顯然，拿不拿菸的事已經不重要了，擱下這句話他也沒回房間，而是直接轉身下了樓。

周彥兮這才意識到隊長大人好像生氣了，雖然不知道他為什麼生氣，但是三分鐘哪夠啊！

這時候小熊已經洗漱完從她房間裡出來，見她站在門口發呆，不禁問：「怎麼了？」

周彥兮皺著眉望了一眼他身後的窗：「好像還早吧？又沒遲到，生哪門子氣？」

說著她一邊納悶地搖頭一邊回到自己房間，開始洗漱。

小熊也是一頭霧水，但轉身看見自己房間半開著的門時，好像明白了什麼，半晌，他若有所思地笑了笑，信步朝樓下走去。

隊長大人臉色不佳，整個基地都籠罩在低氣壓中。

眾人以眼神詢問最後出現的周彥兮和小熊。周彥兮只是聳聳肩表示不知什麼情況，小熊倒是一臉高深莫測的笑容。

一直訓練到下午，眼看著天色漸漸暗了下來，眾人也早已饑腸轆轆，奈何隊長大人依舊訓練熱情十足，好像忘了吃飯這件事。

最後還是陳宇提醒了一句：『你們那都快八點了吧？不吃晚飯？』

鐘銘這才叫東西吃。眾人悄悄鬆了口氣。

王月明提議：「都在屋裡悶一天了，出去吃吧銘哥？」

周俊立刻附和道：「對對，社區對面開了家麻辣肉串店，聽說口味不錯，我們去試試吧，我請客。」

這種時候喝點啤酒吃吃肉串，想想都覺得愜意，周俊這麼一說，其他人都紛紛回應，只有鐘銘坐在位子上一動也不動：「你們去吧，我不去了，另外，不許喝酒，早點回來。」

「哦，好吧。」周俊乖巧地應了一聲，朝著其他人使了個眼色。那意思就是說趁著老大還沒改主意趕緊撤啊！

見周彥兮不緊不慢的，他不耐煩地催了一句：「姐，你快點。」

卻聽鐘銘突然說：「她也不去。」

周彥兮剛要起身，聽到鐘銘的話，一時間有點不知所措。

小熊以為是周彥兮的意思，隨口問了句：「彥兮怎麼不去？」

不問還好，一問，鐘銘好像更生氣了，他指著電腦螢幕剛才那局的戰績直接對周彥兮發難：「妳告訴我，剛才那局打的是什麼？一個輔助不拿人頭可以，連助攻都沒有嗎？所以妳覺得妳還有時間去吃飯？」

要是平時，以周彥兮的暴脾氣，鐘銘這態度她肯定是不會忍的，但是今天她也不知道怎麼了，從早上訓練開始就不在狀態。雖然不知道鐘銘早上時是在為了什麼事生氣，但是後來她知道他心情不好肯定跟自己有關。

所以此時聽他這麼說，她也沒說什麼。

鐘銘難得發這麼大脾氣，周俊不由得替他姐捏把汗，但畢竟是親姐，還是小心翼翼地問了句：「那飯總得吃吧？」

「等等你們回來時隨便打包個炒飯給她。」

看來隊長大人還沒有完全喪失人性，周俊這就放心了：「沒問題，那我們走了。」

周俊倒是走得痛快，可是周彥兮卻還有話要說，只是礙於鐘銘在身邊，又有些猶豫。眼看著周俊已經走到門口，她也管不了那麼多，朝著門口大方向對周俊喊話：「我不想吃炒飯，我想吃炒麵！」

這話成了壓死駱駝的最後一根稻草，讓鐘銘僅剩一點的好脾氣也沒了。

他不解地皺眉看著她。

她一臉無辜地說：「我真的很想吃炒麵……」

鐘銘無語地冷笑一聲，後面兩人一起排位時他也再沒和她說一句話。

而接下來的這局排位，周彥兮也不知道是餓得手抖，還是被嚇得手抖，總之發揮得其爛無比。當她的人物第六次倒下時，她甚至不敢去看鐘銘的臉色。到第七次時，Shadow 直接退出了遊戲。

周彥兮愣了一下，跟著退出，安安靜靜地等著他再次發來邀請，可是電腦螢幕上卻一點動靜都沒有了。

身邊響起「啪嗒啪嗒」的聲音，她回頭看，是他在點菸，偏偏打火機也跟他較勁似的，按了幾下才竄出火苗來。

總算點著了，周彥兮高高提起的心也漸漸落回了原處。

「妳把打職業當什麼？」他突然開口。

「嗯？」周彥兮沒聽明白他的話。

鐘銘夾著煙的手指了指螢幕：「別人說LOTK是『遊戲』，但是從我們開始打職業的那一天起，它就不只是『遊戲』了。」

周彥兮垂下眼：「我明白，從我來這裡開始，我就再沒有把它當成遊戲。」

「是嗎？」鐘銘笑著看她，「可妳說的和妳做的好像是兩回事。不然現在都什麼時候了，妳那種程度的操作竟然還有閒工夫想別的事？」

「什麼別的事？」周彥兮不明所以地問。

鐘銘卻從她臉上收回視線重新看向自己的電腦螢幕，似乎並不打算回答她。

周彥兮想到這一天來他的反應也覺得委屈。她承認自己的操作很菜，但他接受她入隊試訓時自己遠比現在還要差。這段時間雖然算不上進步飛速，也是有了很大的成長，怎麼他反而更不滿意了？

大概是後悔了吧，後悔當初留下她，所以現在怎麼看都不順眼。

「既然我這麼一無是處，你當時為什麼還要接受我來試訓？的確，當時是我求著來的，但被你拒絕之後我已經放棄了。我也知道自己的水準離一名職業選手還差很遠，可是你為什麼又突然出現邀請我加入？你知不知道你的那個舉動對我來說意味著什麼？我突然從全盤的自我否定中找到了希望！可是既然邀請我來了，現在為什麼又這樣對我，你明明知道，我每一局都盡力了，剛才幾局狀態低靡是因為這已經是今天的第九個小時了。你不能要求所有人都像你一樣。」

周彥兮從來就不是那種逆來順受任人挑刺的人，她以前聽他的話，除了敬重他，更多是覺得他說的對，可是今天他真的有點莫名其妙了！

「說完了嗎？」鐘銘問。

周彥兮沒好氣地「嗯」了一聲。

「我也不知道我當時做的對不對。」他欠了欠身，將剩下的半根菸掐滅在桌上的煙灰缸裡，然後轉頭看向她，「但我鐘銘做事從來不後悔。我對妳說這些是希望妳明白，這是打職業，妳必須足夠強，要像個男人一樣才能留在這個隊伍中，而不是把自己定義成隊裡的妹子，還需要人照顧，而是相反，妳是隊裡的輔助，其他人都需要妳照顧。上一場平臺賽是因為參賽隊伍都不是正規的職業隊，所以我們僥倖拿了冠軍，妳以為王月明他們很服妳嗎？ＬＯＴＫ是五人遊戲，要五人都強才能全隊強，在高水準的局中，沒有哪個人能獨自Carry全場，都要有隊友給力的配合，所以一旦有人成為全隊短處，那麼其他人再強也沒有用。比賽是比賽，不是遊戲，就像上陣殺敵，難道願意看到因為自己弱而葬送掉其他隊友拿獎盃的夢想嗎？妳不能，我更不能。」

其實鐘銘也知道，周彥兮並不是不努力，只是他覺得她應該更努力。他不想看到三個月後大家都留下只有她一個人離開，更不想真被陳宇說中，因為他一時的心軟，葬送掉ＧＤ的未來。

今天的這些話，他早晚都會對她說，只是如果沒有今天早上的事，他或許會換一種方式，一種更加委婉，她更能接受的方式。不過現在搞成這樣……他也說不上來究竟是哪裡出了錯。

周彥兮怔怔地看著他，之前的委屈全部化成了恐懼，她其實一直都知道，什麼是她最不敢面對的，不是輸比賽、不是被嘲笑，而是因為自己，讓周俊、小熊，甚至是鐘銘和王月明的夢想化為泡影……

「所以妳現在的目標是什麼妳知道嗎？」鐘銘問。

周彥兮吸了吸鼻子說：「是不久後的全國公開賽？」

鐘銘沒什麼表情地看著她：「距離全國公開賽還有五個月的時間，妳以為妳也還有五個月的時間？」

周彥兮突然有點不敢接話了。

鐘銘說：「妳沒有那麼多時間，我只給妳三個月的時間。在這三個月的試訓期內，我會盡我所能幫助妳，如果三個月後能達到我要求的水準，就留下，如果不行，妳可能更適合回去做公務員。明白嗎？」

周彥兮看著他，努力看進那雙漆黑如墨的眼中，而那雙眼眸深處好像有火光閃動，就像她的心中，也剛剛被人放了一把火，這火燒的她患得患失、迫不及待……這是她短暫二十年的人生中，第一次那麼想要去完成一件事，去做好一件事，只為不讓有些人失望。

第八章 練習賽

等周俊他們回來，周彥兮連炒麵都沒顧得上吃，立刻又跟著大家一起排位。

眾人很快就發現，一頓飯的工夫，周彥兮好像又滿血復活了，而且很執著，每局都只選撼地神牛一個英雄。

周俊忍不住問：「姐，妳每次選這一個英雄不膩嗎？」

周彥兮說：「TK的影魔都練了一千六百多局，我資質肯定不如他，那更要多練，我發現神牛最適合我。」

王月明聞言不客氣地潑冷水：「我看適合妳的英雄還沒出生呢，妳看妳的神牛，每局不送十來個個人頭好像不舒服一樣。」

說話時周彥兮正打算去上路配合他打個埋伏，聽他這麼說乾脆改道去了中路。

王月明在後面叫：「欸欸別走啊！」

沒人理他。

周俊欲言又止地看了看鐘銘：「銘哥，我能問你一個問題嗎？」

鐘銘手上操作不停：「說。」

「你是不是認識TK？」

手一抖，漏掉一個兵。他抬頭瞥了眼周俊：「為什麼這麼說？」

「我可是TK的資深粉絲啊，你上次說TK練習影魔打了一千六百多局那事，我一點印象都沒有，後來還專門回顧了他所有的影片和有關的發文，都沒看到這個資料，所以我猜他根本沒有公開說過這個吧？你既然知道，只能是你們認識嘛。」

聽周俊這麼說，其他人也都好奇地看向鐘銘。畢竟TK是圈裡的頂級大神，又那麼神祕，如果誰和他熟悉，那確實是件挺很酷的事情。

然而，在眾人期待的目光下，鐘銘只是無所謂地說：「我隨便說的。」

「欸……」

原本像隻鬥雞一樣鬥志滿滿的周彥兮在聽到這句話時，瞬間像被抽了骨頭一樣：「我的信仰倒塌了……」

鐘銘不屑笑了笑：「TK什麼時候成妳的信仰了？那可真是他的不幸。」

這一天的訓練強度很大，但是在鐘銘的那一番話後，周彥兮卻突然不覺得累了。

訓練結束，眾人都已經回房休息，只有她還留在電腦前，等著下一局排位的開始。

或許是因為時間太晚，等了半天，排位還沒有配對成功。

她百無聊賴地伸了個懶腰，突然聽到身邊傳來椅子滾輪滑動的聲音。一個激靈坐正身子，正看到去而複返的鐘銘重新打開了電腦。

「銘哥？」

「睡不著。」

「哦。」

「來雙排。」

「哦。」

夜越來越深，電腦前的兩個人卻渾然不覺。

三局遊戲打了將近四個小時，再打下去就要天亮了，可是遊戲結束後，兩人誰也沒說離開。

周彥兮問：「銘哥，我能問你一個問題嗎？」

鐘銘看向她，示意她問。

周彥兮說：「你當初把我留在隊伍裡，是因為拿了我那份獎金拿人手短，還是覺得我也是個可造的苗子？」

「這很重要嗎？」

周彥兮點頭。

鐘銘笑：「這不重要吧，重要的是妳要證明給我看妳究竟是什麼。」

「我來證明？」

他沒有繼續這個話題，而是關掉電腦站起身來：「天都快亮了，回房休息吧，明天十點開始訓練，不許遲到。」

說完便自顧自地往樓上走去。

看著他離開的背影，周彥兮撇了撇嘴：「不敢正面回答，肯定是因為拿人手短！」

可究竟是什麼原因讓鐘銘決定留下周彥兮呢？

想到平臺賽最後那場決賽，其實當時有那麼一瞬間，鐘銘的腦子裡也閃過與周俊同樣的問題——他們是不是要止步於亞軍了？他ＴＫ竟然也會輸給一支名不見經傳的臨時隊伍？可是周彥兮的話讓他清醒過來。

後來他時常想起她吵著要替他「挨刀」的情形，有時候覺得挺有意思，但仔細想想竟然意外發現在他所認識的人中，哪怕包括他自己，對ＬＯＴＫ最執著的那個人竟然是她。

她好像並不在乎有多少人喜歡這款遊戲，也不在乎自己究竟適不適合這遊戲，她只知道她自己喜歡最重要。就像她說過的那個比喻，喜歡什麼只要能看到它的好就足夠了。

而事實上，每個遊戲都有它的有效壽命，當不斷有新的遊戲出現在大眾的視野時，就連職業選手也會有新的選擇。這或許並不是因為熱愛，這只是為了生存。而他對ＬＯＴＫ的感情甚至超出了熱愛。ＬＯＴＫ能存活多久，不知道，但是他知道，是它成就了ＴＫ，也詮釋了一代人完全不一樣的青春。

周彥兮關掉電腦，上樓時突然又想起一件事，於是連忙去敲小熊的房門。

小熊睡得正香時被吵醒，開門見是她，都快哭了：「又怎麼了啊大姐？」

周彥兮怕吵到對面的鐘銘，連忙把他推進房間關上門：「昨晚那隻壁虎還沒找到呢……」

於是倒楣的小熊大半夜的又被趕出了房間。

因為睡得晚，周彥兮起晚了。她衝回房間匆匆忙忙洗漱完時，小熊還在對著鏡子整他那幾根劉海。她趕時間，也顧不了許多，叮囑了他一句「不許偷看」，就背對著他開始換衣服。

小熊不屑地輕嗤一聲，繼續弄自己的頭髮。最後兩人同時搞定，一起出門。

結果剛一出門，正好遇到鐘銘也從房間裡出來，他先是掃了一眼周彥兮，又掃了一眼她身後的小熊，臉上沒有任何表情。

周彥兮咧嘴一笑：「銘哥早。」

可鐘銘卻像沒看見一樣，直接轉身下了樓。

周彥兮不解，回頭問小熊：「沒遲到吧？」

小熊用看白癡的眼神憐憫地看著她：「這不是遲到不遲到的問題啊！」

「那是什麼問題？」

小熊擺擺手，顯然不打算多說。

訓練時間已經過了，周彥兮怕再惹怒鐘銘，坐到位子上後二話不說開始人機大戰。對面小熊卻不安分地一會兒動動肩膀，一會兒動動腰。

周俊問：「熊哥，閃到腰了？」

「不是。」小熊正想說什麼，又瞥了一眼對面黑著臉的鐘銘，話鋒一轉說，「你姐的床太軟。」

周彥兮還沉浸在鐘銘若即若離的態度中困惑得不可自拔，完全沒注意到小熊和周俊的對話。而鐘銘聽了小熊的話，不由得皺了皺眉頭，但是也沒說什麼。

王月明正在喝咖啡，聽到這句話動作不由得停滯下來，但看在場幾個人，除了鐘銘臉色不大好以外，其他人好像對這猛料都沒什麼反應。難道小熊和周彥兮是一對的事除了他自己其他人早知道了？

這時候卻聽周俊問：「你怎麼睡我姐的床？」

王月明鬆了口氣，原來大家也不知道。同時耳朵豎了起來，等著聽八卦。

周俊這句話周彥兮聽到了，隨口回了一句：「前天晚上有一隻壁虎跑到我房間裡了，現在還沒找到呢。我最怕那東西，所以和他換房睡了。」

原來是這樣，王月明意興闌珊地繼續喝咖啡。

周俊說：「那真是難為熊哥了。」

小熊還想再觀察觀察某人的反應，沒想到周彥兮自己捅破了誤會，於是沒好氣地瞪了她一眼：「妳怎麼那麼多話？」

再看向鐘銘，他倒是端得住，臉上一絲破綻都沒有，還真會「故作淡定」。

可誰知道在小熊眼中的「故作淡定」在周彥兮看來卻是「冷漠」。她想了一天也想不明白，明明昨晚她和鐘銘都說開了，怎麼今天又變樣了？

就這樣一直到晚上訓練結束，在路過鐘銘的房間時，她猶豫了一會兒，最終還是決定再和他談談。

鐘銘知道是自己錯怪了周彥兮，所以也開始後悔今天的態度，不過想到她那大大咧咧的性格多半早就忘了，也就沒當回事，以至於當他看到深夜出現在房門外的某人時，心裡竟突然升起一種不好的預感——她不會是扛不住壓力，想提前退出吧？

「銘哥，我能跟你聊兩句嗎？」

他垂眼看了她片刻，側身讓她進門：「隨便坐吧。」

周彥兮掃了一眼房內，除了堆滿雜物的單人沙發，就只有床可以坐。

她搖了搖頭：「我說兩句就走。」

那種不好的預感更加強烈了。

他轉身去拿茶几上的菸盒——其實每次他煩躁或者不安的時候都習慣點根菸。

「說吧。」

「其實我今天想了一天，覺得你說的一點都沒錯。我是笨，又不勤奮，潛意識裡還沒把自己是女孩子的事情忘掉，就覺得我技術不如王月明、小熊他們很正常，一點急迫感都沒有，一而再再而三地拖團隊的後腿，說我無藥可救也不過分……」

鐘銘打斷她：「所以，妳是打算……」

他那「放棄」兩字還沒有說出口，就見周彥兮很認真地點了點頭：「我打算再努力一點！不管你究竟為什麼收留我，既然我留下來了，就要證明自己的實力，讓你覺得自己當初的決定沒有錯，所以，我以後訓練再也不會遲到了！」

原來她以為他在為她今早遲到而生氣啊……

鐘銘避開她的視線，低頭咳了一聲：「好，我知道了。」

然後想了想，破天荒的又補充了一句：「那妳加油。」

他本以為她一腔熱情遭到冷遇，又是女孩子，多少會覺得沒面子，扛不住壓力要退縮，這是再正常不過的了。可是，他差點忘了，她是周彥兮，總是在不經意間，給人驚喜的周彥兮。

周彥兮剛離開，鐘銘的手機就收到了一則訊息。

他打開一看，來自李某人：『需不需要我幫你檢驗一下新隊的水準？』

鐘銘勾著嘴角暗罵了一句，快速打了幾個字回了過去：『我怕你後悔。』

李某人回了個怕怕的貼圖：『口氣很囂張嘛！』

Shadow：『實話實說而已。』

李某人：『那就明天下午兩點？訓練賽約起！』

Shadow：『不見不散。』

鐘銘回完這則就打算去洗漱，手機卻又震動了一下。

李某人：『欸你等一下，我還有話要問你。』

鐘銘看著螢幕頂端一直是「對方正在輸入」的提示，猜到他想問的話大概不那麼好問出口，既然如此，那就以後再說吧。

Shadow：『以後再說，我睏了。』

「對方正在輸入」的提示消失了，幾秒後，鐘銘收到對方的訊息。

李某人：『好吧教主大人，小的告退。』

鐘銘笑了笑把手機丟在一旁，脫掉T恤走進浴室。

國內電競圈的局勢一向變化莫測，多半是你方唱罷我登場，冠軍獎盃由你家遞到我家，再由我家遞到他家，很少有哪一支隊伍能成為常青樹久坐冠軍寶座。而一支叫WAWA的戰隊，卻在這幾年勢頭兇猛，接連兩次拿到全國聯賽的冠軍，更是在上一屆國際賽中，出人意料地橫掃

VBN、NONO等國際強隊，捧回冠軍神盾。而當時WAWA的第一Carry李煜城功不可沒，一時間風頭無量。與鐘銘聯繫的李某人，就是這個李煜城，遊戲ID：ww_Lee。

他和鐘銘的淵源要從四年前說起，那時候兩人都還沒加入職業隊。有一次鐘銘在國內平臺打路人，竟然在一天內遇到這個Lee五次，四次對手，最後一次是隊友，前四次打得不分勝負，最後一次二十分鐘帶領另外三名隊友推上了對方高地。

兩人不打不相識，自那以後便經常約著Solo。再後來，鐘銘沒等畢業就直接加入剛起步的VBN，李煜城加入國內另外一個俱樂部，兩年前正式轉會到WAWA。

這次鐘銘和VBN解約回國的事情，圈裡除了陳宇外，另一個知情人就是李煜城。

聽說要和其他線下隊打訓練賽，GD眾人早就躍躍欲試迫不及待了。

周彥兮好奇：「銘哥，對方到底是什麼來頭？」

鐘銘：「沒什麼來頭，一幫水貨。」

王月明頓時沒了興致：「看來等一下可以拿出我新練的卡爾了。」

鐘銘冷笑：「你可以試試，不過醜話說在前面，如果輸了，從明天開始全隊訓練時間再加兩個小時。」

下午，當GD眾人看到對面那幫「水貨」的ID時，腦子裡不約而同地冒出類似的問題：什麼時候平臺也能重名了？對方確定不是WAWA的腦殘粉嗎？

周俊不確定地問：「銘哥，確定沒進錯房間嗎？」

然而那個一直掛在榜單上前五名的ＩＤ ww_Lee 回答了他的問題。

ww_Lee：『銘哥，不介紹下你的隊員嗎？』

GD.Shadow：『沒什麼好介紹的，遊戲裡認識吧。』

ww_Lee：『@所有人，好好表現，讓銘哥認識認識。』

GD.Shadow：『……』

李煜城這是要給他下馬威？鐘銘笑了笑，對自家幾人說：「想讓對方記住你們的ＩＤ，不是超神，就是超鬼，你們幾個看著辦吧。」

對方可是ＷＡＷＡ啊！國內風頭正盛的ＷＡＷＡ！這是他們幾個平生第一次跟眾所周知的大神交手！千載難逢的機會，無論是誰都想交出最完美的戰績，明知會輸，那也要輸的漂亮！

等著進遊戲的短暫時間裡，周彥兮明顯覺得自己的手心在慢慢變潮，她越想越覺得鐘銘那句話可能意有所指——他們這幫人裡，除了鐘銘他自己，其他人想超神並不容易，但論「超鬼」，她敢居第二，沒人敢居第一。

其實ＷＡＷＡ隊內對於這次訓練賽也是爭議頗多，他們不知道隊長為什麼要找這支名不見經傳的ＧＤ打訓練賽，也不知道對方那位 Shadow 究竟什麼來頭，竟然能讓他們隊長這麼看重，難道就是因為對方剛拿到個平臺夏季賽的冠軍嗎？可是說實話，那個比賽含金量雖然有，但是跟他們參加過的那些大賽比起來實在不算什麼。

第一局比賽的B／P環節裡，李煜城問他家中單小飛要什麼英雄，小飛說：「隨便啊，要不然用劍聖？」

李煜城立刻就意識到這幫傻孩子還沒搞清楚狀況。

他直接回絕了：「你那一局只放兩次大招的水貨還是別拿出來丟人現眼了！」

小飛有點委屈：「跟職業隊打比賽我肯定不選劍聖啊，這不是路人賽嗎？」

「誰告訴你是路人賽了？」

小飛摸了摸鼻子，小聲嘀咕了一句：「等同於路人賽啊……」

李煜城剛BAN掉鐘銘擅長的影魔，又直接搶了他愛用的幽鬼，然後對小飛說：「等一下打穩一點，免得被人虐哭的時候怪我沒事先提醒你。」

小飛問：「那個 Shadow 真的有那麼厲害？」

李煜城看到鐘銘竟然首選了個神牛，若有所思地「嗯」了一聲。

小飛又問：「隊長，那他厲害還是你厲害？」

李煜城笑：「要是我厲害我還擔心個屁！」

小飛有點不以為然，就覺得他家隊長這兩年膽子越來越小了，看誰都比自己厲害。

過了一會兒，小飛又問：「那他厲害還是TK厲害？」

WAWA的隊員都知道自家隊長和TK教主是伯牙子期式的莫逆之交，時不時就向他打聽TK的事情，而李煜城大概也覺得自己認識TK是件面上很有光的事情，也樂意說八卦給小的們聽，所以很多時候，WAWA眾隊員的話題，就是圍繞著TK。

對於小飛的問題，李煜城的回答是：「我不知道TK現在是什麼水準，所以很難說。」

他說的是他的心裡話，他也正想知道，在鐘銘回國組建戰隊的這段時間裡，是進步了還是退步了。

他家上單選手菜菜聽了自家大哥、二哥的對話只覺得好笑：「隊長你別開玩笑了，他怎麼可能比TK厲害，我看就算TK退步三年也比他強百倍！」

李煜城聞言挑眉冷笑：「呦呵，那等一下他就交給你了。」

GD這邊，因為對手是WAWA，從氣勢上就輸了一半，再加上周俊和周彥兮，操作不算上乘，又沒見過什麼大世面，打得很是拘謹，所以不管鐘銘如何厲害，這局到頭來還是輸了。但鐘銘並沒有不滿意，GD這情況是他意料之內，不過WAWA的發揮就讓他有點意外了。

第二局開局之前，鐘銘對周彥兮他們說：「對方既然是國內一流的強隊，那輸給他們也不丟人，所以無所謂了，隨便打吧。」

然而這一句「隨便打」就好像一劑靈藥，讓原本縮手縮腳的GD彷彿一下子被鬆了綁，打得那叫一個行雲流水天衣無縫，甚至比平時訓練時還要好。

團隊配合上沒問題，鐘銘的娜迦發育的也不錯，差不多二十分鐘的時候，他就已經是一身「畢業裝」了。而每一次團戰裡GD其他人的表現也是可圈可點，所以GD的優勢像滾雪球一樣漸漸擴大。

這邊小熊、王月明殺紅了眼，鐘銘的眉頭卻漸漸皺緊——這是什麼情況？這確定是國內強隊的水準嗎？

這時候鐘銘的手機震動了兩下，他隨手打開看了一眼，是李某人：『我的哥啊，手下留情啊，明天我們有比賽，心態被打崩明天沒辦法打了！』

Shadow：『所以，你是打算來找自信的？』

李某人：『不敢不敢……』

其實李煜城約GD的目的有二——一方面GD剛拿了平臺賽冠軍，也算是名聲在外，可是GD內部除了鐘銘以外又沒一個正經的職業選手，那水準可想而知，而WAWA又太需要贏幾場比賽來打打士氣了，所以GD是不二之選。而另一方面，李煜城的確想和鐘銘切磋切磋，畢竟能和TK過招的機會不多，他不願意錯過。

誰知人算不如天算，他沒想到GD在這短短的一個月中進步這麼大，本來以為只有鐘銘一個棘手的，可沒想到那個小熊和王月明也很難搞，就連那兩個醬油輔助，也比平臺夏季賽那時強很多了。

李煜城只好說：『我錯了，求哥高抬貴手。』

鐘銘猶豫了一下，回了句：『下一局吧。』

把手機丟到一旁，他又投入到了團戰中，先是毫不留情地收了對方中單小飛，然後趁著李煜城忙著回訊息的空檔，帶著自家幾人推上了高地。

等李煜城回過神來時，WAWA其他人已經無一倖存，剩他一個守著水晶，猶如螳臂擋車，而且混戰中他堂堂一個神級Carry竟然可恥地被那個Jun（周俊）給殺了……

GD竟然贏了WAWA，這結果顯然出乎了所有人的意料。

周俊不可置信地說：「我剛才竟然殺了李煜城！」

王月明搓手懊悔：「早知道選卡爾了。」

小熊默默地把最後戰績截了圖。

周彥兮幾乎喜極而泣：「不用再加練兩小時了……」

不過這一片祥和的氣氛很快就被鐘銘的一盆冷水改變了。

「剛才對方放水那麼明顯你們沒看出來嗎？」

正回顧勝利滋味的眾人聞言不約而同地愣了愣。

周俊問鐘銘：「他們為什麼要放水？」

鐘銘不自在地咳了一聲，但什麼也沒說——這一時間實在想不到太合適的理由。

周彥兮像是想到了什麼，了然道：「我剛才看見銘哥跟李煜城傳訊息了，好像說什麼高抬貴手。」

周俊不可置信地看向鐘銘：「銘哥，你怎麼能讓人家給我們放水呢？就算我們水準差，但我們還有作為職業選手的尊嚴啊！讓我們以後在圈裡怎麼混？」

說著還想起什麼似的憤憤不平地嘟囔了一句：「我還想說剛才李煜城怎麼一直在泉水掛機

呢，到最後才出來……」

鐘銘顯然沒想到大家的想像力這麼豐富，不過正好也不用他去想理由了。

「你們那水準跟我談什麼尊嚴？」

說完他笑著看向周彥兮：「眼睛挺好啊？」

周彥兮只覺一陣涼風吹過後脖頸。她有點不自在地說：「你手機螢幕那麼大，想不看到有點難。」

鐘銘挑眉：「還看到什麼了？」

周彥兮連忙搖了搖頭。

小熊怎麼想都覺得事有蹊蹺，但還是說：「算了，下一局好好打吧。」

王月明也說：「醬油前期少送點，我們後期一定沒問題。」

醬油指的就是輔助，GD的輔助就是周家姐弟。不過眾人都知道，王月明說的是周彥兮。

第三局裡明顯GD打得更謹慎，王月明和小熊前期操作專業又細緻，周俊的視野也做得很到位，就連周彥兮都打得很穩健，開局五分鐘內，他們竟然拿到七個人頭。

不過WAWA的水準雖然沒有想像中的那麼厲害，但畢竟瘦死的駱駝比馬大，鐘銘又刻意沒有之前打的那麼認真，所以WAWA在李煜城的帶領下，發起了針對周彥兮的幾次Gank之後，周彥兮實至名歸的成了對方的提款機，導致GD的劣勢一再擴大。

「啪嗒」一聲，王月明扔了滑鼠：「能不能別送了？」

周彥兮這邊又倒下了：「我在自家野區打野啊，對方三個人來抓，跑不掉……」

王月明氣急敗壞地在剛才周彥兮死掉的附近打了幾個驚嘆號：「這地方有眼不知道去排嗎？人家醬油都快把視野做到我們高地了，我們的醬油除了送頭還會幹什麼？」

周俊解釋說：「後期不停的死，沒時間排眼也沒錢做視野。」

王月明：「你也知道你不停的死？」

小熊說：「差不多行了。」

王月明：「什麼『差不多』？剛才在河道裡，你把大放出來他們必然死兩個人！」

小熊：「我大招CD。」

王月明：「你大招怎麼總在CD啊？沒狀態打什麼團？」

小熊抬起眼皮掃了他一眼，語氣已經很不好：「我說了，但你已經跳到對方人堆裡去了，帶著隊友送死你還有理？」

王月明冷笑：「行，都是我的鍋。」

說著，就見系統提示「GD.moon 離開了遊戲」。

從始至終鐘銘什麼都沒說，現在也只能打出GG跟著退出比賽。

李煜城很快傳來訊息：『謝謝哥。』

鐘銘問：『你們隊一直這樣嗎？』

李煜城知道鐘銘已經看出隊裡的配合問題，但也不知從何說起，只好說：『一言難盡啊，要是實在撐不下去，我就退役了。』

鐘銘對著這訊息愣了半晌，看來WAWA內部確實存在不小的問題。

這天晚上的訓練，王月明沒有和大家一起排位，而是自己悶聲單排，被他罵的最慘的周俊和周彥兮，其實倒是不在意，一方面確實自己做的不夠好拖了後腿，另一方面打比賽嘛肯定都想贏，王月明那樣也是為了贏，所以都能理解。

不過今天的事情還是挺讓大家意外的，誰都沒想到平日裡看起來很和氣的王月明發起脾氣來竟然那麼可怕。

有人說打遊戲就像喝酒，一不小心容易控制不了情緒。看來不假。

第九章　合約

鐘銘一向是基地裡起得最早的，不過今天他下樓時發現王月明已經在樓下了。

聽到了聲響，王月明回頭看，見是鐘銘，打了個招呼：「銘哥早。」

「早。」

鐘銘從冰箱裡拿出一盒優酪乳，撕開來喝了幾口，再一回頭看到王月明已經走到身邊。他拉開冰箱門，也拿了盒優酪乳出來，似乎是不經意地問道，「銘哥，你不會真的打算讓她留在隊伍裡吧？」

「誰？」

「周彥兮啊。」王月明頓了一下說，「其實留在隊裡也沒什麼，我們隊沒有經理沒有官宣什麼的，她一個女孩子做這些也挺好，而且隊裡有女孩子還能活躍活躍氣氛。」

鐘銘沉默了片刻，將空掉的優酪乳盒扔到垃圾桶：「你想說什麼？」

「不是我想說什麼，我覺得大家跟我的想法都差不多。」

鐘銘似笑非笑地看著他：「是嗎？那就說說『大家』的想法。」

「那我就坦白說了啊。」

「嗯。」

「我不認為周彥兮有繼續打比賽的資格，你也看到了，她的水準距離一名職業選手還差很多，周俊雖然是她親弟弟，不也總嫌棄她菜嗎？再說大家來ＧＤ，是因為想要拿世界冠軍而來的，你不認為把這種人留在隊伍中是對其他人的不公平嗎？所以我沒辦法跟她成為隊友。」

鐘銘認真地聽完他的話，片刻後問他：「那你覺得一名合格的職業選手應該具備哪些基本的要素？」

王月明想了想說：「操作、意識。」

「還有呢？」

「還有？」

鐘銘點頭：「你說的那都是最基本的，也是可以經過訓練提升的素質。而除此之外，還有團隊合作的精神和胸懷。正式比賽中，隊員的心態很重要，心態一旦被打崩，那麼任你技術再好，也註定是敗局。所以你說你不願意和她成為隊友，這其實也不用很擔心，因為三個月的試訓期還沒到，到時候你們兩個同時留下的可能性雖然有，但不是百分之百。」

鐘銘的話說的再明顯不過，昨天的最後一局訓練賽輸了，但是在那之前王月明的心態已經崩了，不僅如此，這種負能量明顯影響到了其他隊友。而且沒有人比鐘銘更清楚，昨天為什麼會輸，不過他也慶幸，如果不輸，有些已經存在的問題，到現在都不會暴露出來。他昨天一言不發，除了自己對比賽的失敗有直接責任外，還有就是希望王月明經過一晚上的冷靜能夠明白些什麼，可是他還是讓他失望了。

不過好在王月明是個聰明人，一點就通，聽到鐘銘這麼說，他雖然有點意外，但很快就接受了：「我知道了。」

說話間，他朝著鐘銘身後看了一眼，然後轉身走向自己的位子。

鐘銘意識到什麼，回過頭正見周彥兮站在樓梯上看著他，見他回頭，朝他咧嘴一笑：「銘哥早，月月早，你們聊什麼呢？」。

王月明戴上耳機沒再回話。鐘銘悄悄鬆了口氣，抬手看了一眼時間說：「差十分鐘十點，要吃早飯也不早點起。」

周彥兮不以為然：「吃個早飯用不了十分鐘，我計算得好好的，從起床到吃完早飯十分鐘足夠。」

鐘銘嫌惡地看了她一眼：「是不是女人？」

這時候周俊打著哈欠從屋裡出來，聽到這句話隨口接話道：「銘哥你終於對我姐的性別感興趣了。」

鐘銘冷笑：「一個個的都挺會抓時間啊。」

周俊小聲嘀咕了一句：「反正沒遲到……」

鐘銘：「昨天比賽打成那樣難道不該更勤奮點嗎？」

周俊：「比賽輸了怪我囉？」

鐘銘：「超鬼的戰績想甩鍋給誰？」

周俊不明白，為什麼一大早的他要承受這種不白之冤：「拜託銘哥，昨天逆風局啊，除了你誰不是超鬼？再說我用的是ＶＳ，看你挨打換了你好多次啊！銘哥『以怨報德』是不是可以用在這裡？」

「還好意思說你用ＶＳ？ＶＳ是那樣用的嗎？」

「那怎麼用？」

「這樣吧，你把所有職業選手用ＶＳ的影片看一遍，要做記錄，回頭我會查。」說到這裡，鐘銘頓了頓，「另外，看影片的時間算在訓練時間之外。」

「什麼？」周俊快哭了，「銘哥，我到底做錯了什麼？」

王月明雖然戴著耳機，但是卻什麼都沒有聽，所以鐘銘和周俊的對話他都聽得清清楚楚，一開始他沒當回事，到後來他也覺得鐘銘的態度有點奇怪，再聯想到剛才鐘銘對他說的那番話，一個猜測突然就冒了出來。

皺著眉回頭看向鐘銘，不料正對上對方冷冷的目光。

他立刻收回視線，打開遊戲平臺，開始訓練。

周彥兮手繪了一張大大的日曆貼在牆上，每過一天就在日曆上面打個大大的「×」。規律的訓練讓時間過得飛快，眼看著就要到試訓期的最後期限，她漸漸開始不安起來。在試訓期的後半段裡，她每天起得比別人早，睡得比別人晚，兢兢業業地把鐘銘的每一句話當成聖旨來貫徹，而且每場排位賽都會錄影，然後等到訓練結束再回房間慢慢看，邊看邊總結自己的問題。

漸漸地，她發現自己也可以在比賽中預判到什麼時候會有團戰，哪裡會有埋伏了。原來那些所謂的「開圖般的意識」都是從一局局的比賽中練就的，不同的是，有些人悟性高一點，可能幾十局就讓他們摸到了套路，而有些人悟性差一點，比如她，要幾百局的錘鍊才能有一點點的進步。

不過這種進步讓她很欣喜，像是終於找到了竅門，也讓她對LOTK變得更有興趣。

轉眼就到了試訓期的最後一天，整整三個月，時間不長不短，卻已然讓周彥兮瞭解到一個職業選手的生活，也讓她越來越慶幸自己的選擇。LOTK是一款有魅力的遊戲，打職業也是一件很熱血的事情。所以，她比來之前更不想離開，也不想讓某人失望。

周彥兮刻意等到十點才下樓，下樓時發現眾人已經各就各位開始訓練。

她最後一個打開電腦登錄遊戲平臺，立刻就收到Shadow的邀請，她點擊「接受」。

等著遊戲開始的這段時間，鐘銘若無其事地問了句：「怎麼這麼晚？」

「嗯？」周彥兮愣了愣才意識到他是在和自己說話，「起晚了。」

鐘銘說：「今天約了另一支隊伍打訓練賽。」

周彥兮問：「哪支？」

周俊聽到兩人對話，興奮地插話道：「這一屆大學生聯盟賽的冠軍隊DCT。」

周彥兮：「這名字什麼意思？」

周俊：「據說是『Dream Comes True』的意思。」

鐘銘：「雖然是大學生聯賽的冠軍隊，但是畢竟不是職業隊。所以如果輸了，該怎麼辦自己看著辦。」

周俊：「懂，加訓兩小時，我們懂！」

鐘銘笑了笑，沒再說什麼。

大學生聯盟賽很容易湧現出操作飄逸的選手，但是卻很少有整體實力過硬的隊伍。就像這支DCT，除了中單小強和Carry阿傑的技術不錯外，其他人的操作只能算是還可以，自然也不會是GD的對手。

果然，比賽結果毫無意外是GD勝了。

對方的Carry阿傑是個大二的孩子，被鐘銘打得垂頭喪氣，鐘銘不得已安慰兩句，那孩子才又打起精神。

臨走前，他說：「銘哥，其實你們真的很強，如果我以後要打職業，肯定也是加入你們這種強隊。」

鐘銘笑了笑：「如果你真的想打職業，我這裡隨時歡迎。」

阿傑喜出望外：「你說真的？」

鐘銘：「真的。」

周彥兮注意到身邊男人的情緒變化，不明所以地看向他的電腦螢幕，卻突然聽到一個冷冷的聲音飄來：「我是不是該考慮給我的電腦裝個防窺裝置了？」

周彥兮立刻收回目光：「跟誰聊天這麼高興啊？」

鐘銘挑眉看她：「這麼關心我？」

周彥兮只好悻悻然的閉了嘴。

鐘銘：「有這工夫關心我，不如先關心關心妳自己。」

這話什麼意思？周彥兮的心立刻提了起來……

這時候，阿姨通知大家可以開飯了。鐘銘起身往樓上走，對身後的隊員們說：「休息吧，下午繼續。」

老大一走，眾人開始閒聊，周俊抱怨：「以後訓練時長變成十個小時了，符不符合勞基法啊？」

小熊：「有人不是一直十個小時嗎？」

被提到的某人，立刻抓到了眾人聊天的重點：「『以後』？『十個小時』？什麼情況？」

周俊問：「合約上寫的啊，妳沒看到嗎？」

周彥兮這才注意到原來大家的桌上都有一份合約，只有她沒有……

看來自己還是沒能達到鐘銘的要求，可是為什麼到了這時候他還不告訴她最後的決定？怕尷尬？還是怕她懶著不走？

周彥兮垂頭喪氣地起身往房間走，身後周俊問她吃不吃飯她也都像是沒聽見一樣。

回到房間，她開始收拾行李，邊收拾行李邊想著這三個月裡自己在這裡經歷的一切，漸漸也委屈了起來。

她就是努力想做自己喜歡做的事情而已，真的很難嗎？

有人敲門，她以為是小熊，疲憊地撫了一下臉，說了聲：「進來。」

她背對著門收拾衣櫃裡的東西，怕小熊看出她的沮喪，也就沒有回頭。

「等等我就直接走了，不和大家道別了，免得尷尬。哦對了，你也別怪銘哥，他這麼做是對你們每一個人負責，畢竟打比賽不是兒戲，與其到時候輸了比賽被你們怪，倒不如現在不續約才好，這麼看來這對我來說也是最好的決定。我看得出你和周俊其實都挺服銘哥的，這三個月接觸下來，我發現他那人雖然嘴不好，但是對大家都不錯，你們跟著他挺好的。嗯，我沒事，以後有比賽記得通知我，我去幫你們加油。」

周彥兮突然發現自己真的夠堅強，正想再努力醞釀出個笑容來，卻聽一個清冷的聲音問：

「直接走了？去哪？另外……妳說誰『嘴不好』？」

「銘哥？」周彥兮嚇了一跳，立刻回過頭，「你什麼時候進來的？」

鐘銘莫名其妙地看了一眼房門：「妳讓我進來的。」

「呃……那個……我剛才……」

她看到他的視線落到了床邊那個敞開著的粉紅色行李箱上，糾結了一下也就淡定了——都已經要離開了，還怕什麼呢？

可是她沒想到這種時候鐘銘還能笑得出來。

她有點不高興：「有那麼好笑嗎？」

原本就是一句不需要回答的氣話，沒想到鐘銘竟然很認真地「嗯」了一聲。

周彥兮瞪著眼睛看他，努力不讓眼淚掉下來，卻看到他把兩份文件隨手丟在兩人之間的大床上：「抽空看完簽了。」

周彥兮立刻眨了眨眼，醞釀好的情緒一瞬間不見了：「什麼情況？」

鐘銘雙手插在褲子口袋裡，似乎是懶得多解釋：「自己看。」

突然峰迴路轉，周彥兮有點不敢相信，她立刻連滾帶爬地上了床，拿過那兩份文件，也顧不了其他，直接站在床上翻開來看：「續約合約？你決定讓我留下來了？」

鐘銘掃了一眼她床頭上那個被打了很多X的日曆，又看著她像孩子一樣瞬息萬變的臉，心情莫名其妙地好起來：「暫時是這樣。」

幸福來得太突然，周彥兮就差喜極而泣了：「謝謝你銘哥……」

然而話音未落，她卻一不小心踩到自己的裙子，整個人失去了平衡，朝前倒去。

鐘銘還沒反應過來是怎麼一回事，就見眼前光線一暗，某人驚慌失措地朝他撲了過來。還好他反應夠快，伸手一撈，將她接在懷裡。

雖然是「安全著陸」了，可是周彥兮受了驚的小心臟還在撲通撲通跳個沒完，而腦子裡的思緒也在一瞬間千迴百轉……

原來男人的胸膛真的可以像鐵板一樣堅硬！

他的心跳怎麼這麼有力，是不是也像自己一樣緊張？

她好歹也有一六八、四十多公斤，他剛才卻像夾小雞一樣一隻手臂就夾住她，看來在他們看不見的時候會偷偷健身……

好一會兒，頭頂上方傳來一聲不自在的咳嗽聲，周彥兮立刻收斂了思緒朝後退了一步，和他稍稍拉開了距離。

「那妳抽空看完簽了吧。」鐘銘說。

她立刻轉身去書桌上找筆：「我這就簽。」

說著很快就把自己的名字簽了上去。

鐘銘看著她的動作有點意外：「妳不看看？」

周彥兮剛才只看了第一頁，後面幾頁洋洋灑灑十幾項條款她還沒來得及仔細看，不過她認為這問題不大，或者潛意識裡覺得鐘銘不會坑她。

「之前都談過了，不用看了。」

鐘銘笑了笑：「真的不看了？被賣了可別哭。」

周彥兮無所謂地說：「我這樣的誰敢要啊。」

鐘銘若有所思地點了點頭：「好像是這麼回事。」

鐘銘和周彥兮下樓時，周俊他們三人早就開始吃了，見他們一前一後從樓上下來，周俊不明所以地問：「銘哥你去叫我姐怎麼叫了這麼久？欸姐妳臉怎麼那麼紅啊？」

他這麼一說眾人都向周彥兮看過來，周彥兮面不改色：「可能太熱了吧？」

說罷還以手當扇搧了搧。

周俊那傻孩子還很認真地回頭看了一眼冷氣上的室溫顯示：「二十六度，還好吧？妳的頭髮也有點亂啊，剛才在屋裡練散打了？」

他不說還沒有人注意到，這麼一說，小熊和王月明的臉色就變了又變。

周彥兮不知道怎麼堵這白癡弟弟的嘴，好在鐘銘在她開口前冷冷丟給了周俊一句：「費什麼話？吃飯也堵不住你的嘴？」

周俊眨著大眼睛，摸不著頭緒，他說的是他姐，怎麼好像惹到了老大？

小熊替他盛了碗湯：「周俊啊，你有沒有發現一個規律。」

周俊：「什麼？」

「一般在電視劇裡活得久的，都是話少的。」

周俊皺眉想了一會兒：「是嗎？」

小熊「嗯」了一聲，抬眼看向鐘銘，鐘銘只勾著嘴角笑了笑，什麼也沒說。

飯吃到一半，鐘銘的手機響了，他看了一眼來電顯示，便拿起手機往二樓走去。

他一離開，飯桌上的氣氛就又活躍了起來。

周俊問小熊：「熊哥，你打算什麼時候開始播？」

小熊：「隨便吧，早晚都一樣。」

周俊嘆氣：「其實我挺怕在公眾面前露臉的……沒想到銘哥也要搞這一套。」

小熊倒是很理解：「運營一個俱樂部哪那麼容易，我們這些人的開銷不能只靠著比賽獎金。」

王月明翻著合約說：「可每個月的指標不低，差不多每天都要播。」

小熊：「據我所知這與其他俱樂部相比已經很低了。」

周彥兮聽得一頭霧水：「你們在說什麼？」

周俊無語地瞪了她一眼：「遊戲直播啊？妳沒看合約嗎？最後一頁有個和直播平臺的三方協議，要求我們每人每月播夠四十小時。」

直播？四十小時？周彥兮如遭雷劈，她可是有「鏡頭恐懼症」的人啊！雖然這毛病是她自己幫自己「診斷」的，但是被人拍照錄影她確實會焦慮啊！

王月明見她這反應，冷笑一聲：「這對妳來說或許是個好事呢，現在幹什麼都看臉，以前罵妳菜的那些人說不定就此就對妳改觀了。」

小熊聞言不由得皺了皺眉。

周彥兮也不是聽不出王月明話裡帶刺，但她以為他還在因為之前和WAWA的那場訓練賽生她的氣，所以也不生氣，就是順著他的話說：「我看未必吧，不然你也不至於到現在還在生我的氣。」

王月明沒想到她會這麼說，意外之餘依舊沒什麼好氣地說：「算了，我可不敢。」

周俊完全沒感受到氣氛的不對，只是替周彥兮解釋道：「月月你不知道，我姐有個小毛病，從小怕面對鏡頭，怕被人圍觀。」

這倒是讓王月明有點意外。他以為美女都是喜歡被矚目的，沒想到周彥兮有這毛病，他微微一愣說：「那不是跟傳聞中的ＴＫ一樣嗎？」

周俊連忙點了點頭：「對對對，也是聽說了ＴＫ的事情後，才知道原來我姐這個毛病叫『鏡頭恐懼症』。」

王月明愣了愣：「什麼意思？不是醫生診斷的？」

周彥兮說：「沒去看過醫生，我覺得不是什麼大問題。」

小熊說：「我也覺得不是什麼大問題，人長得好看走到哪都是焦點，遇到幾個神經病，喜歡拍個照片、錄個影片然後傳到網路上說見到一個美女這都正常。妳就是被這些不尊重別人隱私的人刺激的，算不上什麼病。不過以後要打職業就是公眾人物了，是該好好調整一下心態。」

周彥兮點了點頭，這確實是她必須要克服的事情。

鐘銘這個電話已經打了快半個小時了，李煜城還在苦口婆心地遊說著：『我們老闆開的條件不差啦，你只要來就是半個老闆，一號位給你，我讓賢。你別以為你那幾個蝦兵蟹將真的能成什麼氣候，WAWA因為今年換了好幾個人，所以團隊實力不如之前了，但瘦死的駱駝比馬大這個道理還需要我說？』

鐘銘有一句沒一句地聽著，身後房門沒關，還能聽到樓下那幫孩子吱吱喳喳的聲音。

「晚了。」

『什麼？』李煜城不明白鐘銘說這話的意思，『什麼晚了？』

「跟他們的合約已經簽好了。」

『什什什麼？「他們」是誰？也包括那個YAN嗎？』

「嗯。」

『大哥，你就算是再有錢也不能這麼搞啊！』

鐘銘笑了：「我沒錢，所以還指望他們拿世界冠軍。」

李煜城嗤笑：『那你還不如指望我呢！』

「是啊，回頭遇上了，指望你高抬貴手。」

『你少來。』李煜城猶豫了一下又說，『乾脆這樣吧，我跟我們老闆商量一下，把你簽的那幾個全接收了，就當是WAWA的二隊了，怎麼樣？』

要挖他自己，鐘銘可以理解，但是要讓WAWA為了他接收周彥兮他們，他就有點意外了：

「你到底跟你老闆說了什麼？」

『也沒說什麼……無非就是說，只有你才能拯救現在的ＷＡＷＡ。』

「……」

沉默了片刻後，鐘銘說：「看來真要讓你失望了，不過，都說鐵打的戰隊流水的兵，我沒想到你對ＷＡＷＡ倒是情深義重。」

李煜城嘆了口氣：『那是你沒見過當年的ＷＡＷＡ，我是實在不忍心，看著這支隊伍就這樣下去……』

鐘銘不再說話，李煜城的想法他其實很理解。雖說現在職業選手轉會頻繁，但是每個職業選手都會對自己曾經效力過的某支戰隊有著不一樣的感情。大概是因為ＷＡＷＡ成就了李煜城，所以他對ＷＡＷＡ才會有所不同，就像他自己對ＶＢＮ，雖然也說不上究竟是誰成就了誰，但畢竟那是他夢想起航的地方。

電話那邊李煜城幾乎是帶著哭腔地問了最後一句：『你真的要見死不救？』

鐘銘也不好再說什麼狠話，想了想說：「你不是說ＧＤ不如現在的ＷＡＷＡ嗎？這樣吧，如果你們ＷＡＷＡ贏了ＧＤ，我就好好考慮你的提議。」

『你說的？』李煜城的聲音一瞬間變得很亢奮，可很快又像是想到了什麼，猶豫了一下說，『不過比賽規則必須我定。』

鐘銘不跟他計較這些細節，在他看來，之前那三場就足以說明兩隊實力，只要ＧＤ全力以赴，也不是沒有贏的希望。

「如果我們贏了呢？」鐘銘問。

『那我就再也不提讓你來WAWA的事，而且還可以答應你一個要求，只要不是讓我幫你暖床，其他隨便。』

鐘銘笑了笑說：「那就給GD當陪練吧。」

鐘銘下樓時，眾人還圍在餐桌旁聊著天。

他剛過去坐下，就聽周俊就問：「銘哥，我們之後是不是要備戰年底的全國公開賽了？」

他點了點頭說：「我正要說這事，這應該是國內含金量最高的比賽，所以要全力以赴。」

LOTK的全國公開賽是由某娛樂產業園主辦，體育總會支援的一個高規格的比賽。線上海選，線下正賽。每年一次，雲集國內最頂尖的隊伍。因為這個比賽的含金量很高，所以這個比賽的冠軍就真的是全國冠軍了。另外，這個比賽被職業隊看重的原因還有一個，每年的冠亞軍隊可以直接拿到國際邀請賽的門票，離世界冠軍的寶座也更進一步。

周彥兮說：「全國幾百支隊伍呢，不知道我們能不能順利拿到正賽名額。」

全國公開賽的賽制每年都在變化，但大致上也是朝著國際邀請賽看齊的。一般參加正賽的隊伍是十支，其中八支是主辦方直接邀請，另外兩支會從海選中誕生。GD沒有線下大賽的經驗，多半要通過海選和幾百支隊伍爭奪那兩個名額。周彥兮說的正賽名額就是指這兩個名額。

王月明譏誚地笑了笑：「小姐姐妳就這點出息？參加海選的都是些水貨，我們連他們都打不過就不用打職業了。」

周俊贊同：「我也覺得我們進正賽是沒問題的，就是不知道能拿個什麼樣的名次。」

王月明思忖了片刻說：「就我知道的那些職業隊的水準，我們差不多能排個第四、第五吧。」

周俊：「希望到時候抽籤分組順利點，那樣還有機會進個四強，但如果一開始就遇到WAWA這種隊伍，那就難說了……」

而他話音未落，卻聽一直沉默著的隊長大人突然說道：「早晚都要打，早遇到晚遇到都一樣。」

周俊沒聽明白鐘銘的話，還想跟他解釋小組遇不遇強隊的差別：「不是啊，銘哥，你看如果……」

鐘銘直接打斷他：「準備大半年，你們只想隨隨便便拿個第四、第五的名次回來？」

眾人聞言不由得面面相覷。

鐘銘無所謂地說：「聽說下一次的國際邀請賽還是在西雅圖舉行，這次全國公開賽既然去了，怎麼也該拿到一張門票回來。而且我不喜歡淘汰賽，最好兩天結束比賽。」

全國公開賽正賽一般採取積分循環賽加淘汰賽的賽制。在積分循環賽中，積分總分獲得第一的，就是公開賽的冠軍，直接拿到西雅圖門票。而總分排在第二到第五的四支隊伍要進入第三天的淘汰賽，淘汰賽裡的第一名作為公開賽亞軍會拿到另外一張國際賽的門票，而第三名則進入國際賽的外卡賽，和其他大區的外卡賽隊伍繼續爭取國際賽參賽資格。

鐘銘這話的意思，明顯就是要去爭這次公開賽的冠軍。一時間基地一樓靜悄悄的，大家誰也沒表態，但看神情也知道，大多數人心裡都是懷疑的，只有小熊理所當然地笑了笑。

小熊是隊伍中水準僅次於鐘銘的選手，他選擇加入GD，一方面是因為機緣巧合，另一方面就是他心裡清楚鐘銘的水準在什麼樣的等級。所以眼下鐘銘說要拿全國冠軍，他知道去拚一下他們不是沒有機會。

想到這裡，小熊嘆氣：「壓力不小。」

周彥兮端起桌上的飲料，默默地低頭喝了一口：「看來每天要加練四小時了。」

王月明瞥她一眼：「妳整天人機大戰，加練八個小時都沒用。」

周俊：「是要多打幾場有品質的訓練賽才能提高水準啊，那我回頭再跟DCT約幾場？」

周彥兮和王月明紛紛說好，周俊看著鐘銘，就等他發話。

鐘銘卻說：「他們早就不是我們的對手了，要約還是約實力相當的強隊。」

正在這時，鐘銘的手機震動了幾下，鐘銘打開掃了一眼。

李某人：『遊戲規則你看一下，比賽時間定在一週後，沒問題吧？』

鐘銘看了他傳來的規則——竟然是Solo，還是BO3（三局兩勝制），而且雙方可以指定對方成員中必須要上場的一名隊員，GD先報參賽人員順序。

鐘銘回覆李煜城：『你心虛了。』

李煜城假裝看不懂：『天天打團隊多無聊，而且你們那新人多，不像WAWA都是老油條了，打團隊賽那不是欺負你們嗎？』

其實兩人都明白，之前那幾場比賽，足以證明GD是有機會贏WAWA的。但是李煜城說的也不都全錯，WAWA畢竟是老牌戰隊經驗豐富，短期的整頓也能迅速提升團隊實力，雖然GD有機會贏，但畢竟不是穩贏，所以Solo倒未必對GD不利。

不過，當鐘銘看到「雙方可以指定對方成員中必須要上場的一名隊員」這一項時，眼皮不由得動了動，這分明就是針對周彥兮的。再結合上「GD先報參賽人員順序」這一項，鐘銘用手指都能想得到李煜城的如意算盤怎麼打的。

李煜城必點周彥兮應戰，而GD剩下的人中，只有鐘銘和小熊水準能和WAWA的選手一較高下。李煜城絕不會自信到想和鐘銘Solo，所以他會選擇和小熊打。說實話小熊雖然實力不俗，但是想打贏李煜城火候還不夠。而在李煜城看來，無論誰對戰周彥兮，都能輕鬆應對。這樣一來WAWA贏得這場比賽的機率幾乎是百分之百。

不得不說，李煜城為了挖他過去，還真是花了不少心思。但是GD也不是沒有贏的可能。

鐘銘的手指飛快地在螢幕敲出幾個字，還是那句話：『你心虛了。』

李某人：『少廢話，說好我制定規則，這就是規則！』

鐘銘掃了一眼就沒再理李煜城，抬頭發現眾人都在看著他，於是淡淡地「哦」一聲：「沒事，就是聯繫個訓練賽。」

周俊一聽樂呵呵地問：「銘哥你這麼快就約好了？」

「嗯，專業陪練。」

「誰？」周彥兮無比好奇。

他看著她說：「WAWA啊，妳的噩夢。」

周彥兮：「……」

一聽到要和 WAWA 打比賽，除了周彥兮，其他人都興奮起來，畢竟上次打過幾局，大家都意猶未盡。不過後來聽鐘銘說還要先贏了一週後的三局 Solo 才可以打訓練賽，好心情就散了一半，等知悉李煜城給的那幾項規則後，最後一點好心情也澈底沒了。

周俊垂頭喪氣：「我就知道沒那種好事。」

王月明意有所指地說：「要是不點某些人，大概還有贏的機會。」

周彥兮又開始低頭喝飲料。

周俊嘆氣：「算了，我還是去聯繫DCT吧。」

眾人正唉聲嘆氣，卻聽鐘銘說：「也不是沒有贏的機會。」

他說：「除了周彥兮那場，剩下兩場由我和小熊來打。以我對李煜城的瞭解，他肯定會自己來對付小熊，然後剩下的人一個對付我，另外一個對付彥兮。」

周俊皺眉想了想說：「銘哥那場穩贏不用擔心，我姐那場穩輸也不用擔心，好像關鍵就看熊哥了……」

小熊顯然也想到了這一點，神色不由得凝重起來：「李煜城挺強的……不過，我盡力吧。」

越是高手，越是很難在短期內將水準大幅度提升，而且還是Solo，發揮空間本來就小。所以想讓小熊在短期內打贏李煜城，幾乎是不太可能。

鐘銘看了小熊一眼說：「但是這場比賽不是盡力就可以的。」

見大家不解，他解釋說：「雖然連訓練賽都算不上，但是因為賭注有點大，所以我們必須要贏。」

這話一出，所有人的臉色都變了幾變。

他頓了頓，目光落在周彥兮身上：「也就是說，彥兮那局必須要贏。」

「哈？」正在低頭喝飲料的周彥兮聽到自己被點了名，還以為是鐘銘說錯了，連忙擺手說，「銘哥你是不是搞錯了？我現在這樣連WAWA隊裡最弱的都打不過。」

鐘銘點頭：「我知道，所以選人時我會選一個最適合妳的對手。」

周俊覺得適合他姐的對手應該還沒出生，所以也不是很關心這個問題，而是問鐘銘：「銘哥，你們究竟賭了什麼？」

鐘銘尷尬地笑了笑：「總之是我輸不起的。」

第十章　*Solo*

正如鐘銘所料，那場賭注很大的Solo，李煜城果然點了周彥兮。但是讓眾人意外的是，鐘銘竟然點了小飛。

小飛可是WAWA的二號位，雖然很年輕，但是在WAWA內部算是水準僅次於李煜城的。

周彥兮聽說鐘銘點了小飛，想死的心都有了：「銘哥你是不是記錯人了？小飛可是上次打中單的那個！」

鐘銘剛剛登錄遊戲平臺，聽到周彥兮抱怨，眼皮都不帶抬一下：「就是他，沒記錯。」

周彥兮欲哭無淚：「那還比什麼？我能退出比賽嗎？」

鐘銘冷冷瞥她一眼：「我看妳直接退出GD算了。」

周彥兮表情一僵，也不敢再說什麼了。不過後來冷靜下來，越想這件事越覺得可疑——李煜城制定的這個規則明顯就是對GD不利的，這種不平等條約鐘銘沒必要接受的，接受了就等於是找輸，可他偏偏還說輸不起……

想到這裡，她也開始好奇了，他為什麼要接受這種比賽？難道只是為了找個合適的陪練隊伍？還有，他究竟打了什麼樣的賭？

她正胡思亂想，突然聽到身邊人說：「進遊戲。」

她連忙收回思緒接受了遊戲邀請，進去一看，只有她和鐘銘兩個人。

「上次我說的妳還記得嗎？」鐘銘問。

她想了一下，在平臺賽決賽前夕，鐘銘曾拉她打過一局 Solo，當時他很快就贏了她，贏了之後還總結了一下她的漏洞百出。

「記得。」她說。

「那就好，該怎麼打應該不用我再說一遍了。」

「啊？」

「發什麼呆？選英雄！」

「哦哦。」周彥兮看了一眼英雄選單，「那我選火槍吧。」

火槍是個遠端攻擊英雄，攻擊力不錯，但是生存能力很弱，倒是可以猥瑣地躲在塔後補兵，算是比較適合 Solo 的英雄。不過對上鐘銘選擇的火女，同樣是爆發力很強的遠程英雄，勝負就很難說了。

遊戲剛剛進行到兩分鐘時，火女就開始躍躍欲試想越塔殺人了，不過被周彥兮躲掉了一次。很快火女升到三級，這一次周彥兮就沒上次那麼幸運了，中了火女的埋伏，被兩個技能收掉了人頭，雙方經濟開始拉開差距。再後來，不止經濟上，就連等級上，火女也壓了火槍一級半……不到十分鐘，鐘銘就率先拿下三個人頭結束了比賽。

「看來我上次說的妳還是不明白。」

上次他說她走位隨意，打錢速度不穩，被追殺的時候只顧著跑……她想了想，自己距離那個時候已經進步不小了，至少在走位和打錢上已經比之前好太多了，那可能就是還沒有達到他的要求吧……

「再來。」鐘銘說。

「哦。」

很快進入了第二局，和上一局一樣，周彥兮的火槍在鐘銘的火女那裡討不到任何一點好處，而且鐘銘第二局比第一局打得更狠更猛，八分鐘的時候就又拿下了三個人頭。

接下來的幾局情況都差不多，而周彥兮也逐漸感受到了來自隊長大人的深深不滿。

這時候，鐘銘放在桌子上的手機突然震動了兩下。

李煜城傳了個呲牙咧嘴的貼圖給他：『我真沒想到你會點小飛，看來你也是想通了，我們WAWA雖然不如以前，但總比當年的VBN強多了，我們好哥們一起一定能再拿十個、八個世界第一。』

鐘銘沒什麼表情地回覆他：『話別說太早，打過再說。』

李某人：『如果我沒猜錯的話，你一定在幫你們那個小熊做特訓吧？我勸你還是算了，我老李再不濟也比一個連職業聯賽都沒摸過的毛小子強。』

李某人：『你還是乖乖從了我吧！哈哈哈哈！』

鐘銘的手機就放在離周彥兮不遠的桌子上，李煜城的訊息一進來，手機螢幕就會亮一下，在螢幕第二次亮起時，她無意間瞥了一眼，好巧不巧就看到從不從的那句話。

她被自己看到的東西震驚到了！

鐘銘為什麼要接受這樣的比賽？他為什麼說他輸不起？好像一切都有了合理的解釋……

她吃驚地看向鐘銘，後者正在兢兢業業地補著兵，感受到她的目光，看都不看她一眼說：「看什麼？才開局就打算認輸了？」

她連忙收回目光，努力壓下心中的驚濤駭浪，開始認認真真地應對他。

這一次比之前好一點，她足夠謹慎，沒給火女太多機會，她想著火槍到後期總歸比火女要強勢，就算人頭上拚不過鐘銘，也可以通過推掉對方的塔來贏得比賽。然而鐘銘像是知道她在想什麼一樣，再也不給她任何喘息發育的機會，頂著塔的攻擊也將她殺了兩次。

就這樣兩人一直打到了晚上，周彥兮趁著鐘銘抽菸的空檔跑去洗手間，坐在馬桶上傳訊息給小熊。

YAN：『你的同道中人都有什麼特點？』

小熊被問得莫名其妙：『妳打遊戲打出腦疾了？』

周彥兮沒理他的揶揄，繼續問道：『你說銘哥是不是？』

小熊收到訊息後，飛快地掃了一眼斜對面的鐘銘，這一次倒是很肯定地回覆她說：『不是。』

周彥兮鬆了口氣，想了想又問：『那你說李煜城是不是？』

小熊盯著這則訊息看了半天，好一會兒才回覆周彥兮：『你是說……讓我去色誘他？』

周彥兮愣了愣，沒想到自己這閨密的腦迴路這麼神奇，正想著怎麼解釋一下，對方的訊息便一則接一則地轟炸了過來。

熊熊是你爸：『妳把妳哥當什麼人了？』

熊熊是你爸：『哥告訴妳，哥可是有節操的人！』

熊熊是你爸：『妳以為李煜城那糙漢子配得上妳哥？』

熊熊是你爸：『做夢吧他！』

周彥兮嘆了口氣，站起身來整理好自己，出了廁所。

再次回到座位上，她明顯感覺到來自對面小熊不善的目光。

她假裝沒看見，身邊傳來鐘銘冷冰冰的聲音：「想著辦法的逃避訓練？」

她尷尬地笑笑：「也沒有很久吧？」

鐘銘瞥了一眼對面的小熊，對方正戴著耳機，神情專注地打著遊戲。

他嘆了口氣，壓低聲音對周彥兮說：「妳別打他注意了，他打不過李煜城。」

「啊？」周彥兮愣了一下，很快明白過來，鐘銘一定是以為她打退堂鼓了，所以把希望寄託在小熊身上了。

周彥兮：「我知道，李煜城的確比小熊厲害。」

鐘銘神色緩和了不少：「妳好好打，不是沒有贏的機會。」

周彥兮嘆氣——認為她能打贏小飛的，整個電競圈，恐怕也只有鐘銘了。但是不知道為什麼，她知道自己可以相信他，相信只要她好好打，還是有贏的機會。

和鐘銘打了一整天的Solo，周彥兮發現，他今天的打法好像和平時不太一樣。最初以為是他在生氣，可後來又發現他明明沒有生氣，但是打得卻一直很衝動……難道他是故意的？

周彥兮想到鐘銘曾說過要給她選一個最適合她的對手，難道他覺得小飛很容易衝動，容易出錯，所以更適合她嗎？

想到這些，她開始調整戰術，不再是猥瑣躲在塔後和對方撐後期了，有時候還會從塔下出來撩一下，成功引來對方想要越塔殺她時，再找準機會反殺一波。

終於，周彥兮拿下了今天Solo的第一個人頭！

雖然結果還是輸了，但是她明顯感覺到鐘銘的心情似乎不錯，對她剛才的表現好像還算認可。

此時已將近深夜，周俊和王月明這些不需要和WAWA打比賽的早就去睡了，就連小熊也在剛剛結束了最後一局遊戲後回了房間。

基地一樓只有周彥兮和鐘銘兩人。

退出遊戲，周彥兮問鐘銘：「銘哥，你跟WAWA打了一次就看出小飛那人冒失了？」

鐘銘懶懶地靠在椅子上瞥了她一眼說：「他不是冒失，他只是打法激進，年紀輕輕就一戰成名，那種張狂我很理解。但我選他的原因並不只是這個。」

「那是什麼？」

鐘銘側過頭來，橘色的燈光從他頭頂上傾瀉下來，在高挺的鼻樑和垂下的眼簾下留下淡淡的陰影，他動了動嘴角，似乎在笑：「他很瞧不起妳。」

周彥兮愣了一下，臉一下就紅了。輕敵是小飛的弱點，但這也足以說明周彥兮的弱。她突然有點難受，就算明知道自己技不如人，但是聽到鐘銘這樣赤裸裸地說出真相時，她的自尊心還是很受挫。

鐘銘像是看出她的想法，笑了笑說：「所以我們要給他一次打臉的機會。」

她抬起頭來看著他，看著面前的這個男人……他說，他瞧不起妳，所以我們要給他一次打臉的機會……

他說的那麼篤定，那麼無畏，讓她那顆剛才還如墜冰窟的心漸漸暖了起來。

輸比賽時她沒有想哭，被隊友嫌棄時她也沒有想哭，可是此刻，不知道為什麼，她覺得自己就快要哭了。

「銘哥。」

「嗯？」鐘銘看向她。

「一直以來，謝謝你。」

他沉默了片刻，末了只是說：「不用謝我，我這麼做也是為了讓李煜城死心。」

周彥兮聞言不由得又想到白天看到的那則訊息，突然有點心疼起來：「銘哥，我能問一下嗎？你和他到底賭了什麼？」

鐘銘沒讀懂她臉上的神情，只是問：「妳以為是什麼？」

周彥兮猶豫了一下，最終還是不怕死地說：「不會是讓你跟他一起……」

周彥兮後面的話沒說完，鐘銘想到那個賭注，半開玩笑地說：「也沒什麼，不過我以後過得怎麼樣就看妳的了。」

周彥兮想了很久，再一次確定她真的輸不起。

「以後過得怎麼樣」是什麼意思？不知不覺中，周彥兮已經幻想了一整齣「霸道基佬愛上我」的強取豪奪狗血戲碼……

隔天天才剛剛亮，周彥兮就睡不著了，早早爬起來洗漱好，下樓時一個人都沒有。她自己煮了杯麥片，吃完就坐到電腦前又開始一天的Solo。

一個小時以後，其他人才陸陸續續出現。

小熊端著杯咖啡坐在她對面，她匆匆抬頭看了他一眼，明顯是睡眠不足的樣子。

「沒睡好？」

小熊不置可否，馬上要跟李煜城打了，鐘銘雖然說讓他盡力就好，但是他心裡的壓力並沒有因此而減少一絲一毫，畢竟不管輸給誰都是輸。

「妳昨晚幾點睡的？」小熊問。

「你走之後沒多久。」

「他昨天沒說妳什麼吧？」

周彥兮知道小熊說的那個「他」是指鐘銘。她不由得又想到昨晚兩人說過的話，尤其是那句「我們要給他一次打臉的機會」，心裡又泛起了不易察覺的漣漪。

她頓了頓說：「沒有。」

小熊滿腦子都是遊戲的事情，並沒有注意到周彥兮的異樣，喝了口咖啡說：「來，Solo兩局。」

「好，等我這局結束。」

周彥兮和小熊一直打到下午，後來小熊想起直播時間還沒混夠，乾脆一邊不露臉地開著直播，一邊和周彥兮Solo。

周俊起身上廁所的時候站在小熊身後圍觀了一會兒，意外發現即便是和小熊對線，周彥兮也沒讓對方討到什麼好。

周俊心裡不由得感慨，鐘銘訓練人真有一套，嘴上又忍不住誇了他姐兩句句：「我姐終於有個職業選手的樣子了。」

這時候小熊房間裡的留言突然就多了起來。

『誰在說話？』

『誰姐是職業選手？』

『什麼？GD隊裡有妹子？』

GD在平臺賽拿到了冠軍後本來就已經小有名氣，又經歷了這段時間的直播，擁有的粉絲量也已經非常可觀。每天至少會有十幾萬人定時定點等在電腦前看他們打訓練賽。但是大家漸漸發現，GD開直播的人只有三個，小熊、周俊、王月明，幾人都露過臉，尤其是小熊，人長得帥操作好，在他們幾個人當中直播人氣最高。但是GD的另外兩人，一號位大哥和輔助卻從來沒有開過直播，身分成謎。

關於鐘銘和周彥兮的猜測本來就很多，此時聽到周俊的話，小熊的直播間裡立刻炸了。

『真的有妹子在認真打LOTK嗎？還是職業的！』

『是不是GD的輔助啊，隊裡她的水準最差，如果是妹子那就說得通了。』

『樓上打個遊戲搞什麼性別歧視，也不怕「妹子」掏出來比你都大。』

『妹子快來直播啊！哥哥送禮物給妳！』

『我只關心一點，你們是不是住在一起嘿嘿嘿……』

小熊關掉麥克風，瞥了周俊一眼：「我在直播呢。」

周俊後知後覺地拍了拍自己的嘴：「他們說什麼了？」

小熊顧不上理他，丟下一句：「自己看。」

不過經粉絲這麼一提醒，小熊才想起來這個月剩沒幾天了，周彥兮那四十個小時的直播任務好像還沒著落。

一波對線過後，他抬頭問周彥兮：「妳打算躲到什麼時候？」

算算這個月也只剩下幾天了，每天起床錄到睡覺都不夠四十小時，她正煩惱怎麼辦，想來想去還真沒有什麼好辦法。

她回頭看身邊的男人，後者正在推敵方高地。

她不情不願地叫了聲：「銘哥。」

鐘銘看都沒看她，一招擊殺對面 Carry，隨口問道：「不想播？」

「……可以嗎？」

「可以啊。」說完他丟掉滑鼠，從桌上的菸盒拈出一根菸來點上，然後繼續遊戲。

可是還不等周彥兮高興，就聽他又說：「不過，如果連續兩個月不達標，就要麻煩我找人來代替妳了。」

「什麼時候說的？」

「合約上白紙黑字。」

到了此刻，周彥兮再回想起那天簽合約時他的表情，總懷疑他笑的有點不夠真誠，還不知道有多少奇奇怪怪的合約條款等著她呢！

關於直播這件事，周彥兮糾結了好久，後來突然想到了一招——誰說直播必須露臉了？甚至可以不出聲啊！做一個安靜的電競直播主多美好啊！

想到這裡，下午時她就登錄了之前鐘銘給她的直播帳號。本來以為不會有什麼人看的，可是她一上線人數就過萬了。一開始還有點緊張，後來發現大家對她都挺友好的，也就漸漸放鬆下來，這一放鬆不要緊，一不小心就說了句話，而且說話時還忘了關麥克風。

房間裡有一瞬的安靜，但很快，留言又瘋狂了起來。

『靠，GD的輔助果然是個妹子！』

『聲音這麼萌！』

『妹子打LOTK？了不起！』

『怎麼不露臉啊？來看看。』

『作為妹子妳打的的確不錯，不過我覺得妳的走位可以再細緻一點，出裝也可以再講究一點，具體我們可以切磋一下，我帳號是XXXXXX。』

『樓上帳號錯了，應該是XXXXXX。』

『樓上幾人臭不要臉，把妹把到這裡來了！』

看到突然這麼多人留言，周彥兮起初還覺得有點驚慌，不過後來她留心看了下大家的留言內容，有的還挺有意思的。這樣播了小半天，她也就習慣了直播間裡的氣氛。

晚上時，鐘銘召集大家五人排位。

排位時，周彥兮也沒有關留言，因為這半天下來，她發現有這麼多人看她打遊戲是件挺有意思的事情，而且她也喜歡跟粉絲們互動，像朋友聊天一樣。

有人問：『影神怎麼不開直播？』

鐘銘可以說在平臺賽上一戰成名，尤其是當後來有有心人將他所有的比賽錄影做了錦集並被廣大遊戲愛好者爭相分享的時候，他的人氣更是水漲船高。人們也漸漸意識到這個憑空出世的Shadow，可能遠比他們想像中的厲害。不過更讓廣大粉絲對他感興趣的原因是，他實在太過低調了，似乎在刻意跟粉絲們保持著距離。

周彥兮瞥了一眼鐘銘，見他正戴著耳機應該聽不到她說話，於是壓低聲音對著麥克風說：「資本家啊，玩的一手好雙標……」

立刻有人反應過來：『原來影神是GD老闆啊！』

『老闆都這樣！』

『是的是的！哪裡的老闆都一樣！』

『妳說他壞話小心別被他聽見啊！』

周彥兮看著大家的留言不禁笑了。而這時候身邊傳來一陣響動，她只當鐘銘是在找菸，也就沒當回事。可就在這時，一則留言突然進入她的視線。

『我沒看錯吧！影神開直播了！』

『有生之年……』

然後下面一群人問在哪。

有人說：『網站首頁看到的。』

緊接著周彥兮眼見著自己的直播間的人數直線下降，她立刻看向隔壁某人的電腦螢幕，沒想到鐘銘還真的開了直播，還是有攝影鏡頭的那種！不過很快證實他可能只是誤開了攝影鏡頭，因為有他畫面的那個小框框只出現了一下，他就發現不妥，直接伸手遮住了鏡頭，下一秒，那個框框就消失了。

「還打不打了？」他說完，轉過頭正對上她的視線。

她愣了一下，連忙把注意力放在了遊戲中。

此時河道符出現在了下路，是個「雙倍符」。河道對岸的敵方英雄也在這守了很久，不過動作還是沒有鐘銘快，鐘銘迅速吃下雙倍符，發現衝上來吃符的敵人正要跑路，一個控制技能將對方留下。周彥兮也迅速找回狀態，技能接的恰到好處，就這樣，鐘銘輕輕鬆鬆拿下了第一滴血。

一場團戰結束，周彥兮和鐘銘雙雙回到下路塔下。節奏重新慢了下來，她注意到她房間的人數比剛才多了一些。

顯然，有從鐘銘那邊回來的人：『剛才是不是我眼花了，好像看到影神的真容了。』

『你沒眼花，大家都看到了。』

『誰說的？我沒看到，長什麼樣？』

『帥到不行⋯⋯』

『沒道理啊，錢多、活好、長得帥，那我們的存在難道就是為了襯托他嗎？』

『算了，還是妹子這裡舒服點。』

『老婆YAN答應我，不要被影神搞定好嗎？他那樣的人什麼都有了，妳還是繼續做我們的YAN吧！』

『我懷疑YAN已經被影神搞定了。』

『心疼自己……』

什麼？這幫人不是在誇鐘銘嗎？怎麼又說到她了？

似乎發現她分神，鐘銘在小地圖上敲了個驚嘆號：「過來！」

「哦。」周彥兮乖乖跑去藏在鐘銘附近的草叢中。

這邊留言又開始瘋狂滾動了：『我好像聽到了一個男人的聲音。』

『不是你，大家都聽到了。』

『影神？』

『聲音也這麼好聽？沒天理啊！』

周彥兮突然有點煩躁，乾脆關掉了留言，因為她有預感，又一波團戰即將觸發。

鐘銘這邊還在補兵，眼看著對面的小藍貓躍躍欲試地要上來送死，他在等一個時機。

不過此時鐘銘的狀態並不好，因為他的螢幕上不時就飄過幾行字真的挺煩的，可惜一時間又沒找到關掉留言的按鈕，也只能將就忍著！

就在這時，他發現藍貓的走位出現了破綻，絕對是開戰的最好時機，周彥兮應該是先手，可惜此時她卻不知道在發什麼呆。

鐘銘沒好氣地說了句：「上啊！」

周彥兮得到指令立刻放出一道溝壑，封住了藍貓的去路。但藍貓反應也不慢，幾乎是同時的，一下子滾進了草叢。

鐘銘正要去追，螢幕上飄過的留言卻突然多了起來，最後多到幾乎遮住了整個畫面，鐘銘想不去看內容都難。

眾人：『影神，請注意你和我老婆說話的態度！』

什麼情況？

這幫人是對面派來的救兵吧？

他無語：「再吵關直播了！」

大家這才安靜了下來。

好不容易熬到遊戲結束，周彥兮問鐘銘：「銘哥你也和平臺簽合約了？」

「沒有。」

「那你還開直播？」

「免得妳說我雙標……」

「呃……」

原來他都聽到了。

對周彥兮而言，和小飛的 Solo 顯然是目前來說最重要的事，所以這幾天她大多數時候都是在和小熊 Solo。後來直播間的粉絲們都看煩了，問她為什麼只 Solo。

她一開始沒理，後來見問得多了，乾脆就回了句：「為了保住某人的清白。」

不回還好，一回眾人又不淡定了。

『老婆YAN妳要保住誰的清白？』

『誰的清白需要妳來保住？』

『我去看看最近有沒有誰在比武招親……』

就這樣終於到了比賽那天，李煜城提議，為了防止有人代打，雙方最好都開直播。

鐘銘冷笑：「小人。」

李煜城不以為然：「先小人後君子嘛！」

接下來的 Solo，根據之前安排好的順序，第一局鐘銘對戰WAWA的菜菜。這位菜菜就是之前說TK退步三年也比鐘銘強百倍的那位。結果真的遇上鐘銘，他沒比周彥兮好多少，開局不到八分鐘就被鐘銘拿下三個人頭結束了比賽。

第二局是小熊對戰李煜城，這一局耗時比較長。二十分鐘的時候才是二比一的人頭比，後來是小熊河道控符時被李煜城隱身埋伏，最後輸掉了比賽，不過比賽結束時李煜城還是很誠懇地說：「你很強，我差點以為我就要輸了。」

小熊雖然覺得遺憾，但好像也是意料之中，他能做的也只有是這樣，讓自己輸得不那麼難看。

很快到了第三局，周彥兮對戰小飛。

小飛的直播間一直開著，沒進遊戲前就和粉絲們聊了半天了，粉絲當中不少人是從李煜城和小熊的直播間過來的，也大概猜得到今天這幾局 Solo 是 GD 和 WAWA 兩隊之間的比賽。

然而當小飛被問到他的對手是誰時，他也只是毫不在意地說：「一個妹子。」

小飛很早就出來打職業了，而且形象也不錯，雖然這款遊戲的粉絲多數都是男粉絲，但是還是不妨礙小飛有很多女粉絲，「飛神、飛神」地一路叫了幾年。

大家一聽是妹子，就知道是周彥兮了。

立刻有小飛的女粉絲跳出來說：『飛神你完蛋了，我好像已經看到了你被她糾纏不休、纏纏綿綿的可怕畫面了……』

小飛看到這則留言有點不明所以：「什麼意思？」

那女粉絲繼續說：『前幾天聽說 YAN 是個妹子，就很好奇什麼樣的妹子能打職業，在網路上搜尋了下發現她還挺有名的。尤其是在國外平臺，YAN 這個名字恐怕無人不知！』

小飛也好奇起來：「為什麼？」

『據說如果她惦記上誰，那人就別想安寧，只要上線就會被她追殺，嚷嚷著讓人跟她打。友情提示：一般被她惦記上的都是遊戲裡虐過她的。』

小飛失笑：「這麼凶啊？」

有人說：『這是好事啊，我也想被妹子糾纏！』

那女粉絲又說：『呵呵，你要是看了她的照片大概就不會這麼想了。』

另一個女粉絲也說：『對對對，有圖有真相。』

緊接著，直播間的留言區域就被一張大大的照片占滿，就是那張兩年前不知道被什麼人傳到網路上的，號稱是ＹＡＮ本人的照片。

小飛被突然出現的大臉嚇了一跳，咽了口口水說：「還真是……一言難盡啊……」

其他人又開始調侃他：『飛神你一會兒自求多福吧哈哈哈！』

也有人說：『原來ＹＡＮ長這樣啊，聽聲音還以為是美女。』

小飛又隨便掃了幾眼留言，突然有點意興闌珊：「也不知道對方隊長怎麼就非要選我上場，沒什麼意思，趕緊打完回來帶你們上分啊。」

那邊小熊剛打完，這邊周彥兮進入遊戲房間的同時也打開了直播。怕等等分神，所以她沒開留言，自然也不知道大家都說了些什麼。

周彥兮和之前訓練時一樣，選了火槍，而小飛則選擇了毒龍。毒龍的招式主要就是通過毒液對敵方英雄減速並且讓其在幾秒內持續掉血。

周彥兮看到毒龍被選出來時就鬆了口氣，雖然對方沒有用他慣用的火女，但是毒龍也是打路人時常會出現的英雄，周彥兮對它的技能並不陌生。

選好了英雄，周彥兮立刻去買裝備，卻冷不防地看到公共頻道出現了一行字。

ww_fly：『打個商量……』

比賽時和對手隔空喊話這是什麼騷操作？

GD.YAN：『？』

ww_fly：『我們隊長很可怕……』

GD.YAN：『？』

ww_fly：『壓力山大我不敢不贏……』

ww_fly：『所以，這場就算我贏了，可不可以放我一馬，要怪就怪我們隊長……』

看到這行字，圍在周彥兮身後觀戰的王月明一時沒忍住，直接把剛喝進嘴裡的咖啡噴在了身邊小熊的身上。

小熊「啊」的一聲跳開來，一邊罵，一邊找衛生紙擦。

如果之前還不明白小飛的意思，那在看到這句話後也就明白了。作為隊友，大家對周彥兮的過去都有所瞭解，但是好像沒人當真——包括最喜歡黑她的王月明在內也沒當真過——畢竟照片都是假的，那關於她纏人的傳聞想必也真不到哪去。

不過看小飛怕成這樣，大家也覺得挺滑稽的。

可周彥兮只覺得生氣！他就這麼篤定自己會贏嗎？

「別理他。」身後傳來鐘銘沒什麼溫度的聲音，倒是讓周彥兮的心緒漸漸又平靜了下來。

她點了點頭，努力調整好狀態，全身心投入到比賽當中。

她想安安靜靜先補幾個兵提升一下裝備，可是小飛卻只想著殺人，二級的時候就試圖越塔殺她。好在她反應夠快，逃過一劫，而且她還預感，等對方三級後可能還會再發起一次進攻。

想到這些，她突然意識到，這打法好熟悉啊，不正跟鐘銘這些天陪她訓練時的節奏差不多嗎？原來他早就摸透了小飛的打法。

周彥兮的心情豁然開朗，有鐘銘這樣的好陪練，哪怕對手是小飛又怎麼樣？

果然，小飛在升到三級的時候把兵線推向了她的塔下，她不動聲色後撤的同時，也在消耗著他的血量。與此同時她的火槍也正好升到三級，於是她便看準時機對小飛的毒龍釋放了「爆頭」技能。

這個技能升至二級時，會有四十點的額外傷害和零點二五秒的眩暈，毒龍不但失去了最好的殺人時機，還因為那零點二五秒的眩暈硬生生多挨了一下塔的攻擊，本來就已經殘血，又被塔打到，不可避免地便送出了一血。

這個狀況讓除了鐘銘以外的所有人都很意外。

周俊正偷偷摸摸用平板電腦登錄了小飛的直播間偷窺，一血曝出的同時，李煜城暴躁的聲音也從他的平板裡傳了出來：『你搞什麼？很膨脹啊你！打比賽還有工夫打那麼多字！』

小飛聲音不大，只是連說：『意外意外。』

GD幾人笑得前仰後合，只有鐘銘和周彥兮知道這並不是一個意外。

送出一血後的小飛變得謹慎了很多，並且憑藉著他不錯的操作，成功將她擊殺了兩次。

比分變成了二比一，周彥兮開始緊張了，因為再死一次，比賽就可以結束了。

GD的其他人也都不再說話，只默默等著周彥兮的火槍復活。

還有三秒鐘，而這三秒裡，她終究還是沒忍住回頭看了一眼。

鐘銘就站在她身後，在她回過頭時，跟她視線相觸，然後用只有他們兩人才能聽見的聲音說了句：「沒關係。」

周彥兮沒再說什麼，又迅速投入到比賽當中。

雙方焦灼地對線了一會兒，最終還是小飛先忍不住，又上前來試圖殺人。周彥兮放了兩個技能，把人攔在塔外。小飛沒討到好，血量被塔打得掉了一大半，本來他還沒太在意，但是就在這時，周彥兮突然升到了六級。

火槍的六級大招是「暗殺」，一擊傷害就高達三百三十五點，作用距離也幾乎是半張地圖，而且只要被這技能鎖定，目標就無法躲避。

毒龍此時的血量也只有三百左右，周彥兮迅速釋放大招，毒龍還沒來得及後退就被火槍一槍狙殺。

周俊的平板裡又傳來李煜城殺豬般的叫聲：『WAWA的明天啊！你城哥的明天啊！你怎麼

就這麼隨意？你他娘的要是輸了只能自裁謝罪了！自己看著辦吧！』

留言裡還有一群不知所謂的群眾非常樂觀地說著：『合理懷疑，飛神是故意送了兩個頭，別問我怎麼知道的，畢竟是男人就不想被她糾纏不休啊！』

這邊周彥兮並沒有放鬆，趁著小飛還沒從泉水出來，她已經帶著自家小兵上去磨對方的一塔了。要知道火槍可是推塔能手，如果真的無法順利拿下第三個人頭，通過推掉對方一座防禦塔而取得勝利也是一樣的。

周彥兮爭分奪秒地打塔，眼見著小飛復活，傳送直接甩在她臉上。她一邊往回撤，一邊一槍一槍的回頭點，以至於小飛一落地就少了小半管血。周彥兮見狀停止了撤退，又釋放了爆頭技能。小飛的操作還在線上，一邊回血一邊把技能齊齊甩給了周彥兮。

火槍最致命的弱點就是太脆，毒龍的攻擊又高，這一串技能下來血量立刻少了一半，而且還在被減速狀態。周彥兮知道這樣下去肯定會被對方消耗死。她突然就想起鐘銘之前跟她說過的，被敵人追殺時不但要分析雙方血量、魔量，還要分析對方心態。

周彥兮很快評估了一下，如果她只顧著跑肯定是死路一條，拼一下不一定鹿死誰手，而且如果小飛心態不好先退縮的話，她還有時間放大招，好的情況是將對方直接狙殺，差一點的也能讓自己逃過一劫。

想清楚這些，她開始反攻。

很明顯小飛沒想到她會反攻，剛好他的技能都在ＣＤ（冷卻），他開始害怕，猶豫了一下還是決定先回泉水調整狀態。

周彥兮見他後撤，不自覺地露出笑意，可是讓她沒想到的是，小飛在後撤的同時釋放出了大招。這個大招能持續讓人掉血，每秒六十點，持續五秒。

周彥兮眼看著血量一點點減少，心知五秒內自己必死無疑，但好在她的大招也已經冷卻結束，她立刻瞄準釋放。小飛的血量不足三百，被狙中也是必死無疑。

小飛見狀還想直接回城，可惜還是晚了，一擊爆頭，周彥兮拿下第三個人頭，與此同時，她的火槍也因為毒龍的大招耗光了血量。

雙方兩個英雄差不多是同時掛掉，這情況著實少見，GD眾人正屏氣凝神不確定是誰先拿下第三個人頭時，還是周俊平板電腦中的李煜城先反應了過來：『你他娘的竟然輸給了個新人妹子！還不自裁謝罪在等什麼！』

周彥兮意識到自己贏了比賽時的第一個反應就是回頭看鐘銘，可還不等她站穩，周俊那小孩突然衝了過來抓著她肩膀開始搖：「姐！我們有陪練了！我們有陪練了！」

周彥兮被周俊晃得頭暈，等她站穩後，越過周俊的肩膀看向他身後的男人。

男人正垂目看著她，眼裡有隱隱的笑意。

第十一章　小飛

這場始料未及的勝仗讓整個GD樂翻了天，大家吵著要去吃慶功飯。

鐘銘說：「我買單，地方你們挑。」

於是大家約好出發時間，就各自回房間準備去了。

鐘銘剛剛回到房間，就收到了李煜城的訊息。

李某人：『唉，註定是沒辦法跟你成為隊友了。』

鐘銘笑了笑，回覆說：『承讓了。』

李某人：『我真沒想到她進步那麼多……不過想到那種基礎的人都能被你磨煉成這樣，老子更遺憾沒把你挖過來了。』

Shadow：『不用遺憾，當好陪練就行。』

李某人：『……』

自從一開始備戰今天這場Solo，周彥兮就沒有出過門。所以今天特地打扮了一下。

天氣已經轉涼，但她依然選擇穿裙子，還是一件稍顯隆重的、裙擺有不規則拼接歐根紗的白色長款連衣裙，不過在外面又搭了件同色的外搭，看似隨意，卻更顯出層次感來。而且為了配合這身「隆重」的行頭，她不得不又化了個妝，再把頭髮散開披在身後。最後對著鏡子照了又照，滿意後才出門。

鐘銘他們早就收拾好在樓下等她了，等了好一會兒，還不見她出現，周俊正要上樓去叫，就見她下來了。

周俊無語：「妳們女人真麻煩！」

眾人聽到他的話不由得朝樓上看去，這一看所有人都愣住了。

還是那張完美卻冷漠的臉，不過因為化了妝，那眼角眉梢全也染上了風情。此時她正穿著一襲白裙娴娴娜娜從樓上下來。雖然是素淨的白色，但不規則的裙擺處隱約看得到白皙修長的小腿，還有上身修身的剪裁，讓她的好身材一覽無遺。

哪怕是朝夕相處的人，在看到這樣的周彥兮時也忍不住被驚豔到。

當然，周俊對他姐早就「審美疲勞」了，不耐煩地催促著：「快點！快點！」

被他這麼一吵，其他人這才「活」了過來，紛紛從沙發上起身準備出門。

鐘銘不動聲色地收回視線對周俊說：「一個車坐不下，我們分兩車走。」

周俊說：「好，那銘哥你也開車的話就分幾個人跟你去車庫，其他人跟我走，我開我姐的車。」

王月明立刻表態：「我要坐保時捷。」

小熊的目光在鐘銘和周彥兮臉上掃了個來回後，也說：「我跟周俊走。」

周彥兮見狀，也不能讓鐘銘一個人開車過去，只好說：「那我坐銘哥的車吧。」

這幾個月來鐘銘都很少出門，這還是周彥兮第一次坐他的車。坐上那輛保時捷 Cayenne Turbo 時，饒是周彥兮也不禁感慨一句：「有錢人。」

鐘銘卻笑了笑沒說話，辛辛苦苦打了這麼多年的職業，所有的家當現在也就只剩下這輛車了，如果戰隊兩年內沒有起色，可能距離賣車也不遠了。不過他既不後悔也不擔心，錢沒了可以再賺，但有些事卻是要趁著年輕的時候去完成。

出了社區沒多久，就看到前車在路前方晃，好像對路線不是很熟悉。鐘銘在後面跟了一小會兒，見著機會並排到了一旁。

他降下車窗對坐在副駕駛座上的小熊交代了一句：「跟著我。」

說著就超到了他們前面。

坐在後排的王月明趴在車窗上怔怔地看著保時捷「嗖」地一下消失在眼前，不確定地問：「那是銘哥的車嗎？是不是比我們這輛好？」

小熊懶懶朝椅背靠了靠，閉上眼睛說：「大概值兩臺我們的車吧。」

王月明伸著脖子看前面的車：「銘哥以前是幹什麼的啊，這麼有錢。」

小熊聞言不由得皺了皺眉——是啊，鐘銘到底是做什麼的？愛好ＬＯＴＫ的普通富二代？還是某個隱退的ＬＯＴＫ大神？他突然想到一個人，圈裡唯一沒露過臉的那位，難道是他？

不過很快，小熊就否定了自己的這個猜測——如果是ＴＫ那樣的選手，別說讓他簽下周彥兮這種手殘了，就連他們幾個他都不一定看得上。

他們選好的是一家吃新派系菜的音樂餐廳，菜色倒還好，最重要的是環境不錯。餐廳建在一處城中湖的湖邊，因為價格不是一般人的消費水準，所以老闆只在餐廳裡設了寥寥幾桌。

鐘銘他們到得早，餐廳裡還沒怎麼上客，他們就選了張靠著窗的桌子坐下。

周俊拿著菜單研究了半天，最後對鐘銘說：「我對這不熟，還是銘哥你來吧。」

其讓人也表示鐘銘一個人決定就好，鐘銘也就不再推辭，叫來了服務生開始點菜。

從坐下開始，周彥兮的目光就忍不住停在他的身上，看著他微微側著頭和身後服務生說話的模樣，看著他屈起手指邊敲桌子邊思考的模樣，有那麼一瞬間周彥兮驚訝的發現，不知從什麼時候起，她對他竟然越看越順眼了。

夜幕低垂，夜風卷著湖面上的微涼穿堂而過，不知道是誰在唱梁靜茹的《天燈》。

「秒針追逐感動的可能，時間渲染感情的氣氛，兩個倒影在溪水浮沉，一個忘形就難以辨認……」

周彥兮明知道自己有點不正常，不該在這樣下去，可是卻有點移不開眼，直到視線裡的人回過頭來，皺著眉頭問她：「冷嗎？」

她回過神來，搖了搖頭：「不冷。」

周俊適時調侃他姐：「真不懂妳們女人，有時候特別脆弱，有時候又特別強悍，這大冷的天竟然還穿裙子！」

周彥兮沒好氣地瞪了弟弟一眼。

小熊則是看著鐘銘意有所指地說：「有人懂就行。」

王月明只是趁著眾人不注意到的時候冷冷地笑了笑。

就在這時，突然有人叫鐘銘。眾人不由得回頭看，就見一個高個子的年輕男人走了過來，他身後還跟著一幫年輕人，正在找地方坐，見那為首的年輕男人走到他們這桌來，也都猶猶豫豫地跟了過來。

那年輕男人笑著對鐘銘說：「好巧啊，吃個飯都能遇到！」

鐘銘沒有起身，回頭懶懶地看了眼年輕男人，對他口中的這個「好巧」表示不屑一顧，因為就在半小時前，這人還傳訊息問他在哪吃飯呢！

但那人好像並不在意鐘銘的態度，回頭招呼他身後的幾個人：「被人虐傻了？快過來認識一下，我們的兄弟戰隊GD。」

聽他這話，剛才一直有點不確定的周俊第一個跳了起來：「是WAWA嗎？真的是Lee神？」

GD幾個人這才搞清楚，眼前這高高瘦瘦的年輕男人就是李煜城。

鐘銘站起身來，和跟過來的WAWA其他幾人打招呼，然後把自家幾名隊員一一介紹給他們，到最後說到周彥兮時，他稍微頓了頓，只說：「這是我們隊的輔助。」

眾人剛才就看到這邊坐著個女生，但是她坐的地方光線很暗，並沒有看清模樣，此時她被鐘銘點到名字，站起身來，整個人就暴露在了眾人的目光之下。

早看過周彥兮「照片」的WAWA幾人都是一愣，就連李煜城都有點意外。不過很快他就恢復如常。朝周彥兮笑了笑說：「今天的 Solo 很精彩。」

周彥兮笑：「謝謝。」

大家都是年輕人，又是不打不相識，互相介紹完彼此，就熟絡的聊了起來。只有小飛還愣在原地，不知道在想些什麼。

聊了一會兒後，李煜城招呼著WAWA的人回自己那桌，臨走前他趴在鐘銘耳邊嘀咕了一句：「我總算是知道你為什麼簽她了。」

鐘銘聞言頭也沒回，只是眉梢不自覺地揚了揚。

李煜城一臉惋惜地在他肩膀上拍了拍：「英雄難過美人關啊，看來我們TK教主也不能免俗。」

李煜城走後，周彥兮擔憂地看向鐘銘，但見他神色如常，並沒有流露出絲毫被威脅恐嚇後的憤怒或焦慮，她也就稍稍放了心。

周俊突然叫她：「姐，妳看社群了嗎？小飛的社群下面炸了，都在罵他操作菜到摳腳哈哈哈！」

周彥兮想到比賽剛開始時小飛說的那幾句話，對他就沒什麼好印象：「活該。」

「不過他那群女粉絲也是有夠彪悍的。」周俊一邊翻著留言一邊說，「跟那些罵他的吵起來了，非說他是怕妳騷擾故意放的水，還把他說那句讓妳放過他的話截圖搬出來了。」

周彥兮伸手從周俊手裡拿過手機，隨便翻了幾則，還真的有不少替小飛洗白同時抹黑她的，而且那些人說的話都很難聽。

周彥兮越看越生氣：「說我菜到摳腳？也不看看是誰打得她家主子滿地找牙的。呵，這人還說我長得醜不配打職業。打遊戲難道是用臉滾鍵盤的嗎？」

周彥兮邊罵邊搖頭：「這留言區，簡直就是個大型智商稅繳稅現場吧！」

周彥兮罵解氣了，把手機還給周俊，一抬頭才發現周圍的幾位男士都在安靜地看著她。

她不明所以：「怎麼了？」

其他人沒說話，還是小熊先嘆了口氣說：「其實，我還是喜歡妳不說話時高貴冷豔俯瞰眾生藐視一切的樣子，所以可不可以拜託妳不要這麼接地氣，回到妳的神壇上去？」

周俊「噗」的一聲笑出聲來：「熊哥你又不是第一天認識我姐，就是長著一張欺騙同胞的臉啊！」

「只許她們罵我，還不許我發洩一下啦？」周彥兮悻悻然撇了撇嘴，完全沒有注意到對面男人眼裡隱含的笑意。

飯吃到一半，周彥兮總覺得似乎有人在看自己，但當她循著那感覺看過去時，又沒看到什麼奇怪的人，不過對面正好是WAWA那些人，離她最近的就是小飛。

突然有人站起身來擋住了她的視線，她抬起頭就見鐘銘正往外走：「我去抽根菸。」眾人應了一聲，繼續聊著比賽和八卦，周彥兮心不在焉地聽了一會兒，見鐘銘還沒回來，就想出去找找。然而有個詞叫做「冤家路窄」，好巧不巧想找的人沒找到，卻讓她在洗手間門口遇到了小飛。

小飛正從洗手間出來，看到她，腳步不自覺地就停了下來。

洗手間外的走廊很窄，兩人突然狹路相逢，周彥兮也覺得有點尷尬。她稍微猶豫了一下，想著隨便打個招呼就過去了。所以腳步沒停，只是走到小飛面前時略朝他點了點頭。可是就在兩人擦肩而過的時候，小飛突然叫住了她。

「等一下……」

周彥兮無奈地停下腳步，再回過頭時，臉上已經掛上了敷衍的笑容，不過雖然是笑著的，但還是給人一種很冷漠疏離的感覺。

小飛不由得愣了愣，一向天不怕地不怕的他此時竟然有點無措。

周彥兮耐著性子等了一會兒，才聽到他說：「今天那場 Solo，妳打得很好。」

周彥兮並沒有因為得到來自對手的稱讚態度就好轉，依舊很客氣地說：「謝謝。」

「還有……我開局說的那幾句話……是我錯了，妳能不能……就當我沒說過。」

這倒是讓她有點意外，畢竟眼前這人的狂妄姿態她不久前才見識過的。不過看他道歉的態度，倒並不像在敷衍。

周彥兮的氣也消了一半，於是她很大度地說：「無所謂，我本來就沒當回事。」

小飛聞言如釋重負地笑了笑：「那就好，那……方不方便加個帳號？」

周彥兮很想說不方便，但是剛才自己已經故作大方了，現在再拒絕好像有點說不過去。於是只好把自己的電話號碼報給了小飛：「通訊軟體也是這個。」

「好的，我現在就加妳。」

鐘銘從洗手間裡出來時看到的就是周彥兮正在和小飛交換聯繫方式。他的眉頭不易察覺地皺了皺，但很快就又恢復如常了。

周彥兮沒想到鐘銘會在這時候突然出現，沒來由的竟然有點緊張，而小飛更是像做賊一樣，看到鐘銘的一剎那，手機都差點掉在地上。

兩人齊齊叫了聲「銘哥」。

鐘銘「嗯」了一聲，什麼也沒說，從兩人中間走了過去。

周彥兮在內心嘆氣，以她的經驗來看，剛才她家銘哥那表情絕對算不上好，雖然不知道是為什麼，但她不敢怠慢，也不管小飛似乎還有話要說，就想去追鐘銘。

小飛連忙拉住她：「洗手間在那邊。」

她尷尬地笑了笑，只好朝著洗手間的方向走去。

看著那個白色身影消失在走廊盡頭，小飛才轉身往回走。走了幾步，發現鐘銘並沒有走太遠，腳步不快，像是刻意放慢了速度在等人。

雖然不情願，小飛還是深吸一口氣，快走幾步趕上了他。

「銘哥。」他小聲叫了一聲。

其實他和鐘銘並不熟悉，在平臺賽前甚至沒有聽過這個人。但平臺賽上這人一戰成名，每一局比賽都有很亮眼的操作，作為職業選手，他不會看不出鐘銘經驗老道絕非新人，更何況他家隊長李煜城對他那種又親近又敬重的態度他們全隊都感受到了。是以，面對鐘銘時，他的態度就不自覺地恭敬了許多。

鐘銘瞥他一眼問：「輸了比賽很鬱悶？」

小飛想了一下實話實說道：「還好吧，打遊戲本來也是有輸有贏。」

鐘銘點頭：「那就是輸給了自己瞧不上的對手，所以鬱悶。」

小飛正想反駁自己沒有瞧不上周彥兮，但是回想起今天之前，他對她確實很輕視，甚至有些不屑……

想到這些，他無言以對。

鐘銘勾了勾嘴角，像是在笑：「現在就這樣了以後怎麼辦？」

小飛不解地看向他：「什麼意思？」

鐘銘說：「畢竟這才只是個開始。」

小飛聞言腳步一滯，鐘銘也停下腳步回頭看他：「GD的實力你看到了，所以千萬別再掉以輕心，另外，多把心思放在打比賽上。」

說完也不等小飛回應，就轉身走向餐廳的方向。

結過帳再回到餐廳時，周彥兮不知什麼時候已經回到座位上，正跟著眾人一起邊聊天。見他回來，竟然揚起臉朝他討好地笑了笑。

鐘銘掃了她一眼，假裝沒看見，然後招呼其他人：「吃好了吧？那就早點回去吧。」

其他人紛紛說好，和WAWA那群人打過招呼後，浩浩蕩蕩地出了餐廳。鐘銘走在前面不遠處，但從始至終再沒看周彥兮一眼。

這是什麼態度？她難道不是大戰告捷的功臣嗎？憑什麼這樣對她！

都說女人心海底針，可是在認識鐘銘以後，周彥兮覺得沒什麼人比她家隊長更配這句話了！

周彥兮鬱悶地跟在眾人身後往門外走，在路過WAWA那群人時，無意間的掃了一眼，就見李煜城的目光剛好從他們家隊長身上收了回來。

她不由得又想起自己之前那個猜測……難道是因為那事，鐘銘才不想他們和WAWA的人私下裡有聯繫，所以剛才見到她和小飛說話才會不高興？

腦子裡正胡亂想著，腳下一沒留神，差點撞上前面的小熊。

「才幾點就開始夢遊了？」小熊沒好氣地白了她一眼。

周彥兮沒理他，拉著他小聲問：「你說那個李煜城有沒有可能喜歡男人？」

「咳咳……」前面傳來幾聲低沉的咳嗽，是鐘銘。

不過周彥兮沒有多想，畢竟離得不近，他應該是聽不到的。

小熊說：「別亂想了，那個李煜城啊，24K 金純直男無疑。」

「你怎麼確定的？」

「我有眼睛，也有腦子，不像妳。」

周彥兮自動過濾掉小熊話中人身攻擊的部分，只是對他如此的篤定表示懷疑！

這時候卻聽周俊在前面叫她：「姐，妳之前直播中說了什麼？」

周彥兮想了想，她在直播間裡好像說了不少話，但不知道周俊指的是什麼。

「怎麼了？」

周俊把手機湊到她眼前：「有粉絲爆料妳之前直播時說妳和小飛 Solo 是為了保住某人的清白，這個『某人』是誰……」

「咳咳咳咳……」

周俊話沒說完，前面的鐘銘又咳了起來，比之前那次咳得更厲害了。

周俊不由得看向他：「銘哥，你沒事吧？」

鐘銘背對著眾人擺擺手，什麼也沒說朝著停車場走去。

周彥兮肯定不會說實話，所以任憑周俊怎麼磨她都死不開口，還好兩人不坐同一輛車，倒是讓周彥兮耳根子清淨了許多。

車子快開到基地時，周彥兮才注意到外面竟然下雨了，這個時節下雨，氣溫就會降得很快。

車內靜悄悄的，只有暖風呼呼地吹著。周彥兮不自覺的地摸了摸自己的小腿。可能就是因為這個小動作，鐘銘將空調又開大了一些。

車內很溫暖，她的心裡也是。她忍不住看向身邊的人，那張隱沒在夜色中的臉讓人看不清神情，只能看到那稜角分明的下顎曲線，還有那雙透著光亮如黑曜石般的眼眸。

她有幾秒的失神，片刻之後，她叫了聲：「銘哥。」

鐘銘聽到聲音，微微「嗯」了一聲。

她猶豫了一下，還是鼓起勇氣問道：「WAWA輸給我們，所以要給我們當陪練，可是如果我們輸了呢？你會付出什麼？」

她話音剛落，就見那雙黑亮的眼睛朝她看了一眼。

好一會兒，他笑了笑說：「別亂想了，他只是希望我能加入WAWA。」

這確實是周彥兮完全沒有想到的，畢竟加入WAWA就等於放棄現在的GD，也就意味著他將擁有完全不同的人生。難怪她第一次問起他們的賭注時，他會說那樣的話。可是在她看來，加入WAWA才是更好的選擇吧，怎麼他卻那麼避之不及呢？難道莫測的未來，還不如近在眼前的世界巔峰嗎？

她想了很久，想起他帶著她Solo的那天晚上，他說要給小飛一次打臉的機會。或許他真正想證明的，並不只是她沒他們想的那麼糟糕，他或許還想證明給WAWA，證明給自己，GD沒別人想的那麼弱，相反它的它才是真正的光明未來。然而這一切卻要透過她來實現……

想通這些，周彥兮的心裡除了感動，還有另一種，她說不上究竟是什麼的感覺，久違又新鮮。

車子不知不覺已經駛入了地下車庫，就著車庫中慘澹的白色燈光，她終於看清他的臉，依舊是英俊的，卻並不冷漠。

「銘哥。」

「嗯？」

「我們真的可以嗎？全國公開賽的冠軍……我們真的可以嗎？」

鐘銘不緊不慢地停好車，這才轉過頭看向她，在昏暗的光線中與她對視著。

良久，她聽到他說：「既然總有人會贏，那為什麼不能是我們？」

第二天下午，李煜城履行了之前的約定，帶著WAWA眾人上線和GD打訓練賽。

職業選手一般都和各家直播平臺有合約，所以平時只要是不涉及到核心戰術的比賽，大家都會開著直播混時間，今天這次也不例外。

不過破天荒的，鐘銘竟然也開了直播。他平時很少開直播，所以只要一開，直播間人氣就不會低，更何況今天又是和WAWA打，直播房間的人氣早早就過了百萬，留言也是沒有停下來過。

鐘銘隨便掃了一眼，都是在問昨天那場 Solo 的事。他沒有回答，直接進了遊戲。

其實不難看出，經過昨天的比賽，雙方選手的心態都已經有了微妙的變化。GD眾人雖然士氣高漲，但是也如履薄冰，而WAWA無疑是想從今天這幾場訓練賽中找回點世界冠軍的顏面來，所以比之前打得更急更狠。

不過鐘銘倒是無所謂，他的目的已經達成，至於訓練賽能贏固然好，但輸了也沒關係，畢竟作為新人，他們更需要的是磨練和挫折。

周俊偷偷用平板登錄了小號，混進了李煜城的直播間。此時B／P環節剛結束，就聽李煜城扯著嗓子喊道：『百萬粉絲都看著呢，昨天那種傷眼睛的操作今天就別拿出來丟人顯眼了！』

周俊聽到這句，不由得「嘿嘿」笑了幾聲，再一抬頭，正對上他家隊長不太友善的眼神。猶豫了一下，終究還是不情願地退了出來。

周彥兮昨晚聽了鐘銘那席話，回到房間後就再也睡不著了，翻來覆去都在想著要怎麼樣光大GD，後來越想越亢奮，乾脆爬起來又看了幾場大賽影片。這樣一來，等到有睡意時已經是後半夜了。

所以此時，她的精神狀態並不算好，但是想到今天WAWA一定是為了報仇雪恨來的，也不敢掉以輕心，不知不覺中，握著滑鼠的手都有些潮濕了。

鐘銘見周俊乖乖關掉平板，這才收回視線，螢幕上，那個蠢蠢的撼地神牛正亦步亦趨地跟著他往河道走去。

「放輕鬆。」他說。

身邊女孩聞言，不由得看向他，他卻沒有回頭，一邊操作著自己的英雄一邊說：「一場訓練賽而已，輸贏無所謂。」

「可是……」

鐘銘知道她想說什麼，直接打斷她：「再說對面好歹是個世界冠軍，當著這麼多人的面暴打世界冠軍，這像話嗎？」

「啊？」

鐘銘這話一出，留言又迅速沸騰了起來，滿螢幕的「666」讓鐘銘幾乎看不到遊戲地圖。

『不知道昨天是誰當眾暴打了世界冠軍 2333333』

『前方高能預警：城哥要爆炸了……』

『城惶城恐，瑟瑟發抖……』

第十二章　緋聞

周彥兮聽了鐘銘的話，稍稍放鬆了一些，努力想調整狀態，奈何一直打得有些拘謹。而且開局才幾分鐘他們就發現，WAWA可能是受了前一天輸掉比賽的刺激，尤其是李煜城，發瘋一樣帶著他家中單小飛和輔助抓了下路鐘銘和周彥兮好幾次。

開局形勢不好，經濟和人頭上都有不小的差距。照著這樣下去，眼見著用不了二十分鐘就可以結束比賽了，但是卻因為十六分鐘時小飛的一次走位失誤，導致WAWA迎來一次團滅，這才讓GD有了喘息發育的機會。

更離奇的是，正當GD趁著WAWA大部分英雄沒有復活，想順便推掉WAWA中路二塔時，剛吃下一個加速符的小飛原本完全可以切後單殺掉與隊伍脫節的周彥兮，再與他家相繼復活的其他人將鐘銘他們包抄在自家二塔之下的，可是他卻只是在周彥兮身邊晃了一圈，一個技能也沒放就走了……

小飛的直播間裡立刻被問號占滿了，他煩躁地關掉留言。

但是剛才從團滅時就已經開始坐不住的李煜城，此時只想不管不顧打爛他家中單的狗頭。

「一個妹子都讓你聞風喪膽了嗎？」

守在電腦螢幕前看直播的眾人聽到這句話瞬間都變成了預言家。

『要開始了……』

『「正片」終於來了！』

『嘖嘖城，走起！』

『「正片」只會遲到，從不缺席！』

而事實上正如大家預料的那樣，在接下來的比賽中，直播間裡李煜城咆哮小飛的聲音就沒有停過。

「你知道你現在什麼樣子嗎？脆弱的像個孩子！」

「你怎麼那麼弱雞？電競林黛玉？」

「我的隊友呢？」

眾人對李煜城的脾氣都有些瞭解，很快ＧＤ幾人的直播間裡，就被『你們這樣城哥要爆炸』的留言占滿了螢幕。

雖然小飛失誤不斷，但是周彥兮的狀態也不好，鐘銘也真的在「隨便打」，而且李煜城暴走後的爆發力不可小覷，最後終於在五十分鐘的時候，連破ＧＤ兩路高地，拿下這局訓練賽。

鐘銘對輸了訓練賽這事倒是沒放在心上，不過想到小飛的表現就連他都有點意外。小飛這人雖然偶爾會膨脹，但是操作和意識都算是一流選手，剛才河道那次收掉周彥兮只需兩個技能，如果是那樣的話，比賽早在那時候就能結束了，可是當時他卻猶豫了。

想到這裡，他不由得看了一眼身邊的女孩，大概是因為剛剛輸掉一場訓練賽，她情緒有點低落，正無精打采地看著剛才的比賽資料，對其他事情一點都不關心。

周彥兮覺得GD今天輸了訓練賽，完全就是她的鍋，昨天Solo贏了小飛的那種喜悅也早就蕩然無存了。

晚上時她一邊直播一邊單排，這次選了個沒用過的復仇之魂，正想去搜尋一下這英雄的出裝，就見螢幕上突然出現一則紅字留言。

阿飛不會飛：『主升一技能，第二、四級，以及八到十級選擇加屬性。出門正常屬性裝即可，隊友法控比較多，後面可以出祕法瓶子。』

周彥兮看了一眼，也沒懷疑，就按照這個人說的買了裝備出門。

但是留言卻突然多了起來。

『我沒記錯的話樓上ID好像是小飛的平臺ID！』

『打架打出感情來了？這波操作666！』

眾人你一言我一語，但更多的是猜測小飛和周彥兮之間究竟發生了什麼事的。然而緊接著，小飛的舉動就給了眾人答案。

在指點完周彥兮的出裝和加點後，他豪爽地送了十個火箭炮就瀟灑地離開了房間。

周彥兮的電腦螢幕立刻被炸滿了煙花，她愣了一下，待反應過來時只想問問小飛是不是點錯了？畢竟一個火箭炮折合人民幣一千塊，十個就是一萬塊！

『飛神強，一波 Solo 定終身！』

『什麼情況？我被我老婆綠了嗎？』

『愛上一匹野馬，頭頂長滿了草原……』

一萬塊對周彥兮來說不算多，但是卻像個燙手山芋一樣讓她無心遊戲。似乎是注意到她的心不在焉，坐在她身邊的男人回頭瞥了她一眼問：「怎麼了？」

周彥兮立刻心虛地搖了搖頭：「沒什麼。」

鐘銘沒再說話，停下打遊戲的動作，摸出一根菸點上，順便拿出手機看了一眼。

周彥兮只當鐘銘是停下來抽菸，並沒有注意到其他。

這一局，因為周彥兮對VS不熟悉，在團戰中並沒有起到什麼作用，所以不出意料的，最後還是輸了。

退出遊戲，她看了一眼時間，已經晚上十點鐘了。

身邊鐘銘還在遊戲中，她叫了他一聲說：「銘哥，我今天訓練時間夠了，想早點睡。」

鐘銘看她一眼，淡淡「嗯」了一聲說：「去睡吧。」

周彥兮如蒙大赦，立刻關了電腦起身，卻在離開前又聽身後男人說了句：「別多想。」

周彥兮愣了愣，回頭看他，他正專注地看著電腦螢幕，鍵盤被按得「啪啪」作響。

她原地站了片刻，回了句「好」，轉身往樓上走去。

訓練了一整天也輸了一整天，周彥兮確實覺得累了，回到房間就想著早點休息。然而剛回房間，就收到了一則訊息，竟然是小飛的。

自從昨天小飛加了她好友後這還是兩人第一次聯繫。

阿飛不會飛：『休息了？』

周彥兮隨意回了個『馬上』，心裡想的卻是：該來的總歸是來了，大概是禮物送錯了，來找她要的。

阿飛不會飛：『妳每天幾點開始訓練？』

YAN：『十點。』

阿飛不會飛：『明天要不要一起雙排？我教妳VS。』

雙排？還是不要吧……周彥兮完全沒有多想，在她看來小飛就是想要禮物不好意思開口，所以想先跟她混熟以後再說。

想到這裡，她決定仁慈一點，主動把禮物退給他。

YAN：『今天那個禮物你是不是點錯了？可惜平臺會抽掉一半，要不然我把剩下的轉帳給你吧，減少一下你的損失。』

阿飛不會飛：『……』

阿飛不會飛：『妳以為我送錯了？就是送給妳的沒錯。』

阿飛不會飛：『算了，妳早點休息吧。』

周彥兮看著這幾則訊息只覺得莫名其妙，想了一會兒，還是沒想明白對方什麼意圖，又恰好睏意襲來，所幸就不想了。

這一晚上周彥兮睡得不錯，直到第二天鬧鐘響了才起床。洗漱好打著哈欠下樓時，小熊已經在電腦前了。見到她出現，露出一個不懷好意的笑容。

周彥兮的瞌睡立刻散了一半：「你那表情是怎麼回事？」

「看來妳還不知道啊。」

「什麼？」

小熊丟了個手機在她面前：「恭喜妳，被帶了一波節奏。」

周彥兮拿起手機，點進去一看，是小飛的社群，上傳於凌晨兩點鐘。

WAWA小飛：『你們信不信，有一種相遇叫一見鍾情。』

這則發文從昨晚上傳到現在，分享、留言都已經過千，除了回答信與不信的，還有一些好像是知道內幕的人，都在問小飛眼睛還好嗎。

周彥兮完全沒把這則發文和自己連想在一起，也想知道小飛看上誰了，就去翻留言區。正好看到熱門留言裡有一張圖片，立刻八卦地點進去看，是個妹子的照片。

周彥兮「嘿嘿」笑著：「沒想到小飛喜歡這種類型的，我還以為他會喜歡大美女呢。」

小熊像看白癡一樣看著她：「妳不覺得那張照片有點眼熟嗎？」

經小熊這麼一提醒，周彥兮發現還真的是有點眼熟。

此時正好周俊從她身後經過，掃了一眼她的手機螢幕無波無瀾地說：「那不是『妳』嗎？」

周彥兮「嘶」的一聲正想反駁，突然想起了什麼事。

那不就是她在國外時，別人傳到網路上硬說是她「本人」的那張照片嗎？

她好久沒看到了，竟然差點沒認出來……

周彥兮終於認識到問題的嚴重性：「難道大家誤以為小飛是看上我了？我還說我這幾天直播間裡怎麼總出現一些奇奇怪怪的人陰陽怪氣的罵我呢，還當是我直播間風水不好，原來是被小飛連累的？」

小熊白了她一眼：「什麼叫『誤以為』？」

周彥兮還想再說什麼，突然感覺到身邊光線一暗，男人已經坐在電腦前了。

八卦三人組立刻作鳥獸散，準備開始一天的訓練內容。

然而剛剛安靜了片刻，那邊周俊卻突然大叫一聲：「飛神飆了！怒罵網友！」

王月明不嫌事大地問他：「在哪？在哪？」

周彥兮也伸著脖子好奇地等著周俊指路。

周俊說：「他剛才又發了一則貼文。」

周彥兮連忙拿出手機來看，果然就在半分鐘以前，小飛又發了新貼文。

WAWA小飛：『1.我喜歡她暫時還是我自己的事，因為她不知道，所以你們不要去打擾她。2.既然喜歡當然要去追，所以以後無論你們看到什麼都不要覺得意外。3.我喜歡什麼樣的人那是我的事，感謝你們過去對我的支持，但是如果再詆毀她別怪我不客氣，小飛的黑名單你們可以瞭解一下。4.上傳照片黑她的那個人，妳也別自我感覺良好了，很負責任的告訴妳，她本人比妳那張多重濾鏡美化後的大頭照好看百倍。』

周彥兮看著這則貼文心裡百味雜陳，小飛說的真的是她嗎？她好像也沒做什麼，怎麼就讓這人莫名其妙喜歡上了呢？

周俊嘖嘖道：「飛神真Man啊，姐妳要不要好好考慮……」

然而還不等周俊把話說完，就感到他家隊長不太友善的眼神。

「都很閒是不是？」

周俊連忙閉嘴，其他幾人也不好再說什麼。

而此時李煜城正好上線，見鐘銘線上，跟他打了個招呼。

鐘銘冷冷地看了一眼那個笑臉，迅速地敲了一行字回過去。

GD.Shadow：『昨天贏了局訓練賽很得意是不是？』

ww_Lee：『？？？』

GD.Shadow：『那下次是不是可以不用別人手下留情了。』

ww_Lee：『？？？？？』

此時李煜城正一頭霧水，什麼時候他們強大不可戰勝的ＴＫ教主變得這麼……玻璃心了，他純屬出於禮貌傳了個笑臉而已啊，這都能被他認為是膨脹？

李煜城正百思不得其解，一回頭就看到身邊隊友正聚在一起竊竊私語，他突然有了一種不好的預感，拿過身邊那人的手機掃了一眼，頓時火冒三丈，對著對面正打著哈欠的他家中單就是一陣咆哮：「你是不是嫌老子過得太舒服了，每天想著辦法的 Gank 老子？」

小飛被吼得一個激靈，瞌睡也散了，只是一臉茫然地看著他家隊長。

此時早起跑來看直播的粉絲們聽到這響徹天際的咆哮也都是一臉問號：『今天正片來的有點早啊……』

訓完小飛，李煜城冷靜下來，仔細想了想事情的來龍去脈，還專門把小飛那兩則文翻出來看了看，突然就會心一笑。

小飛還處於神經緊繃的狀態，看到自家隊長這模樣，只覺得那笑容無比駭人。

他小聲叫了一聲：「城哥。」

李煜城涼涼地掃他一眼。

小飛說：「您老人家消消氣，我知道我錯了。」

李煜城挑眉：「那你說說你錯在哪了？」

其實真要小飛說，他並不覺得自己有什麼不對的，進俱樂部時也沒說不能談戀愛不能喜歡別人啊，職業選手只要有成績就行了，至於私生活，畢竟不是明星，沒那麼多限制。所以他沒娶她沒嫁，大大方方喜歡有什麼錯？

但是懷著讓李煜城消氣的想法，他還是違心地說：「不該把事情搞大。」

沒想到他家隊長卻高深莫測地搖了搖頭：「年輕人嘛，有點心事憋不住很正常。」

小飛一愣：「你不是怪我發文？」

李煜城看了看小飛，嘆了口氣語重心長地說：「我不是怪你，我是擔心你啊。」

小飛抽了抽嘴角：「擔心我什麼？」

「GD那位隊長多護短你應該是感受到了吧，你這麼一搞，你自己是沒事，連累人家小女生備受困擾啊，本來水準就不怎麼樣，現在大概更是沒心思好好訓練了，我就是擔心鐘銘遷怒於你啊，畢竟你又打不過他對吧……」

不知道是不是小飛的錯覺，他總覺得鐘銘和周彥兮之間的感覺怪怪的，好像不是簡單的隊友關係，所以以至於他一想到鐘銘，心裡就莫名其妙有點不舒服，此時聽李煜城這麼說，更加不舒服了。

他不屑地「嘁」了一聲：「不就是拿了個平臺賽冠軍嗎？我還拿過世界冠軍呢！真的論實力，我也不一定會輸給他！」

李煜城看著眼前意氣風發的大男孩只想說句「傻孩子」，但是面上依舊不動聲色，他拍了拍小飛的肩膀：「今非昔比啊，今年我們為什麼沒去國際賽別人不知道我們自己人最清楚了，就是丟不起那個人！不過，如果明年還是這樣，我看我也該退役了，你的話就自求多福吧。」

或許是李煜城的話真的刺激到了小飛，在那之後，他像是整個人都變了。本來還仗著自己天賦好，有點狂妄不肯下真功夫，可自那之後，他低調又勤奮。

連續幾天，他家三號位菜菜見這架勢都忍不住問李煜城：「城哥你給他下什麼藥了？」

李煜城只高深莫測地丟下了一句給眾人揣測：「人家都說紅顏禍水，我看未必。」

GD這邊，雖然鐘銘也沒明確表現出什麼不滿，但是礙於某些說不清的原因，大家都很自覺地不去提小飛的名字，當然也有為了八卦不怕死的。

比如周俊，早上趁著鐘銘還沒出現，悄悄問他姐：「飛神最近有聯絡妳嗎？」

周彥兮搖搖頭：「但願是我們誤會他了。」

周俊卻一臉戚戚然：「難怪呢？」

周彥兮問：「怎麼了？」

「我看飛神這幾天的社群，感覺他好可憐。」

周彥兮聞言也有點好奇小飛到底發了什麼，於是上去看。

十一月七日，阿飛不會飛：『沒有妳就像沒有咖啡的早晨。』

十一月六日，阿飛不會飛：『得之我幸，失之我命，但在那之前，我想再努力一下。』

十一月五日，阿飛不會飛：『從妳面前路過，明知道妳看不見我，但我總忍不住多看妳一眼。』

周彥兮沒再往下看了，她自覺自己和小飛沒什麼接觸，實在想不明白究竟是哪個點觸發了他這麼可怕的技能……

身後傳來腳步聲，周彥兮一個激靈，連忙關掉網頁。

鐘銘沉默地走到他的位子上坐下，並沒有看她，而是直接打開電腦戴上耳機，像之前一樣，似乎沒有和她說話的打算。

周彥兮暗自嘆了口氣，正想打開遊戲，卻聽身邊人突然說：「了不起啊，拜妳所賜，出了一位電競徐志摩。」

「噗……」笑聲此起彼伏從周俊和小熊那邊傳來。

周彥兮一臉無辜：「關我什麼事啊？我可什麼也沒做……」

「不關妳的事？」鐘銘問。

周彥兮硬著頭皮說：「對啊，所以他愛發什麼就發什麼，也不影響我們，對吧銘哥？」

「是嗎？」男人轉過頭來悠悠看了她一眼，不緊不慢地說，「據說小飛現在每天訓練十四個小時，用李煜城的話說，他現在就等著用國際賽冠軍神盾向妳求婚了。成功激勵了對方主力選手，為我們培養了最棘手的對手，妳可以啊。」

周彥兮還想反駁一下，但很快意識到這話說不通啊。

「等等，這什麼邏輯？用冠軍神盾向我求婚？他要是真的喜歡我，正常邏輯不是應該把冠軍讓給我嗎？」

小熊「嗤」地笑出聲來：「鋼鐵般的直男。」

周俊：「大家都是各憑本事單身。」

王月明微笑：「我看他可能是把誰當情敵了吧？」

鐘銘：「神盾我們自己拿，還輪不到他來讓。」

周彥兮：「生什麼氣？我只是打個比方而已……」

鐘銘：「那也不行。」

周彥兮：「……」

這天訓練結束後，周俊突然跑來找周彥兮。

周彥兮問：「什麼事？」

周俊垮著一張臉說：「我打職業的事情爸媽那應該是知道了。」

雖然也知道是早晚的事情，但是突然聽周俊這麼說，周彥兮還是有點意外：「怎麼回事？」

「我們院長不是跟我們爸關係不錯嗎？發現我蹺課比較多也不住學校就找我室友問了情況，我室友那邊全都交代了。」

周彥兮聽了也開始苦惱：「那怎麼辦啊？」

周俊抬起眼，可憐兮兮地看著他姐：「姐，這種時候只能靠妳了。」

周彥兮立刻拒絕：「我也是泥菩薩過江，你還是別靠我了。」

「妳的事父母雖然沒當面表態，但是就憑他們沒有過多干涉就足以證明他們的態度了啊。既然同意妳來打職業，我為什麼不可以？再說我那學上和不上一個樣。」

周彥兮想了想還是覺得情況不樂觀：「你要是早點說，別等著被發現，大概情況會好很多。」

「我這不是想先打出點成績給他們看嗎？結果……總之這次妳必須救我，爸媽只聽妳的！」

周彥兮挨不過弟弟央求，只好答應本週休息日的時候回家一趟，和父母好好談一談。

周俊見姐姐答應下來，立刻眉開眼笑地說：「那這週我先避避風頭暫時不回家了，等妳的好消息哦！」

週末時，周彥兮早早就起床洗漱，想著早點和父母談妥早點回來。

一出房間門，發現鐘銘也穿戴整齊，似乎是要出門。

周彥兮和他打了個招呼：「銘哥要出門？」

「嗯。」

周彥兮又掃了一眼他身上的衣服，敞著懷的黑色休閒夾克中只穿著一件白色的棉布襯衫。

「開車嗎？」她問他。

鐘銘不明所以地回頭看她：「怎麼了？」

「不開車的話，你的穿得有點少吧……天氣預報說今天降溫了。」

鐘銘腳下頓了頓，片刻後說：「開車出去，不過我不習慣穿太多。」

「哦。」周彥兮點點頭，不知怎麼就想到簽正式入隊合約那天，在自己的手掌之下，他身體的觸感……

嗯，身體好，火力壯。

鐘銘他看了她一眼問：「妳這是去哪？」

周彥兮：「回家，和我爸媽攤牌。」

「攤牌？」

「嗯，就是我和周俊來打職業的事情，其實我爸媽的態度一直挺曖昧不明，這次回去想好好跟他們說一下，希望他們理解和支持吧。」

周彥兮自說自話，發現原本跟她並排下樓的人並沒有跟上來。

她回頭看了鐘銘一眼，發現他正若有所思。

「怎麼了銘哥？」

「這事是我沒考慮好，當初簽你們的時候就該跟你們父母談好的。」說到這裡，他似乎猶豫了一下，抬起手看了眼時間，「不過我今天有點事，要不然晚點我跟妳一起去？」

周彥兮一聽鐘銘要見自己爸媽，第一個反應就是拒絕：「不用不用，他們也沒說不同意，不然也不會讓我辭職搬出來住了，應該就是因為我和我弟都是先斬後奏，傷害到他們作為家長的顏面了吧，所以需要我回去哄一哄，沒有很嚴重。」

這話好像讓鐘銘有些意外，他看了周彥兮片刻問：「妳確定？」

「確定，沒誰比我更瞭解他們了。」

鐘銘又猶豫了一會兒，最終才說：「那好吧，不過如果真的有困難可以告訴我，畢竟你們的事也是GD的事。」

「嗯，好。」

兩人出了基地大門就分道揚鑣，各自上了自己的車。

後來的事情跟周彥兮預料的差不多，其實爸媽生氣主要也是因為他們先斬後奏。周彥兮又是耍賴又是撒嬌，最後總算是得到父母的諒解。同意讓周俊先休學一年，看他這一年發展如何，如果一直沒有起色就繼續回去讀書，如果發展好，一個大學文憑而已，周家的孩子也不一定需要。

這個結果自然再好不過，不過周彥兮也為此付出了代價。

周媽媽說：「妳愛幹什麼我不管妳，合法就行，但是不能因為妳整天喊打喊殺的就把正事耽誤了。」

周彥兮問：「什麼正事？」

周媽媽瞪他一眼：「女孩子當然要找個男朋友才是正事，妳要打遊戲隨便妳，但是這事不能耽誤了。」

周彥兮無語：「您這都是上個世紀的老觀念了，再說我每天在基地訓練，哪有機會談戀愛啊。您看我們隊，雖然雄性不少，但是您也知道的，其中兩個，一個是我親弟，一個不喜歡女人，至於另外兩個雖然是單身吧，但一個長相不是我喜歡的那類，而另外一個……」

周彥兮想了想，不知道該怎麼描述她和她家隊長之間的關係，乾脆說：「反正另外一個也不可能。」

周媽媽聞言倒是像鬆了口氣的樣子：「正好我也不想要妳再找個打遊戲的男朋友。這事妳不用煩惱，妳好好聽我和妳爸的話就行。」

周彥兮隨口敷衍著母親，說什麼肯定要聽話啊，什麼時候不聽話之類的，總算哄得周媽媽心情大好。

周彥兮見事情搞定，吃過午飯就想早點回基地訓練。

周媽媽卻說讓她幫忙去第一醫院拿個體檢報告回來。

周彥兮納悶，這種跑腿的事不是一向都是爸爸的司機做嗎？什麼時候輪到她了？

「您讓張叔去拿唄，為什麼非要我去？」

「讓妳去妳就去！剛才還說要聽我的話。」

「行行行，您別激動，小的這就去！」

周彥兮本著安撫好母上大人不留後顧之憂的想法，只好答應下來。

周媽媽寫了張紙條遞給周彥兮：「這是林醫生的聯繫方式，妳到了聯絡他就行。」

周彥兮沒有多想，把紙條塞進口袋中就拿起車鑰匙出了門。可到了車庫剛發動車子，發現儀錶板上胎壓報警的標識不停閃呀閃。她心裡暗叫不妙，下車仔細檢查了一下，果然有一側輪胎上扎著一根鐵釘。

她心裡叫苦不迭，打了電話給保險公司，等著人來了把車鑰匙交給那人後，自己又出門去搭計程車。

而周彥兮前腳剛走，周爸爸從報紙後探出頭來：「妳說老林家那兒子可靠嗎？」

「我上次去醫院體檢時見過那孩子，男孩子能長成那樣已經算不錯了，你女兒是個外貌協會你也知道。再說醫生這職業也挺好，我覺得能成功。」

被算計的某人還當自己只是位盡職盡責任勞任怨的快遞小妹，等真正見到那位林醫生時，才明白自己好像已經走進了母上大人的圈套中。

那位林醫生見到周彥兮，並沒有立刻幫周彥兮看周媽媽的體檢報告，而是先來一個冗長的自我介紹，除了介紹他自己是什麼大學畢業，又是什麼時候回國工作，以及在B市的房產情況外，甚至還介紹了他父母的情況，最後更是意味深長地說了句：「既然長輩們關係都不錯，我們也可以加深瞭解一下。」

周彥兮在聽他做自我介紹的時候就已經把事情的來龍去脈想清楚了，而她的想法更是從一開始就很明確——她對眼前這人的任何一方面都提不起興趣，他的國外留學經歷、他的職業，甚至是他的長相……所以她完全沒有想要加深瞭解的欲望。

等那位林醫生介紹完自己，周彥兮只是皮笑肉不笑地應付了幾句，最後找了個藉口告辭離開。

周彥兮來時是林醫生親自下樓把她接上來的，所以離開時林醫生也提出要送她出去，可她堅決不要對方送。

但是從林醫生辦公室出來以後，她才意識到一個很嚴重的問題——她來時沒記路，出了幾道帶門禁的玻璃門後，她發現自己好像迷路了。而這層樓又都是ＶＩＰ病房，入住的病人不多，醫生也不多，所以走廊裡一時間也沒個人能幫她指路。

她正苦惱時，突然聽到有人說話的聲音，循著聲源看過去，聲音來自一個門半掩著的病房。

她正猶豫要不要去敲門問問裡面的人，又聽到一陣劈哩啪啦瓷器被摔碎的聲音。緊接著是一個中年男人怒不可遏地罵道：「冥頑不靈！玩物喪志！別跟我唱什麼高調說什麼夢想，我只知道你從早到晚就是在打遊戲！可笑！荒唐！什麼時候打遊戲也能變成夢想了？」

本來沒打算多做停留的周彥兮在聽到最後一句話時，突然有點好奇了。

她停下腳步朝著病房裡望了一眼，發現看不到什麼，又朝旁邊移了移錯開一個角度。這樣一來就看到單人沙發上坐著個中年女人，正默默用紙巾擦掉眼角的眼淚，而那女人身邊不遠處，一個高大修長的身影正靠在一個矮櫃上。他微微低著頭，雙手插在褲子口袋中，不知道在想什麼。

因為背著光，那男人展現給周彥兮的只是一個剪影，而且還是側面。但是他身上那件夾克以及裡面的棉布襯衫，都是她早上剛剛見過的。

第十三章　你是我的信仰

中年男人的聲音再度響起：「你小時候成績好，隨隨便便都能拿個第一、第二，後來出國讀書，獎學金也拿得輕輕鬆鬆，你聽話懂事上進，沒什麼可挑剔的，我和你媽都以為是老鐘家祖宗顯靈了，讓我養了這麼好的兒子。誰知道你會突然像著了魔一樣愛上了打遊戲！過去幾年荒唐過了也就算了，可你現在也老大不小了，怎麼還是不懂迷途知返？」

說著中年男人突然猛烈地咳嗽了起來，坐在沙發上的中年女人連忙走到床前去安撫他：「消消氣吧老鐘……鐘銘你也說句話啊！親父子哪有隔夜仇？」

年輕男人依舊站著不動，中年男人卻啞著聲音，語帶嘲諷地繼續說：「父子？從他幾年前決定作踐自己以後我和他就沒什麼關係了！」

中年女人苦口婆心：「都這時候了還說什麼氣話？再說你也聽聽兒子的想法，別總是一言堂。或許是我們觀念太老了，其實我也大概瞭解了一下，現在和前幾年不一樣了，那不叫打遊戲，那叫電競，也是正經的職業，也能有不錯的收入，這些年兒子一分錢都沒跟你要就足以證明這一點了。」

中年男人似乎輕笑了一聲：「我只知道他剛賣了房子，他那俱樂部這半年來也一直是燒錢狀態。所以，房子錢花完了，你下一步打算怎麼辦？」

聽到這裡，周彥兮清楚地感覺到胸口一陣憋悶。她知道戰隊的日常開銷不少，不是一般人能負擔得起的。她當初只以為鐘銘是個遊戲打得不錯的富二代，像她一樣不愁生計，只需要做自己想做的事情。誰知道他卻遠比他們所有人都執著，早就這條路上賭上了自己的一切。

周彥兮的心情突然複雜起來，原本她對他只是欽佩和信賴，可現在，她清楚地感受到，自己很愧疚。畢竟如果隊裡沒有她，他實現夢想的路可能會走得更輕鬆一些吧。

腦中正亂七八糟地想著這些，沒有注意到之前一直沉默著的人已經朝著門口走來：「下一次如果只是為了再訓我一頓，大可不必大費周章地住到醫院裡來，叫我去家裡也是一樣，我會去的。」

男子停下腳步，似乎猶豫了一下回頭對著床上的中年男人說：「雖然你不想認我，但沒有你就沒有我這是不可迴避的事實。」

說完他再度轉身：「今天訓完了，我就先走了。」

眼見著鐘銘要出來了，周彥兮慌不擇路，想找個地方躲一下，奈何這走廊一點遮蔽的地方都沒有。

她還沒想好往哪裡躲，就感到眼前光線一亮，緊接著又是一暗——鐘銘已經站在了她面前，而他身後是被關上的病房門。

半晌，她戰戰兢兢地抬頭，尷尬地笑了笑：「嗨銘哥，好巧。」

鐘銘垂眼看她，正想說什麼，卻突然聽到病房裡腳步聲響起，還是向門口這邊走來的。他也顧不上再說什麼，直接拉起她閃進旁邊的一個病房中。

周彥兮嚇了一跳，但看清病房裡應該沒有住人後，又略微鬆了口氣。

門外鐘媽媽的腳步聲漸近，最後就在與他們一門之隔的地方停了下來。

周彥兮屏住呼吸，真怕鐘媽媽發現他們。不知不覺中，她的雙手緊緊攥著鐘銘的襯衫前襟，而她整個人也被他圈在了角落裡。

時間被無限拉長，像是等了一個世紀，那腳步聲終於再度響起，漸漸遠去，最後隨著隔壁的關門聲，澈底消失。

鐘銘這才低頭看身前的人，慢慢地又將目光移到她攥著自己衣服的那雙細白的小手上。

「妳的手心出汗了……」他說。

周彥兮被他的聲音嚇了一跳，回過神來時才注意到兩人離得這麼近，一時間有點心猿意馬。

「我是不是可以要求，妳幫我洗襯衫了？」

周彥兮這才連忙鬆開了手，鬆開後果然就見那那白色棉布布料上有被汗陰濕的痕跡，而且還皺巴巴的。

她下意識地就想把那上面的褶子撫平，而手掌再次貼上去時，卻是與之前無意中的觸碰完全不同的感覺。他身上的溫度，還有那鐵板一樣的胸膛，以及那之下強有力的心跳聲……這些都讓她意識到，面前的人是與她截然不同的「物種」。

有那麼一瞬間，世界是安靜的，除了他的心跳聲，還有她的。

最後還是鐘銘先打破了沉默：「妳怎麼在這？」

周彥兮回過神來說：「幫我媽拿體檢報告。」

鐘銘點了點頭，不動聲色地往後稍稍退了半步，好像剛才的事情沒有發生過一樣：「拿到了？」

「嗯。」

「那走吧。」說著他重新拉開了病房的門走了出去。

周彥兮看著他的漠然的背影，想到剛才在走廊裡聽到的那些，也不知道他是因早就習慣了這一切而麻木，還是刻意裝出了一副無所謂的樣子。

她微微嘆了口氣，跟上他出了病房。

進電梯時鐘銘再度開口：「妳的車停在哪？」

「輪胎破了，沒開車過來。」

鐘銘點了點頭，帶著她往自己停車的方向走去。

上了車，周彥兮看到手中的報告才想起來：「差點忘了，我還要把報告送回家，銘哥等一下能在麗景花園停一下嗎？」

「好。」

到了麗景門前，鐘銘還說要送周彥兮進社區，周彥兮說不用他送，兩人正說著話，就見一個四十歲上下的美婦人牽著狗從不遠處往這邊來。

周彥兮立刻說：「我也不進去了。」

然後也不等鐘銘問話，她又丟給他一句「我媽」就下了車。

周媽媽也沒想到自家女兒會從一輛陌生的車上下來，還沒等她反應過來，女兒已經到了面前，將一個紙袋塞進她手裡。

周彥兮怕鐘銘等太久，把體檢報告交給她媽就打算離開，可剛一回頭，卻見本該坐在車裡的男人已經下了車，朝她們母女走了過來。

休閒款的黑色夾克搭配牛仔褲和運動鞋的裝扮讓他遠遠看上去就像個附近大學的研究生，不過看他的車就知道，他並不是那麼簡單。

走到她們面前，鐘銘客氣有禮：「阿姨您好，我是彥兮的同事，鐘銘。」

周媽媽這才意識到這就是和周彥兮朝夕相處的另外兩人之一，很客氣地回了個「你好」，而當她抬起頭看清鐘銘的長相時，腦子裡唯一的念頭卻是——看來下午那場相親是白安排了。

之前還覺得小林醫生樣貌好，年輕女孩子都喜歡漂亮男孩，就算她這女兒再不開竅，見到好看的男孩也會多少動動心吧，可是今天見到這位「同事」，周媽媽才知道什麼叫「沒有比較就沒有傷害」——那小林醫生跟眼前這位一比完全就是路人甲啊！

周媽媽想到周彥兮之前描述基地另外兩人的話，一個是長相她不喜歡的，另一個……她好像也沒說出個所以然來，直說反正不可能。如今想來，倒有點故意遮掩的嫌疑。

周彥兮只好奇她家隊長怎麼突然出現，完全沒想到自己的母上大人已經想了那麼多。

「你怎麼沒在車裡等我？」

鐘銘笑了笑：「既然碰巧遇到阿姨，就過來打個招呼。」

周媽媽則瞪了周彥兮一眼：「妳以為誰都像妳一樣不懂事？都到家門口了也不請人家進去喝杯茶。」

周彥兮想說不用了，周媽媽卻已經牽起狗往社區裡走，邊走邊不忘和鐘銘說話：「小鐘是吧？彥兮平時給你添了不少麻煩吧？」

「不會，她很優秀。」

周彥兮看著兩人的背影悲從中來，這什麼情況啊？

到了家，周彥兮才知道周爸晚上有應酬不在家，不由得鬆了口氣，不然場面只會更尷尬。

周媽媽親自幫鐘銘泡了茶，三個人圍在茶几旁聊天。茶香嫋嫋，氣氛靜得有些詭異。

鐘銘端起茶杯喝了一口，再將茶杯放回桌上時才開口：「其實我早就想來拜訪您的，只是一直沒有機會。關於周俊和彥兮打職業的事情，之前是我疏忽了，應該提早跟您溝通。」

周彥兮這才明白，鐘銘是為了這事才要來見周媽媽的。

聽他這麼說，周媽媽才想起來，之前聽周彥兮說過，她的隊長和老闆好像是同一個人，而且沒想到還是這麼出類拔萃的一個人。最難得的是，周家姐弟先斬後奏這事跟他這隊長關係不大，但是他還專門為了這事來跟她這做家長的道歉。一時間，周媽媽之前還懸著的心也就澈底放下來了，想著兒子、女兒就算再多打兩年職業，也沒什麼不可以的。

「這事哪能怪你？他們姐弟倆也都不是小孩子了，要怪就怪他們做事沒分寸。」

周彥兮聞言嘟了嘟嘴，但是也知道母親是澈底妥協了，心裡也高興。

三人又聊了一會兒，見重要的事情已經搞定，周彥兮也怕母親和鐘銘兩人再聊出什麼不該聊的，連忙嚷嚷著要回基地。

鐘媽媽只好放人。將女兒和鐘銘送出家門時，她看著兩人高挑的背影，腦中突然升起一個念頭——如果這兩人是一對那可真養眼啊。

從周家出來，天色已晚，鐘銘看了眼時間差不多該吃晚飯了，就問周彥兮晚上想吃什麼。

周彥兮愣了一下：「要在外面吃飯嗎？」

鐘銘也不發動車子，低頭快速瀏覽著手機上面的美食地圖：「難不成阿姨的手藝妳還沒吃膩？」

無論是阿姨做的飯，還是外賣，周彥兮早就吃膩了，所以鐘銘一說要在外面吃飯，還是只有他們兩個人，她就忍不住激動起來。

不過面上還努力維持出淡定的模樣：「這不是怕你覺得耽誤時間嗎？」

「反正在哪都要吃飯。」說完，他抬頭看向周彥兮，「想好吃什麼了嗎？」

周彥兮想了想說；「前面不遠處是大學城，那邊有家烤魚特別好吃！」

鐘銘點頭，收起手機發動車子：「那妳指路吧。」

周彥兮說的那家店在大學城對面的巷子裡，裡面不好停車，鐘銘乾脆把車停到大學城門口，和周彥兮兩個人走過去。

可是到了那家店門前，周彥兮傻眼了。這個時間才剛到飯點，裡面等位的人就已經將門口圍得水泄不通了。

她一直知道這家店生意好，但是也沒遇到過這麼好的時候。

她連忙去看身邊鐘銘的臉色，以她對她家隊長的瞭解，他絕對不是那種會把時間花在等位子上的人。

還好，隊長大人臉色和緩，並沒有因為被帶到這種地方而不高興。

周彥兮說：「要不然換一家吧？隨便吃什麼都行。」

「來都來了，進去吧。」說著就將烤魚店的玻璃門拉開，讓周彥兮先進去，自己隨後跟上。

周彥兮走到走廊盡頭的取號機上按下兩人位，排號單印出來一看，前面竟然還有三十二組人在等……

她回過頭看鐘銘，鐘銘正從她手上的排號單上收回視線，明顯也有點猶豫了。

「這麼多人，少說也要等一個小時吧？」

周彥兮本以為鐘銘肯定是要換地方了，但是他只是往店裡看了一眼，說：「既然這麼多人，想必味道不錯，等等吧。」

聽他這麼說，她總算放心了。

這家烤魚離她家很近，她以前差不多每週會來一兩次，當然主要也是味道好，尤其是辣一點的口味她最喜歡。所以聽鐘銘這麼說，她忙不迭地點頭。

鐘銘笑了一下，回頭去找坐的地方，不過看到身後成山成海的人群後，笑臉一斂，眉頭又皺了皺。

周彥兮也在找位子，手上的排號單突然被人抽走，回頭一看，鐘銘正用手機掃著上面的條碼。掃好了又把排號單塞回給周彥兮，說：「出去走走吧，快到我們時會有手機提醒。」

周彥兮「哦」了一聲，跟著鐘銘又出了烤魚店。

周彥兮不懂他說的「走走」是要去哪，於是只是沉默地跟著他。還好今天溫度不低，雖然有風，但並不算冷。

兩人走出小巷，朝對面的大學城走去，周彥兮以為他是要回車上等，可是路過他的車時，他又沒停留，而是直接朝著理工大學的校園走去。

此時的學生們也剛剛吃過晚飯，三三兩兩的，不是揹著書包去圖書館，就是往宿舍走。

周彥兮看著來來往往不修邊幅的男學生，心裡暗笑原來學霸就長這樣，但是轉念一想又覺得不對，她身邊這位不就是一枚正經的學霸嗎？那種感覺卻好像和路過的每一個人都不同。

「銘哥，你為什麼會選擇打職業？」

鐘銘看了她一眼，並沒有直接回答她：「那妳又是為什麼？」

周彥兮想到自己當初決定來打職業好像也就是一瞬間的事情，至於為什麼把這麼大的事做得這麼草率，她後來也想過，無非就是自己並沒有因為這個決定而不得不放棄什麼。而且父母對她的態度也是隨她喜歡，如今想來，並不只是因為多麼寵她，更多的是沒有對她寄予厚望吧。

想到這裡，她說：「我這樣的人，做什麼都差不多，所以還不如選一樣自己喜歡的事情做。」

說這話時，她其實是有點自卑的，但沒想到鐘銘卻笑了：「那我們的情況一樣，我也是做什麼都差不多，所以就選自己更喜歡的。」

周彥兮聞言先是一愣，明白過來後，忍不住有點生氣：「能一樣嗎？你是做什麼都能做好，我是做什麼都做不好。」

還有，或許因為你這麼優秀，所以你的家人明顯對你有更高的期待。只是這後半句話，周彥兮沒有說出口。

鐘銘這樣的選擇，別說電競圈外的人不理解，就算身在其中的她，都會替他感到有點惋惜，明明可以去做一些社會認可度更高、回報更高的工作，而且也一定會做的很好，可是他偏要頂著這麼大的壓力，選擇成為一名職業選手。

這份勇氣，絕對不是一般人能擁有的。

周彥兮抬頭看著身邊男人，夜色中，他神色平靜，就如他過往時的每一天一樣。如果不是經歷下午那次意外「偷聽」，她就要以為不專業的自己才是他人生中最大的麻煩。可如今看來，這個男人心中一定裝著很多事，多到她想不到。

「銘哥？」

「嗯？」

「很累吧？」

鐘銘回過頭看她，她頓了頓說：「他們不支持你，壓力很大吧？」

鐘銘笑了笑：「還好，不過有時候也很羨慕妳和周俊。」

周彥兮很想安慰他一下，但是想來想去，只糾結出一句話：「他們總有一天會理解你的。」

鐘銘無所謂地笑了笑：「可能是我之前給他們的印象太根深蒂固了吧，所以才讓他們後來反應那麼大。」

「什麼意思？」

鐘銘說：「在我最初那十幾年的人生中，我一直循規蹈矩，努力想做一個大家願意看到的我，不讓任何人失望。而事實上我也差不多做到了，認真讀書，有一、兩項專長，不去結交不好的朋友，沒有不良嗜好。久而久之，我父母以及我周圍的人都習慣了那樣的我，認為我做什麼都能做的很好，可是，父母滿意了，老師滿意了，但是我發現，只有我自己不滿意。我漸漸意識到，我好像是在用自己的人生去一步步完成別人的人生規劃，而非我的。所以我曾經一度很迷茫，一直在想自己到底要做些什麼，做什麼才是對的。」

「也就是那時候，我意外接觸到ＬＯＴＫ。前些年的電競環境遠不如現在，尤其是在國內，在父母和老師眼中，或者說在這個社會看來，『沉迷遊戲』和『自甘墮落』才是『電競選手』的真正釋義。但是我無法迴避，這麼多年來第一次有一樣東西讓我覺得有所挑戰，同時也讓我感到快樂。這種感覺，在我考了年級第一的時候沒有過，拿到大學錄取通知書時也沒有過，可是很簡單的，在一局LOTK中，我感受到了。」

「我也曾經一度覺得是自己墮落了，心裡有羞愧卻不想停下來，尤其是後來，當我取得一點成績的時候，我才真正意識到——判斷一件事情正確與否的標準不應該是多數人的態度，而是你自己怎麼看，你抱著遊戲的態度去做任何事都不一定是對的，但是被你認真對待的事情，哪怕被所有人都稱作遊戲，那也會是你的信仰。」

說到這裡，鐘銘頓了頓，回頭看向正仰望著他專注聽他說話的女孩，嘴角不自覺地微微彎起：「所以從那之後，我有了信仰。」

周彥兮不由得停下腳步，看著面前男人的身影，心口的地方莫名其妙的有些酸澀。不自覺地，她將心裡突然冒出的那句話說了出來。

周彥兮說：「或許不久的將來，你也會成為別人的信仰，但在那之前，先是我的。」

這話一出口，周彥兮自己都覺得有些意外，可是想到這確實就是她此時此刻的感受，也就無所謂了。

鐘銘緩緩轉過身來，在夜色中凝視著她，周遭的一切也都隨之凝固，靜得只有呼呼的風聲。

月光溫潤如水，地面上女孩的影子長髮飛舞。

良久，鐘銘忽然抬起手來，雙手繞過她的肩膀。

在她感受著自己越來越快的心跳聲，就當她以為自己會被他攬入懷中時，那雙手卻只是將她大衣上的帽子立了起來，替她戴好。

「走吧。」他抬手看了眼時間，「應該快輪到我們了。」

第十四章　烤魚

再回到烤魚店裡，等位子的人明顯少了很多，但是距離周彥兮手上的號碼，還有兩、三桌。

周彥兮在角落找到兩個位子，招呼鐘銘過去坐。鐘銘剛坐下來就有服務生拿著菜單過來。

服務生小姐笑瞇瞇地將菜單遞到鐘銘面前：「可以先點菜哦，排到你們時菜也差不多可以上了。」

鐘銘接過菜單直接遞給周彥兮：「妳來吧。」

周彥兮不好意思自己一個人做主，乾脆把菜單攤開來放在兩人中間。

「口味的話剁椒或者麻辣都不錯，不過都是辣的，至於不辣的……」

不辣的她沒點過，於是抬頭問服務生：「不辣的哪個口味好吃？」

鐘銘沒等服務生回話，直接說：「那就剁椒或者麻辣吧。」

「這家微辣都做的很辣，你確定？」

「嗯。」

周彥兮仔細回想了一下，才意識到自己之前都沒留意過鐘銘吃不吃辣，好像做什麼他就吃什麼，基本不挑食。

周彥兮點了點頭，翻了一頁去選魚。

服務生說：「今天是我們店慶。參加活動的話可以買一斤送半斤，就是說一條三斤的魚只需要付兩斤的錢。」

周彥兮問：「怎麼參加活動？」

「很簡單的，兩位在我們店裡拍張照片，然後把照片留在後面的照片牆上就可以。」

周彥兮和鐘銘順著服務生指的方向回頭看了一眼，才發現身後的一整面牆上都是拍立得拍出來的客人照片。

一般情況下，周彥兮是抗拒拍照的，但是一想到是和鐘銘一起，也不知道為什麼就沒那麼抗拒了。

不過，看了鐘銘一眼，他又不缺錢，為了省幾塊錢讓他把照片留在這裡，他應該是不願意的吧，更何況還是跟她，容易引人誤會。

周彥兮正想說不用了，卻聽身邊鐘銘說：「那就拍吧。」

服務生小姐立刻興奮地去前臺拿相機。

周彥兮意外地看向鐘銘：「你確定嗎銘哥？」

鐘銘突然想起什麼：「哦對了，妳會不會焦慮？要不然就跟她說算了。」

周彥兮連忙擺手說：「我沒事，就是……欸算了，明明隨便拍一下就省那麼多錢啦，為什麼不拍？」

此時服務生小姐已經回來了，半蹲在兩人前方找角度。

找了半天，無奈對兩人說：「帥哥美女能不能靠近一點？我都快退到店外去了。」

「哦。」周彥兮彆彆扭扭地朝著鐘銘那邊挪了挪凳子，小心翼翼地朝著身邊人靠了過去，留意著自己的肩膀不要碰到他的肩膀，卻突然感覺到另一側手臂上一緊，整個人幾乎要被他帶進了懷中。

快門聲立刻響起，周彥兮還沒反應過來怎麼回事，服務生已經將照片列印了出來：「哇哦，好甜！」

周彥兮伸著脖子看了一眼，臉就不自覺地紅了。因為鐘銘的突然「出手」，她整個人差不多都是靠在他肩膀上的，而且快門按下的時候，他正看向她，而她之前早就擺出的笑臉還僵在臉上，所以這照片就成了她在笑鬧，他在看的樣子。

她悄悄瞥了眼他，發現他也正從那張照片上收回視線，重新看向菜單：「妳想喝什麼？」

「哦。」周彥兮愣了一下說，「橙味汽水有沒有？沒有就雪碧。」

點好了菜，正好叫號也叫到了他們這一桌，服務生領著他們往餐廳裡走，臨走前，周彥兮瞥了一眼身後那面照片牆。服務生剛剛就把他們的照片掛了上去，不知道是因為位置好，還是因為某人的那張臉，總之那張照片在一眾照片中顯得很醒目。以至於周彥兮走出很遠都還能看得清清楚楚……

等上菜的時候，周彥兮無意間聽到旁邊一桌的幾個大學生在議論公開賽的事情，突然有點緊張。抬頭看向對面的男人，他卻好像沒聽見一樣，只是專注地低頭玩著手機。

「銘哥。」

鐘銘抬頭瞥了她一眼，周彥兮小聲問：「後天海選就開始了，我們要不要集中訓練一下？」

「有必要嗎？」

周彥兮撇了撇嘴，但還是勸道：「知道你厲害，但是海選是單敗淘汰制啊，要和兩百多支隊伍打，最後只留下兩支隊伍。差不多是輸了就要被淘汰，經不起失誤啊！」

鐘銘卻不以為然：「妳也說了，要打兩百多場，有的是練的機會。再說國內稍微像點樣子的隊伍都已經直接被邀請進正賽了，其他都是些民間業餘隊伍，如果我們連這些隊伍都打不過，我看我也可以早點回去跟我爸認錯了。」

周彥兮這麼一聽，也覺得有點道理，他們畢竟是訓練了一段時間的職業隊伍，跟那種臨時組建起來的肯定是不一樣的。

此時他們點的烤魚正好被端了上來，烤盤下的火燒得正旺，烤盤上的魚被烤得滋滋作響，泡椒、青筍等蔬菜配合著魚的鮮味散發出誘人的香氣。

周彥兮早就餓了，見上了菜便把海選的事情拋在腦後了，說了聲「我開動了」就不再客氣，拿起筷子開始吃。

卻聽對面男人笑了一聲說：「不過我忘了，隊伍裡有妳，一切就不好說了。」

周彥兮正夾著一塊魚往嘴裡送，聽到鐘銘的話，不自覺地咽了口口水，好心情也去了一大半。

鐘銘卻不再看她，夾起一塊魚送入口中，眉頭微微皺了一下，但什麼也沒說。

周彥兮一邊想著事情一邊吃魚，不知不覺就發現整條魚幾乎都被自己吃掉了，鐘銘基本上沒怎麼動筷子。

她反應過來時有點不好意思：「銘哥你都沒怎麼吃啊？」

「嗯，不太餓。」

周彥兮見狀，不好意思地放下筷子。

鐘銘挑眉看她：「吃飽了？」

「嗯。」

鐘銘掃了一眼她盤子上小山一樣的魚骨頭和烤盤上的魚頭：「確定？」

「嗯。」周彥兮也順著他的目光掃了一眼盤子，笑了笑說，「其實早就吃飽了，就是覺得浪費不好。」

鐘銘似笑非笑地點了點頭，叫來服務生買了單

他們回到基地時，已經快要十點了。因為是休息日，訓練區此時沒有人。

周彥兮惦記著比賽的事情，回去第一件事就是打開電腦登錄遊戲，開始單排。鐘銘則是直接上了樓，沒再出來。

周彥兮連排兩局，一直打到半夜。期間周俊出來上廁所，得知她遇到一個海選就如臨大敵的樣子還嘲笑了半天。

周彥兮懶得理他，一邊補著兵一邊不屑地回了一句：「輸的人在輸之前都是你這樣。」

周俊愣了一下，沒好氣地「嘁」了一聲，又回了房間。

周彥兮打到關鍵時刻，聽到身後又有腳步聲響起，拖鞋的聲音踢踢踏踏的，似乎在廚房附近徘徊。

想到廚房，周彥兮突然覺得又有點餓了，心裡想著今晚那條魚一定不夠三斤，等等要找點什麼再墊墊肚子。因為走神，不小心一個技能沒有放出來，導致輸了團戰。

她本來以為是周俊，回頭卻看到一個更頎長高大的身影正立在灶臺旁。他微微低著頭，一手插在褲子口袋裡，另一隻手握著筷子，在面前的一口小鍋裡攪動。好像在煮麵？

正好一局遊戲結束，周彥兮扔掉滑鼠跑去廚房，趴在吧檯上看鐘銘把煮好的麵盛進碗裡。周彥兮這才想起來，鐘銘晚飯時好像沒吃什麼。

「銘哥，你餓了？」

「嗯。」鐘銘頭也不抬，將一顆形狀完好的荷包蛋放在麵碗中。

燈光下，那碗中麵條根根分明，麵湯泛著誘人光澤，再加一顆荷包蛋，讓人一看就很有食欲。

鐘銘抬頭看了一眼周彥兮，卻是將那碗麵推到了她的面前。

周彥兮愣了一下，隨即有點不好意思：「其實我晚上吃得挺飽的，一點都不餓。」

鐘銘邊把剩下的麵和荷包蛋倒入另一個碗中邊說：「我煮多了。」

原來他煮了兩碗。

周彥兮聞言只稍稍猶豫了一下，也就不再客氣，和鐘銘面對面坐下開始吃麵。

周彥兮吃了一口，覺得味道的確不錯，不過好像少了點什麼。於是跑去打開冰箱，拿出一袋辣白菜倒在一個小碟子中，回到吧檯放在她和鐘銘中間。

鐘銘掃了一眼那碟辣白菜沒說話，也沒動筷子，但周彥兮卻胃口大開，很快就就著辣白菜，把一大碗麵吃得乾乾淨淨。

放下碗筷，發現鐘銘不知道什麼時候已經點上了一根菸，正好整以暇地抽著菸看她。

她警惕地抹了抹嘴角：「怎麼了？」

「也沒怎麼。就是……」說話間，鐘銘上下掃了她一眼，「妳好像胖了點。」

周彥兮聞言，低頭去看比自己的臉還要乾淨的碗，悲從中來——早知道就不吃這碗麵了……

鐘銘卻似笑非笑地說：「別後悔了，比起那三斤魚，這一碗麵算什麼？」

周彥兮正想幫自己辯解兩句，沒想到一張嘴就打了一個飽嗝。

鐘銘臉上的笑容越來越清晰，夾著菸的那隻手將自己面前的碗推到她面前。

周彥兮這輩子都沒這麼丟臉過，有點惱羞成怒地問：「幹什麼？」

「在我這沒有白吃白喝的道理，去把碗洗了。」

基地裡有阿姨，其實完全不用他們洗碗，以前也是，晚上吃過宵夜就把碗筷放在水槽等第二天一早阿姨來了自然會洗乾淨。可是鐘銘既然發話了，周彥兮也不好再說什麼，慢吞吞地端了碗去洗。

她洗碗時，鐘銘就一直靠坐在她身後不遠處的椅子上看著她。

廚房裡，橘紅色的燈光溫暖柔和，打在她瑩白的皮膚上，有一層淡淡的光暈。她的頭髮簡簡單單挽在腦後，只有幾根碎髮調皮地擋在眼前，襯著她臉上的線條更加柔和，倒是營造出一副恬靜賢慧的假像來。

鐘銘笑了一聲說：「不知道阿姨明天發現少了半瓶洗碗精會怎麼想。」

「啊？」周彥兮看了看滿手的泡沫，回頭再看鐘銘，已經掐掉了菸，上了樓。

好不容易把碗上的泡沫沖洗乾淨，周彥兮拿起水池旁的那瓶洗碗精猶豫了一下，最終還是打開蓋子，倒了點自來水進去。

回房間前，周彥兮突然想到有個事忘了問鐘銘，於是去房間找他，敲門沒人應，但門沒鎖，隱約可以聽到廁所傳出的流水聲。

周彥兮推開門，探頭進去，剛叫了聲「銘哥」，就見某人只穿著一件居家長褲，上身一絲不掛地從浴室裡走了出來。

應該是剛剛洗過臉，他手上還拿著一條茶色毛巾，在臉上略微擦了一下又丟到旁邊的椅背上，順手拿起床上的白色T恤，這才朝她走來：「什麼事？」

周彥兮怎麼也沒想到，自己探頭進來看到的竟然會是這麼「香豔」的一幕，男人光滑的皮膚和結實的肌肉線條都散發著荷爾蒙的味道。

片刻的失神過後，周彥兮努力將目光從他的身上移到他的臉上，試圖讓自己看上去更加真誠一點，卻又冷不防被他下巴上還未擦盡的那滴水珠吸引了注意力。她的視線不由得順著那水珠滑過他的脖頸、喉頭，最後滑向那片堅實的胸膛。

腦子裡不知怎麼的就想到那種溫熱而硬如鐵板的觸感。周彥兮覺得自己再多看一眼就要流鼻血了，乾脆硬生生把視線挪向他身後的房間，假模假樣地皺著眉頭問：「銘哥，怎麼你房間裡暖氣這麼熱呀？」

鐘銘將她這一連串小動作盡收眼底，不動聲色地將T恤套上：「妳大晚上的跑來就是要問這個？」

「哦，不是。」餘光裡瞥見鐘銘已經重新穿好衣服，周彥兮這才把視線移了回來，開始說起正事，「我今天早上聽周俊說，我們海選之後要去拍戰隊宣傳照，是不是真的？」

鐘銘點頭：「進入正賽的隊伍都需要這些，這是主辦方要求，怎麼了？」

周彥兮有點為難：「商量一下，我可以不露臉嗎？」

拍海報可跟之前在小飯館兩人拍照的感覺完全不同，小飯館裡沒人認識他們，那就是屬於他們兩人的小祕密，可這海報就不一樣了……

鐘銘想到了她那毛病，但還是說：「不行。」

「為什麼啊？」

「就算這次可以，可是妳有沒有想過，妳早晚要克服這一點，畢竟，不是所有人都是ＴＫ。」

「以後再說以後，這次先不露臉，就這一次，行嗎？」

鐘銘依舊不為所動：「行啊，退出ＧＤ就行。」

周彥兮算是知道了，鐘銘是鐵了心不打算照顧她這毛病了，只好不情不願地說了句「好吧」。

剛要離開時，又聽到鐘銘說：「哦對了，記得早點睡，據說那家攝影工作室以寫實風格聞名，修照片，應該是不存在的。」

周彥兮不由得「啊」了一聲，心裡忍不住質疑，這都什麼年代了，竟然還有不會修照片的照相館，真的假的？

全國公開賽的海選兩天之後線上上開賽。正如鐘銘所說的那樣，像ＷＡＷＡ這種有點實力的隊伍幾乎都被邀請參加正賽，無需再參加海選。但是像ＧＤ這種，雖然拿過平臺賽冠軍，平臺直播人氣也高，戰隊實力早已名聲在外，可是就是因為沒有過線下比賽經驗，不符合被直接邀請進入正賽的條件，所以只能參加海選。

好在參加海選的隊伍雖然多，但是水準的都停留在業餘階段。毫無懸念地，GD一路過關斬將贏到最後，以第一名的成績，和第二名一支叫做「POI」的隊伍一起進入了正賽。

贏了比賽應該是件很高興的事情，但是周彥兮發現，除了自己，隊伍中其他人像是早有預料一樣，完全沒把這個階段性的成果當一回事。倒是WAWA的那個小飛，還專門傳訊息恭喜她。

周彥兮剛回到房間，正要去洗澡，看到了訊息也只是客氣地回了個「謝謝」的貼圖，就沒再理會。

然而等她再從浴室裡出來時，就發現滿螢幕都是小飛的訊息。他在幫她分析最後的幾場比賽中，哪裡做的不夠好。一開始還規規矩矩的打字，後來可能是要說的太多乾脆就變成了語音。

周彥兮邊看著比賽錄影重播，邊一則一則聽過去，發現他說的大部分都很在理。而且為了聽得清楚，她還專門把音量調到最大。

然而正當她聽得專注時，房門卻突然被人推開了，她嚇了一跳，手機不小心就掉在了床上。

他怎麼進來了？

小飛的聲音從床底下傳來，周彥兮連忙去撈手機想要將小飛的語音暫停，然而她發現軟體並沒有辦法將語音暫停，又只好把手機調成靜音，可是靜音似乎也沒有用，最後把音量調到最低，世界才終於再度安靜下來……

鐘銘臉上沒什麼表情，看著她手忙腳亂的跟手機較完勁，才無波無瀾地說：「我敲過門了，是妳沒聽見。」

「哦。」周彥兮指了指手機尷尬地說，「其實剛才只是……只是……」

鐘銘打斷她：「我是來提醒妳，明天上午戰隊隊服就到了，下午去拍照。」

「這麼快？好的。」

通知完周彥兮，鐘銘便轉身出了房間，從始至終沒給她解釋那些語音的機會。

其實她也不知道自己該解釋什麼，但只要想到他知道了自己在和小飛聯繫就很鬱悶。是以再拿起手機，看到小飛傳來的一串問號後就更覺得心煩了。

於是周彥兮只好祭出「女神三寶」來應對：「不好意思啊，我去洗澡了，你說的這些回頭我慢慢看。」

傳完，她便將手機丟到一邊不再理會。

再回到房間，鐘銘放在茶几上的手機也震動個不停，這個時間，不用看也知道是誰。

李某人：『哇哇哇，我們終於有機會在正式比賽上碰面了，好期待！』

李某人：『我們TK教主要重出江湖了嗎？』

李某人：『我已經可以預見到江湖即將掀起一陣腥風血雨的廝殺了。』

李某人：『如果命中註定要彼此敵對，可不可以在那之前先來個「把酒言歡」？』

看到最後這一則，鐘銘回了三個字：『不可以。』

他的訊息剛傳過去，李煜城的電話就追了過來：『你們有今天的成績難道不該記一半功勞給我們亞洲第一陪練戰隊嗎？』

鐘銘笑：「怎麼才亞洲第一？」

李煜城嘿嘿一笑：『我預感VBN會成你們下一個陪練戰隊。』

逢戰必敗，的確與陪練無異。不過鐘銘卻也只是笑，什麼也沒說。

李煜城繼續調侃他道：『話說讓我比較意外的是你們隊裡那個小妹妹，好像比之前又進步了啊。』

「那要看她跟著誰。」說話間，鐘銘想到在周彥兮的房間裡聽到的聲音。

他其實一下子就聽出來那聲音是小飛的。

想到這裡，他冷笑著說：「倒是你們隊，在你這隊長的帶領下，整天不務正業，我看今年連四強都難了。」

『嘶，我就不愛跟你聊天。』

「可你說的和做的總是不一樣。」

『嘶……』李煜城正要發作，突然又想到什麼，話鋒一轉說，『別說我，你不也是嗎？』

鐘銘不明所以：「什麼？」

李煜城只管笑：『話說我們兩家基地離得又不遠，我一直想找個機會去你們那觀摩學習一下，我覺得就近期吧，順便慶祝你們以海選第一的好成績進入正賽……』

鐘銘沒給他繼續說下去的機會，直接掛斷了電話。

第十五章 聯誼

第二天上午，GD的戰隊隊服送到了基地。隊服是很簡單的黑灰搭配的棒球服款，前面左胸前和右手手臂上分別有戰隊Logo，背面是經過設計的每個人的戰隊ID。

鐘銘準備這些時，周彥兮完全不知情，而當她拿到自己的隊服，才深刻的體會到，自己真的是一名職業選手。

周俊直接把衣服套在身上，對著鏡子照了照，回頭喜滋滋地對周彥兮說：「款式不錯，簡單大方，下午穿這個拍照肯定好看。」

提到下午的拍照的事情，周彥兮又開始緊張了。

小熊試完衣服從樓上下來，正好聽到周俊的話，再看周彥兮的臉色就知道她在煩惱些什麼。

小熊一本正經地幫她出著主意：「要不然妳下午直接幫自己畫個臉譜好了，保證沒人能看出來妳是誰。」

周彥兮看向他，也不生氣，看了一會兒忽然問他：「你昨晚是不是喝了很多水？」

小熊立刻緊張起來：「沒有啊，怎麼了？」

「不應該啊，你看這臉腫的像豬頭一樣，下午拍照可怎麼辦啊？」

小熊果然臉色一變，也顧不上再鬧周彥兮，如臨大敵般地又回了房間。

周彥兮朝著他的背影撇了撇嘴，還沒來得及變換表情轉過身就看到鐘銘正倚在桌子旁端著手臂好整以暇地看著她。

她立刻換上一副狗腿的笑容來：「銘哥你不試試衣服啊？」

鐘銘臉上表情沒什麼變化，緩緩朝她走來，在經過她身邊時，壓低聲音說：「其實小熊的提議不錯，好好化個妝，遮遮雙下巴，勉強還能看。」

周彥兮下意識地去摸自己的下巴，她知道自己最近是胖了一些，但是不應該這麼快就長到臉上吧？

下午拍照的地方不算遠，社區出去幾百公尺，步行幾分鐘就到。選的地方這麼近，看起來還真像是隨便選的，那麼不會修片的事可能也不假。

周彥兮心裡又是一陣鬱悶，既然註定要露臉那當然希望是漂漂亮亮的露臉，想到這裡，她想不能指望修圖，那就只能前期好好化個妝了。

準備拍照前，男生們基本上不需要化妝，只有王月明上了個粉底遮遮痘痘，其他人都只是修整頭髮就直接上去拍了，所以周彥兮這個全隊唯一的女生立刻就成了化妝師重點關照的對象。

而當她終於從化妝間裡出來時，其他人的單人照和組合照都已經拍好了。

她平時不怎麼化妝，所以今天這個程度的妝讓她很不自在，出了化妝室的門也不自覺地低著頭，結果一不小心差點撞到人。

她習慣性地要道歉，一抬頭卻看到鐘銘居高臨下的一張臉。

他愣了一下，但很快又皺了皺眉。

見他這表情，周彥兮心裡不由得「咯噔」一下：「很難看嗎？」

鐘銘嘴唇動了動，似乎有點為難，好半天才說：「無所謂。」

看來真的很難看……

周彥兮欲哭無淚，澈底放棄最後一點偶像包袱了，在後來的拍攝過程中也任由攝影師指揮自己擺出各種造型。

照片拍了幾十張，因為大賽主辦方催得急，所以下午就要先從這幾十張中選出一張宣傳用的合影來後製。周彥兮聽說要做後製，想到一般戰隊的那種宣傳照也完全沒有任何期待，可當她看到最後的成品時，才澈底明白過來鐘銘為什麼會說無所謂了——她的臉的確是出現在了照片上，但是又沒有出現。

鐘銘選好的那張照片是小熊站在前排中間，身後左右分別是周俊和王月明，三人都是端著手臂面對著鏡頭，而最後面周彥兮和鐘銘則是背靠背。但是後製處理完，其他沒有變化，只有後排的周彥兮和鐘銘變成了兩個剪影……

不過雖說只是剪影，還是能看出兩個人身材修長，側面的五官立體深邃，沒有露臉，但比露臉更讓人遐思無限，無論如何不難想像，這必定是一對俊男美女。

周彥兮看到這張照片喜歡的不得了，對鐘銘這樣的舉動，也感動的不得了。

「謝謝銘哥！」

鐘銘面上依舊沒什麼表情，可嘴角卻不自覺地彎了彎：「謝什麼？是我自己怕麻煩。」

周彥兮不管他出於什麼原因，只要不露臉的目的達到就行。捧著照片左看右看，愛不釋手：「那我可不可以要一張海報，我要掛在床頭！」

周俊說：「這個好！這個好！我也要！」

王月明拿出手機先拍了張照片，然後立刻上傳了社群。

小熊悠悠地來了一句：「人家床頭都掛結婚照，誰掛這東西？」

然後突然又像發現什麼新大陸似的說：「咦，把前面的我們三個P掉，不正好就像結婚照嗎？」

周彥兮聞言臉立刻就紅了，惡狠狠地去瞪小熊，小熊卻只是朝她嫵媚一笑。

她沒好氣地跟小熊對罵了幾句，罵完才敢看鐘銘，還好他剛剛突然接到個電話，似乎沒有聽到他們說的話。

鐘銘聽著電話裡的男人一會兒撒潑耍賴，一會兒威脅恐嚇，十八般武藝用盡竟然只是想來他們基地看看，無奈之下只好答應下來，同意他們週末休息日的時候過來聚餐。

李煜城嘿嘿一笑：『這就對了嘛，到時候我們再打兩局，促進一下雙方友誼，有助於日後更好的互幫互助。』

聽到自家隊長掛上電話，一直假裝專心打遊戲，實際上豎著耳朵偷聽的小飛悄悄勾起了嘴角。

三號位菜菜卻有點不理解自家隊長的做法：「老大，我們是不是太卑微了？對方充其量也就是匹沒成年的黑馬駒，您老人家至於這樣低三下四嗎？還要三顧茅廬？」

李煜城差點將手裡的滑鼠丟過去：「茅什麼廬？上次是誰被人家打得屁滾尿流找不著北的？」

想到和鐘銘的幾次交手，菜菜不由得倒吸一口涼氣，但面上還在強撐：「LOTK是五人遊戲，他一個人厲害有什麼用啊？我看GD的整體實力比我們還是有不小差距。」

「是嗎？希望正賽結束時你還能說出這種話。」

菜菜沒敢再接話，他家輔助大樹卻說：「可是老大，我們死皮賴臉地去對方基地搞聯誼這是什麼操作？一幫大老爺們能有什麼意思？」

李煜城聞言瞥了眼一直默不作聲的小飛，不懷好意地笑道：「這不是還有不是老爺們的嗎？更何況一想到某人口是心非被打臉的樣子，我就覺得痛快嘿嘿嘿……」

WAWA眾人看著自家老大一臉怪異的笑容，不由得面面相覷。

週末時，李煜城早早帶著他家戰隊的首發陣容造訪GD基地。一幫血氣方剛的傢伙來勢洶洶，直接導致保全把這群人攔在了社區外，後來還是鐘銘打電話去保全室，才將李煜城他們幾個放了進來。

不過這個小插曲並沒有影響兩隊的聯誼活動。WAWA的輔助大樹和小魚兒跟周俊早就混熟了，一見面就勾肩搭背稱兄道弟。菜菜雖然私下裡認為GD和他們還不是同一個等級的隊伍，但是他這人一向是個自來熟，雖然是第二次見面，也是銘哥、熊哥、月哥的，很快就和大家打成一片。李煜城自然不用說，來了GD比在自家基地還隨意……唯獨小飛，自從進門就不怎麼說話，周俊招呼他兩次，他態度也是不冷不熱的，自己坐在沙發上默默玩手機。

鐘銘在廚房準備做飯，無意間掃了一眼客廳的方向，不由得笑了笑。回頭再看某人，正如臨大敵地端著一盤洗好的油麥菜注視著油鍋，嘴裡正念念有詞。

鐘銘仔細聽了一下，周彥兮在說：「油麥菜準備就緒……花生油加熱正常……警報！油溫提升異常！油溫提升異常！淡定，按原計劃進行……油麥菜即將入鍋……啊！」

伴隨著油麥菜被扔進鍋中時發出的「刺啦」聲響，周彥兮也是「啊」的一聲尖叫著跳離鍋子老遠。

這一嗓子導致客廳裡的人都看了過來，小飛倏地站起身來，險些踢翻腳邊的垃圾桶，但見周彥兮沒事才有猶猶豫豫地又坐回沙發上。

鐘銘無語地看著某人：「這就是妳說的能下廚？」

因為休息日阿姨也休息，李煜城又點名要來基地而不是外面餐廳聚餐，這種時候，周彥兮作為隊裡唯一的女隊員，覺得自己有責任擔起大廚重任，於是主動請纓來負責做飯。

然而她還是把做飯想的太容易了，以為照著網路上那些食譜做也不會差太多，沒想到第一道簡簡單單的清炒油麥菜就把她難住了。

她欲哭無淚地看著鐘銘，嘴裡還在念念有詞：「請求上級增援……」

油鍋裡還在劈哩啪啦地往外濺油，鐘銘沒好氣地說：「讓開吧！」

周彥兮立刻乖乖退到一旁，看著鐘銘打開抽油煙機，拿起鍋鏟隨意地翻炒了幾下，成功挽救了那盤清炒油麥菜。

有鐘銘在，周彥兮心裡立刻安定下來，但是瞥到他身上那件白色休閒款毛衣，她有點於心不忍，摘下身上的圍裙叫了聲：「銘哥。」。

鐘銘回頭就見周彥兮正舉著圍裙看著他，猶豫了一下，也就沒拒絕，自己稍稍彎下腰低下頭。

周彥兮見他兩手都是油，知道他是要自己幫忙套上，於是很狗腿地踮起腳將圍裙套在他身上，再轉到他身後把帶子綁好。

整個過程周彥兮完全沒覺得有什麼不對，心裡只想著老大幫了她，稍稍服務一下禮尚往來。但是這一連串的舉動看在外面某些人的眼裡就完全不是那麼回事了。

李煜城嘿嘿笑著坐在小飛旁邊，目光始終沒有離開廚房：「這兩人關係看起來不一般啊。」

小飛擔心的事被李煜城說出來，臉色立刻變得不怎麼好看，雖然還低著頭打遊戲，但是卻一直不在狀態。

周俊和大樹、小魚兒一起打了局遊戲，邊遊戲邊直播，打累了乾脆停下來只開著直播跟粉絲們聊天。

他把攝影鏡頭慢慢轉了一圈，先是轉到大樹和小魚兒，然後是王月明和小熊，笑呵呵地跟粉絲介紹：「這是我今天的隊友，熊哥是全能，一號位也打得很穩，月神中單很強，還有樹神一手巫醫超神的。」

鏡頭緊接著掃到沙發上的李煜城和小飛。李煜城看到鏡頭轉向自己，很大方地揮了揮手。

留言立刻多了起來：『哇，城哥！想不到兩隊關係這麼好，你們經常在一起聚會嗎？』

周俊只覺得面上有光，但仍努力維持著無所謂的神情說：「反正兩家基地離得很近，偶爾會聚聚。」

鏡頭隨後掃到廚房，其實周俊只是意思意思地掃了一下，表示基地裡還有那兩個人。但就是這麼一掃，留言立刻炸開了。

『俊哥那女孩是誰？』

『是我老婆大人嗎？』

周俊早就習慣她姐的影響力，頗有點自豪地說：「沒發現她跟你們俊哥我有八成像嗎？」

『果然是我老婆大人！大舅子你能不能再給個鏡頭？剛才只有一個側臉啊！』

周俊又把鏡頭掃向廚房，遠遠的看到女孩仰著臉，臉上隱隱有笑意，正看著身邊低著頭的男人，不過男人背對著鏡頭，只能看得到一個背影。

『那男人是誰？是我影神嗎？』

『想不到影神不僅有錢、臉好、聲音好，竟然連身材都這麼棒！』

『所以我女神看他的眼神可以說是「癡迷」嗎？』

『心疼飛神了⋯⋯』

『樓上還是心疼心疼你自己吧！』

周俊一開始還只是樂呵呵地看著留言，但看到大家討論周彥兮看鐘銘的眼神時，也不禁一愣，又看向廚房。

廚房裡，其他的菜都已經洗好切好，最後只剩下一條蠢蠢的胖頭魚讓周彥兮束手無策。

鐘銘問她：「妳想怎麼吃？」

周彥兮想了想，這種魚大概只能燉吧。

然而還沒等她回話，鐘銘說了句「算了」，直接撈起魚來剁下魚頭，魚身重新扔回桶子裡，只將魚頭用鹽擦著好好洗了洗，又一刀兩半切成將斷不斷的樣子。

周彥兮在一旁看著他熟練俐落的動作，佩服不已：「銘哥，真的看不出來你這麼厲害。」

鐘銘一邊用調味料將魚頭醃好，一邊頭也不抬地說：「真不知道妳之前在國外是怎麼活下來的。」

周彥兮不好意思地摸了摸鼻子：「速食、泡麵，或者蹭飯，總之沒餓死。銘哥你以前都是自己做飯嗎？」

鐘銘頓了一下說：「這道菜我今天是第一次做。」

「啊？」

周彥兮不再說話，想著萬一這幾道菜都失敗了怎麼辦。叫外賣最快也要半小時，不知道這些人能不能等得及。

鐘銘沒留意她臉上的表情變化，繼續將蔥薑蒜切片，掐著時間將醃制好的魚撈出來放進已經沸騰的蒸鍋中。

客廳裡，小飛和李煜城的目光也停留在兩人身上。看著男人垂眸淺笑，女孩看著男人，有時候嬌羞，有時候又膜拜的樣子，小飛只覺得胸口悶悶的，像有什麼東西卡在裡面，一口氣總喘不上來。

「你別說，他們這麼看起來還真的挺配。」這一句話李煜城並不是刻意說給小飛聽的，他看著鐘銘和周彥兮的背影，無意識地感慨了一句。

然而就是這麼一句，讓小飛再也坐不住了，直接起身朝著廚房走去。

可是眼見著離她越來越近，他卻又後悔起來。過去說些什麼呢？打擾他們說話，她會不會生他的氣？

這個突然冒出來的想法讓他嚇了一跳。想他小飛打職業的這幾年，壓力雖然有，但也可以說是風光無限。喜歡他、為他癡迷的女生不在少數，不乏漂亮可愛的，可是沒有哪個人能像她一樣，讓自己為之著迷，甚至變得如此卑微。

鐘銘轉身正要去冰箱裡拿剁椒醬，正好看到小飛陰沉著臉走了過來。

他不由得瞇了瞇眼，但嘴角上卻掛著笑意。

周彥兮注意到他神情的變化，順著目光看過去，看到小飛已經走到開放式廚房的吧檯旁。

「需要幫忙嗎？」小飛問。

周彥兮掃了一眼廚房說：「不用了，馬上就可以開飯了。」

小飛卻沒有要離開的意思，他朝著鐘銘和周彥兮身後的灶臺看了一眼：「那些菜不是都還沒炒嗎？我閒著也是閒著，不如幫幫銘哥。」

話剛說完，也不等鐘銘回他話，直接進了廚房。

廚房空間本來就不大，他一進來，周彥兮開始覺得侷促。

鐘銘倒是沒說什麼，對周彥兮說：「妳去把餐桌布置一下。」

周彥兮如蒙大赦，說了聲「好」，回頭去頂櫃上拿碗筷。

這家原先的主人一定長得很高，不然不會把櫥櫃裝設這麼高，她一六八的個子拿起來都費力。

看不到櫃子裡面，只好伸手去摸，還沒有摸到，周彥兮就感覺到身後突然有人靠近，那人從她身後伸出雙手，幾乎將她全部籠罩在他的身下，她反射性地想回頭看，一回頭，額頭的皮膚便輕輕擦過他微微發澀的下巴。

鐘銘只垂頭掃了她一眼，伸手進櫥櫃，端出一打碗放在她手上：「去吧。」

周彥兮連忙端著碗跑出了廚房。

小飛的臉色比剛才更難看了。

等周彥兮離開，他直捷了當問鐘銘：「銘哥，你們在交往嗎？」

鐘銘將蒸好的魚頭端出鍋，熱了油澆到魚頭上，廚房裡立刻充斥著剁椒的香味。

「沒有。不過，那也輪不到你。」

鐘銘對自己這第一次的嘗試很滿意，將那盤剁椒魚頭遞給正在怔愣中的小飛：「送出去吧，那傢伙愛吃。」

第十六章　全國公開賽

小飛低頭看了一眼手上的魚，譏諷地笑了笑，轉身出了廚房。

李煜城和他擦肩而過，小飛卻彷彿沒看到，直接走向餐桌。

李煜城進了廚房，邊找能墊肚子的東西，邊問鐘銘：「你和小飛說什麼了？」

「沒什麼，叫他不要把精力浪費在沒有前途的事情上。」

李煜城拿起一個番茄，笑著點了點頭，正要送進嘴裡，卻突然被人拿走。

鐘銘拿過番茄，俐落地切成塊，邊切邊說：「這不就是你此行的目的嗎？提點提點他，也算我對你們這段時間陪練的答謝。」

李煜城也不生氣，從砧板上捏了一小塊番茄放進嘴裡：「沒前途嗎？我看未必吧，據我所知這兩人私下關係還不錯，今天可能因為你在，他們都不敢表現出來。」

說完李煜城仔細觀察著鐘銘的神情，見他臉色明顯不好，李煜城心裡都快樂開花了，但面上還是一本正經地說：「不是我說你，平時別那麼嚴肅，像我一樣平易近人不好嗎？這樣大家有什麼開心事、煩心事才都會找你分享，不然你看看人家孩子見了你像老鼠見了貓一樣，有什麼心事也不會對你說嘛。」

「哐當」一聲，是鐘銘放下菜刀的聲音。

李煜城嚇了一跳，誇張地拍著胸脯埋怨道：「我說你不能輕點嗎？」

鐘銘笑：「既然你這隊伍帶得這麼好，那今年的國際賽冠軍是不是也十拿九穩了？」

李煜城「嘖」瞪他一眼：「跟你這人說話真無趣。」

鐘銘無所謂地說：「可你偏偏喜歡，我是不是可以理解為你這個人就喜歡找不痛快？」

周彥兮擺好碗筷，招呼大家上桌吃飯。鐘銘也炒好最後一道菜，和李煜城一起出了廚房。李煜城剛在位子上坐好，掃了一眼滿桌的菜不由得「哈」了一聲。

眾人看向他，他只是看著菜說：「真想不到這一桌子菜是個從來不吃辣的人做的。」

眾人又紛紛看向鐘銘，尤其是周彥兮，想到之前那次吃烤魚的經歷，還有這次，他說自己是第一次嘗試做剁椒魚頭……既然吃不了辣，為什麼還要點、還要做？

鐘銘卻彷彿沒有看到眾人或困惑或意外的表情，只涼涼地給了李煜城一句：「吃飯都堵不住你的嘴嗎？」

李煜城無所謂地笑了笑，目光卻是瞥向周彥兮。

周彥兮看到李煜城看她，也不明白他為什麼要這樣看自己，結合最近網路上的傳聞，就猜可能和小飛有關。不過她也不在乎，畢竟小飛怎麼想誰也管不了。

今天一早起來忙到現在差不多是滴水未進，此時看著滿桌紅彤彤的菜，她早就食指大動迫不及待了，也就沒再多想，只顧著埋頭吃飯。

李煜城見周彥兮吃得香，嘴邊笑意更濃，可再一回頭卻對上了鐘銘不太友好的目光。他也不閃避，而是回以一個挑釁的微笑。

鐘銘喝了口水，提議道：「吃完飯不如 Solo 幾局。」

眾人聞言紛紛說好，而李煜城卻突然有種很不好的預感。

果然後面 Solo 時，鐘銘直接點名叫李煜城來。他是 WAWA 的隊長，技術又好，一直被下面的人當神膜拜著。是以 WAWA 眾人雖然知道鐘銘厲害，但是心底裡並不認為自家老大會輸給鐘銘，倒是更期待這場高手對決的比賽。然而只有李煜城自己心裡一直在打鼓。

幾年前他們兩個的實力是真的不分伯仲，後來開始打職業以後，兩人雖然都很勤奮，但是鐘銘的天資顯現出了優勢，他對英雄出裝的理解，對敵人戰術乃至心理的分析都不是一般的選手能達到的程度。兩隊最初的那場訓練賽，和周彥兮與小飛的那次 Solo 都足以說明了這一點。所以李煜城知道，現在的自己很有可能會被鐘銘吊著打。

他並不怕輸，怕的是這些人不知道鐘銘是誰，所以他一輸免不了會影響 WAWA 幾天後比賽的士氣。

在經過鐘銘身邊時，李煜城小聲嘀咕了一句：「小的們都看著呢，可不能讓我輸太慘。」

鐘銘聞言只是勾唇笑了笑，並沒有回答他。

第一局鐘銘先選英雄，李煜城還在擔心他選影魔，沒想到他卻選了個上次小飛輸給周彥兮時用的毒龍。毒龍從技能上看的確是很適合 Solo 的英雄，但是據李煜城所知，鐘銘用這個英雄的次數並不多，不過很快也就想明白了，這是要秀給小飛看嗎？

站在李煜城身後的小飛看到鐘銘選出這個英雄，也想到了什麼，臉色瞬間變得很難看。他之前用這個英雄輸給了菜鳥周彥兮，此時鐘銘卻想用這個英雄打敗世界級選手李煜城。這不就是想當眾打他的臉，告訴他，他比自己要強得多嗎？

不過李煜城倒是心情不錯，還不禁暗笑堂堂ＴＫ吃起醋來竟然這麼瘋狂，不過瘋狂才好，瘋狂才顯得更加真實。

最後，李煜城選了個公認為最適合 Solo 的英雄，黑鳥。

英雄適不適合 Solo 無非只看三點，正反補能力、回血能力，還有單殺能力。黑鳥這個英雄無論是正反補能力，還是耗血、回血的能力都要比毒龍強，要說不如毒龍的大概就是單殺能力吧，但畢竟是高手過招，誰也不會給誰太多的破綻。

然而，就當李煜城以為自己做的足夠好的情況下，還是以一比三的人頭比數輸給了鐘銘。

基地裡有一瞬間的靜默，ＷＡＷＡ眾人意外自己老大輸的這麼痛快，ＧＤ眾人暗罵鐘銘對客人都這麼不客氣。

後來還是李煜城自己先打破沉默：「哈哈，毒龍用得不錯啊！那個……我先去喝口水。」

眾人這才又活絡了起來，開始討論起剛才那一局。說的最多的是沒想到鐘銘會用毒龍，還用得這麼好。

李煜城從廚房端了一杯蘇打水回來，路過鐘銘時問他：「說好的手下留情呢？」

鐘銘微微挑眉看他：「什麼時候說好的？我以為你敢帶著人來，就是做好了準備的。」

李煜城愣了一下，恨恨地點了點頭：「行行，算你狠。」

第二局的時候，李煜城直接選了敵法師，眾人一見他祭出自己的絕活就知道上局是被打怕了。

鐘銘選了單殺能力很強的蝙蝠騎士。不過李煜城畢竟是李煜城，一手敵法師用得出神入化，不超過一刻鐘，鐘銘就輸給了李煜城。

鐘銘無所謂地笑了笑：「世界第一敵法師嘛，我也沒辦法。」

李煜城只道「承讓」，很快兩人就開了第三局。

第三局裡李煜城選了爆發力很強的暗影惡魔，雖然在正式比賽中常常是用來打輔助的醬油英雄，但是貴在三個技能的爆發都很強，而且射程和攻擊力也都不俗，所以是 Solo 時比較主流的英雄了。

鐘銘也不跟他客氣，直接選了影魔。

李煜城見狀卻笑了：「朋友，別怪我沒提醒你，影魔這個英雄已經不適合現在的版本了。」

「是嗎？」鐘銘只是笑，「那是其他人的影魔。」

這話一出，WAWA幾個不瞭解鐘銘的人只覺得他這人狂妄，可只有GD的人知道鐘銘的影魔有多厲害，而一直沉默著的小熊此時又不由得皺起眉來。

外界傳言，ＴＫ和李煜城關係匪淺，而看鐘銘和李煜城的關係，明顯也不像是剛認識的，還有他也曾在波士頓，也會用影魔，這一切的一切都未免太巧合了。

只是，如果他真的是ＴＫ，那他為什麼一聲不響的回來，又為什麼會和他們這群水準參差不齊的人組隊打職業呢？

要知道職業選手的黃金期在十七歲到二十五、六歲之間，如果網路百科的簡介無誤，那麼ＴＫ今年已經二十四歲了，打不了兩年就要退役了。他那樣的選手難道不該把最耀眼的一幕留在退役前嗎？和他們這群人在一起什麼時候才能重回世界巔峰？還是他真的自信到，認為只要有自己在的隊伍就能拿到世界冠軍，哪怕隊伍裡其他人的水準平平？

這一局，李煜城的暗影惡魔打得很強勢，靠著無腦三連招殺掉鐘銘兩次，的確證明了這個版本的影魔被削弱了很多。然而鐘銘還是鐘銘，靠著對彼此英雄屬性的瞭解和神級的操作，也向眾人證明了，即便是被削弱了的影魔在他的手上依舊可以稱霸一方。

最終鐘銘率先拿下三個人頭取得第三局 Solo 的勝利。

李煜城輸得心服口服：「還好ＬＯＴＫ是五人遊戲啊，不然我今年就該退役了。」

眾人看了三場精彩的 Solo，對輸了的李煜城沒覺得失望，但對贏了鐘銘則是更加崇拜。尤其是周彥兮，難掩興奮和自豪，畢竟對方可是世界冠軍李煜城啊，竟然就這麼輸給了銘哥，這麼看幾天後的全國公開賽，他們 ＧＤ 進四強應該是不成問題了！

而至始至終都黑著臉的小飛，此時掃到周彥兮崇拜的目光，臉色就更加難看了。李煜城見狀只是拍了拍小飛的肩膀，意有所指地說道：「看見了嗎？你哥我都不是他的對手，想從他手上搶人，任重而道遠啊。」

小飛的心事被說中，但還是強撐著回道：「什麼年代了，談個戀愛還要比武招親嗎？搞笑。」

李煜城一副過來人的口吻：「可是不管什麼年代女孩子都喜歡強者啊，更何況是打職業的女孩子，你看看她看鐘銘的眼神就知道了。」

不說還好，說了小飛更覺得心煩意亂。李煜城也只是拍了拍他的肩膀沒再說其他，朝著廚房走去。

鐘銘正在倒水，回頭看到坐在吧檯邊的李煜城就問他：「喝什麼？」

「不喝了。」

鐘銘卻還是倒了杯檸檬水推到他面前。

李煜城問：「她知道嗎？」

鐘銘微微挑眉：「什麼？」

「你喜歡她，她知道嗎？」

鐘銘端著杯子的手明顯頓了頓，但也只是那麼一瞬間，就又恢復如常。

他不回答李煜城的話，而是問他：「你什麼時候走？都賴一天了。」

「嘖嘖，不是我說你，你這脾氣她受得了嗎？」

「走的時候幫忙把門口那些垃圾帶出去。」

這一次李煜城沒有說話，只是擺出一臉普度眾生的微笑看著鐘銘。

鐘銘把剩下的半杯蘇打水喝完，冷聲笑了笑，沒什麼耐心地問：「看什麼？」

「想不到我們TK也有怕的時候。」

鐘銘依舊無所謂地笑著，可那笑容卻不見溫度。

李煜城繼續不怕死地說：「表白怕她拒絕，也怕她不拒絕又因為戀愛耽誤訓練，但是不表白吧，以她那大條的神經又怕她不知道你的心思結果喜歡上別人。左顧右盼說來說去都是怕……嘖嘖。」

鐘銘靜靜聽完李煜城的話，只是說：「我現在倒不是怕她，而是怕你。」

李煜城想都沒想就問：「怕我什麼？」

「幾天後的比賽。」鐘銘頓了頓，緩緩說道，「怕你輸的太慘。」

提到比賽，李煜城的心情也沒那麼輕鬆了，便不再打趣鐘銘。

「說點正經的，過幾天那比賽可是線下的，少不了有媒體，你那『毛病』治好了？」

鐘銘知道，李煜城是在問他，這一次他是否打算以Shadow的身分仍繼續當個不露臉的職業選手。

鐘銘搖頭：「在這資訊化的時代，TK只是個意外。」

李煜城：「你的意思是說，你已經想好了？做公眾人物？」

鐘銘：「嗯，不過為了避免麻煩，還需要等一個合適的時機，在那之前還是得過且過地做一隻鴕鳥吧。」

「什麼合適時機？」

鐘銘看他：「你覺得 Shadow 就是 TK 這事還能瞞多久？」

李煜城沉默了，的確瞞不了多久，電競圈就這麼大，隨著GD越來越強，早晚有一天鐘銘會遇到老對手、老熟人，到時候一切也就該揭曉了。

李煜城問：「在那之前怎麼辦？」

鐘銘無奈：「還是老辦法，找老熟人幫幫忙吧。」

LOTK這款遊戲是美國一家叫LIN的公司開發的，LIN的董事長有個年紀和鐘銘相仿的孫子麥肯。在波士頓時，鐘銘蹭和麥肯「不打不相識」，後來就成了關係不錯的朋友。那兩年TK的「鏡頭恐懼症」備受關照，也多半是靠麥肯幫忙。不過這一次，應該是最後一次了。

幾天之後，全國公開賽的正賽拉開了帷幕。根據規則之前被主辦方直接邀請的八支隊伍，和經過海選上來的兩支隊伍直接進行BO1（一局定勝負）積分循環賽，最終積分排名第一直接獲得來年國際邀請賽小組賽名額。第二到五名戰隊將進行兩天的淘汰賽。其他隊伍均被淘汰。而淘汰賽的四支隊伍將進行雙敗淘汰，第二名的戰隊可隨機挑選第四或第五的戰隊進行比賽，第三名將與剩下的一支進行較量，淘汰賽冠軍將獲得前往西雅圖的第二張門票，淘汰賽亞軍將與其他三大區的戰隊進行外卡賽。

GD在大賽一天前收到了會務組發來的賽程安排——全部比賽要在三天內完成，前兩天是積分循環賽，最後一天留給淘汰賽。

按照鐘銘的意思是，兩天內就結束比賽，也就是說，每一場比賽都要做到最好，保證總積分最高，直接拿到西雅圖門票，也就不用參加後面的淘汰賽了。

到了這一刻，眾人才真真切切地感覺到了壓力。

第一天最早的一場比賽是十點鐘。會展中心安排了三個廳，屆時會有三場比賽同時進行。

早上出發前，鐘銘先打了個電話給李煜城，兩人說好出發時間，鐘銘看了一眼牆上的掛鐘。此時是早上八點鐘，也就是西雅圖下午四點左右。

掛上了李煜城的電話，他猶豫了一會兒，終究還是打了麥肯的號碼……

周彥兮他們早早準備就緒在樓下等鐘銘，左等右等不見鐘銘下樓，周彥兮就上樓去找他。

鐘銘的房門是虛掩著的，她正要意思一下敲敲門，卻聽到裡面鐘銘似乎在和什麼人說話，還是用英文的。

她看了一眼時間，確實不早了，也就沒管那些直接將門推開。

鐘銘聽到聲音，舉著電話回頭來，見是她臉上沒什麼表情，只專注地聽著電話另一邊的人說話。過了一會兒，他才笑了笑，用英文說：「歡迎你來玩。」

然後就是道別，掛斷電話。

見到他掛上電話，周彥兮才說：「銘哥，時間快到了，該出發了。」

鐘銘收起手機上下掃了她一眼，這才滿意地點了點頭，拎起設備包往門外走。

然而那一眼，讓周彥兮的臉不由得紅了。

這已經不是他們第一次穿隊服了，但是上次只是拍照穿了一下，沒有穿出門，所以也沒感覺，這次卻不一樣。一想到他們要穿著一樣的衣服一起出現在很多人面前，周彥兮也不知道自己怎麼了，就覺得心裡有些癢癢的。而且，她上次就注意到了，或許是因為鐘銘的身材好，所以這套隊服他穿起來也比王月明、周俊，甚至是比小熊穿著都要好看。

其實她一直不明白為什麼小飛有那麼多女粉絲，但是如果女孩子們是喜歡小飛的外形，那麼是不是意味著鐘銘的一個背影就足以夠讓她們癡狂了？

想到這裡，心裡又泛起了可疑的漣漪，只是這種感覺因何而來，她還搞不清楚。

送GD眾人去賽場的車子早就等在了基地門前，等著人都上了車，車子駛出基地。然而很快，就有人發現這條路並不是去賽場的那一條。

周俊搞不清狀況問司機：「司機怎麼不走青年路啊？那條應該更近吧？」

坐在副駕駛座上的鐘銘卻替司機回答說：「那條有點塞。」

因為正是早高峰，他這麼說別人也就不疑有他。

不一會兒車子經過了一個別墅區，老遠就看到社區門口停著輛大巴車，七、八個年輕人正依次上車，其中幾個還穿著WAWA的隊服，最末尾的那個人正是李煜城。

王月明眼尖，明顯也看到了李煜城：「這麼巧，他們也剛走。」

鐘銘掃了一眼窗外，吩咐司機：「您不是對路線不熟悉嗎？正好，跟著他們就行。」

司機點頭應下，在路邊停了片刻，等著WAWA的車啟動才跟上。

車子再度發動，小熊從包裡拿出一疊資料遞給鐘銘，鐘銘像是早就知道是什麼一樣，直接翻開來看。

他邊翻邊側頭問身後的小熊：「你怎麼看？」

小熊略微沉吟了一下說：「這幾年國內差不多都是三足鼎立的狀態，除了我們熟悉的WAWA，還有兩支老牌戰隊，EW和80 Gaming，這兩家俱樂部規模很大，各分部成績都不錯，可能也就是這個原因，才沒有給LOTK分部必須拿冠軍的壓力，所以雖然實力不俗，這些年卻沒有拿過一次世界冠軍，反而是富二代投資的規模不大的WAWA在前年拿到世界冠軍一下子風頭蓋過了這兩家。」

鐘銘微微點了點頭，小熊又說：「不過除了這幾支隊伍，我聽說一支叫『Friday Night Lights』的隊伍今年可能會成為我們之外的另一匹黑馬。」

鐘銘低頭翻到資料後面，就看到FNL的戰績。這支隊伍很新，前年才開始參加職業聯賽。當時也像GD一樣拿下過平臺賽的夏季賽冠軍，之後的全國公開賽裡卻只是第五的成績，無緣國際邀請賽。不過在第二年裡，也就是去年，他們取得了全國公開賽的第三名，曾有機會參加國際賽的外卡賽。

平心而論，這樣的成績並不怎麼樣。卻聽小熊又說：「我聽說他們今年換了個新中單叫小武，團隊整體水準因此提升不少，曾經有疑似他們和EW的訓練賽結果流出過，據說EW已經不是他們的對手了。」

周俊聽出來鐘銘和小熊是在討論其他隊伍的事情，從最後一排探過頭看鐘銘手裡的東西。鐘銘回頭瞥見，乾脆把那疊資料遞給他。

周俊翻了幾頁不禁感慨：「哇，熊哥你真厲害，準備得這麼周全，連對方慣用戰術都寫得這麼詳細。」

小熊只是說：「銘哥讓我準備的。」

周俊匆匆忙忙地掃著檔裡的內容，有點鬱悶：「之前我們只看了選手們的慣用英雄，沒想到還有這麼多資料，怕是一時半刻看不完啊。」

周彥兮也說：「是啊，怎麼沒早點給大家？」

王月明聽了不屑一笑：「早點給妳就有用了？」

鐘銘也回過頭來，但是說出來的話卻與王月明截然不同：「妳懂得研究別人的戰術，別人難道不知道嗎？所以看看就好，別太當真，否則被套路了都不知道。」

說著他又看了一眼王月明：「電子競技，萬變不離其宗，強就是強，保持平常心，發揮失常是不存在的。我讓小熊準備這個，並不是讓你們去學習別人戰術用的，就是讓你們知道，哪些人需要當心，當然了，任何人都可能成為我們最強大的對手，對誰都不能掉以輕心。」

周俊聞言愣了愣，低頭看了看手上的資料：「那這東西豈不是沒什麼用？」

鐘銘「嗯」了一聲說：「差不多吧。」

其實鐘銘說的這些話對也不完全對，雖說戰術是可以變化的，但是一個職業選手習慣性的打法，一時半刻卻是改不了的。GD的大多數選手都是新手，讓他們一下子掌握太多對手資訊，免不了打起來會縮手縮腳反而對實力發揮毫無益處，所以鐘銘乾脆只挑了些典型的比賽影片給眾人看，還有就是熟記一些實力選手的慣用英雄，方便B／P的時候選陣容。

說話間，車子已經到了賽場門外，跟鐘銘預想中的一樣，早有粉絲和媒體守在那裡。不過，在他們到之前，WAWA的車子先停在了門口。

WAWA本來就是奪冠熱門隊伍，而他們的車上又很高調地印著大大的戰隊Logo，所以老遠就被粉絲看到了，車子剛一停下，立刻被圍得水泄不通，倒是沒有人注意到那輛巴士後尾隨著的商務車。

鐘銘對司機說：「我們從側門進去。」

車子和眾人擦肩而過，周家姐弟只顧著趴在車窗上看熱鬧，王月明滿是羨慕地說：「我們什麼時候也能像他們一樣？」

只有小熊，若有所思地看向前排的鐘銘。

很快就到了側門，或許是所有人都去堵WAWA了，側門沒什麼粉絲和媒體。鐘銘在車子還沒停好前就把帽子和口罩戴好，等著其他人下了車他跟在最後。

周彥兮也特地戴了口罩，但她和鐘銘不同。鐘銘是純屬習慣，只要是在公共場合出現，他就習慣性地「全副武裝」。而周彥兮則是因為自己是唯一的女選手，料定會引來不少人圍觀，而且她那「小毛病」，至今尚未完全克服。

周彥兮像做賊一樣低著頭跟著周俊、小熊往選手休息室走去。無意間一回頭，看到鐘銘也是全副武裝的樣子不由得愣了愣。

鐘銘垂眼看她，她臉上那口罩雖說也是黑色的，但是上面卻印有一排誇張的骷髏牙齒，遠遠看起來就像是在竊笑。也不知道她戴這口罩是不想引人注意，還是太想引人注意。

「看什麼看？」鐘銘挑了挑眉問。

「銘哥，你怎麼也……」

「有點感冒。」

周彥兮立刻緊張起來，一雙大眼睛眨呀眨，和那一口竊笑的白牙很是不搭：「要不要緊？會不會影響比賽狀態？」

「不算嚴重。」鐘銘頓了頓說，「等等妳別氣我就行。」

周彥兮為難地回以一個假笑：「我儘量吧。」

第十七章 曝光

參加比賽的一共是十支隊伍，那就意味著，每支隊伍至少要打九場比賽。

大賽的第一天每支隊伍都要打夠五場比賽，GD這邊是小熊去抽的簽，還算順利，白天的四場都不是什麼厲害的隊伍，就是晚上那一場，要對戰老牌強隊EW。

所以白天的四場比賽基本沒什麼懸念，GD全部勝出。

晚上這局是八點開始，GD眾人早早吃了飯回到賽場。這期間還把EW近年的比賽資料又看了一遍，如果非要給EW定一個位，那他們應該是典型的佛系戰隊——每次都打得按部就班，沒有亮點，破綻不多，所以成績也始終不好不壞。

不過不管面對什麼樣的隊伍，周彥兮始終不敢掉以輕心，因為知道自己很可能就會成為對方的突破口，為了不讓隊友四打六，她每一局比賽都會打起十二分精神應戰。

那一疊資料不知道被她翻了多少遍了，抬頭正巧對上王月明掃過來的目光，於是隨口問了句：「月月你要看嗎？」

王月明笑：「不用了，感覺妳更需要。」

周彥兮早就習慣他這種說話方式，也不在意，低頭繼續看，鐘銘卻涼涼地掃了他一眼，但是他卻好像並沒有察覺，打著哈欠有點不耐煩地說：「怎麼還不開始？早點打完早點回去睡覺。」

正說著話，有工作人員來通知他們可以入場了。

小熊他們陸續出了休息室，周彥兮深吸一口氣起身，出門時聽到身後有人說：「別緊張。」她回頭看，是鐘銘，但他卻彷彿什麼都沒說過一樣，一臉淡漠地往門外走去。

比賽很快開始，在B／P環節裡，EW首選靈魂守衛。這個情況早在眾人預料之內，因為EW的一號位大哥錘子哥最擅長的就是這個英雄。然後中單英雄選了骨法，輔助分別選了賞金和小精靈，三號位選了獸王。

針對這個陣容，GD的陣容是鐘銘的幽鬼、小熊的電魂、王月明的軍團、周俊的巫醫還有周彥兮的神牛。

陣容本來是沒什麼問題，雙方勢均力敵。但是在開局三分鐘的時候，EW的小精靈配合賞金就進行了多次Gank，在上路擊殺了一次王月明，又在中路下路成功擊殺小熊和鐘銘。

這樣的開局，導致上路王月明的軍團完全被獸王壓制。可能就是因為這樣，EW認為王月明即將成為比賽的突破口，所以開始更過分地壓制王月明。但是他們團隊內部的配合又不夠緊湊，每次都被中路趕來的小熊支援，及時止損。幾次Gank之後，並沒有太大的收穫，GD這才稍稍扳回一點局勢。

雙方進入中期，開始著重打錢，經濟沒能碾壓的靈魂守衛威力不夠，沒有能力推上GD的高地，而鐘銘的幽鬼發育環境很好，從前期的經濟劣勢慢慢回到了第一。

四十四分鐘，GD推掉了EW一路半，而EW的骨法沒有回家守塔，也推掉了GD的下路高地，此時鐘銘想直接一波推過去，但是因為王月明的猶豫措施了良機。EW還乘此機會拿下了復活盾，準備全壓在最後一波。在接下來的團戰中王月明和周彥兮被擊殺後GD減員沒辦法抵抗EW五人強推基地，鐘銘無奈打出GG。

至此GD迎來了全國公開賽的首敗。

直到比賽結束，王月明還是不敢相信，他明明覺得以他們的實力要打贏EW不算困難，可是剛才怎麼就輸了呢？

EW的隊員們已經上來握手，王月明卻還呆呆地坐在座位上，周彥兮看了有點不忍心，勸了一句：「算了月月，我們還有機會。」

王月明抬頭看她，卻並沒有因為她的這句安慰而給她好臉色。

小熊上來拍了拍周彥兮的肩膀：「走吧。」

雖然知道這種高規格的比賽不會贏得很輕鬆，但是GD大多數人都認為今天是會全勝而歸的，誰也沒想到最後一局就這樣輸了。

回去的路上，小熊突然對鐘銘說：「今年的EW有點不正常。」

鐘銘點頭：「不夠佛系了，打的有點猛。」

周俊這才想起來自己去洗手間的時候好像聽到了什麼，現在一想大概就是EW變化這麼大的原因：「我今天在洗手間聽到有人說，如果EW這次不能晉級國際邀請賽，他們就會解散LOTK分部……大概是因為這個原因吧？」

這個消息倒是讓眾人有些意外，不過誰也沒有再圍繞著這個討論下去，說到底他們會輸並不是因為對方的變化，而是因為己方在配合上明顯還有問題——團戰中執行力也明顯不夠，就比如雙方互推高地的那一次，如果王月明肯聽話，局面或許就不是最後那樣了，但是眾人誰也沒有說破。尤其是鐘銘，不是怕他會有什麼想法，而是他認為以王月明的資質，肯定已經知道自己的問題所在，無需再多說。

眾人回到基地，時間已經不早，上樓前，鐘銘說：「還好是積分制，本來也沒指望一局不敗，所以不要影響後面比賽的心情，正常發揮就行。」

眾人紛紛應是，只有王月明的臉色始終不太好看。

說是不影響後面比賽的心情，可到了第二天，那場輸掉的比賽還是影響到了GD眾人的心情，因為主辦方那裡已經有了各家隊伍的積分情況。

根據積分規則，勝一局記二分，平局記一分，敗局不計分。GD輸掉一場比賽，目前累計積分是八分。WAWA和EW打平，其餘四場全勝，積分均為九分，最讓人感到壓力的還是80 Gaming五局全勝，目前積分最高，十分。

而GD今天的第一場比賽對手就是80 Gaming。

對手明顯是很瞭解GD的情況的，直接把GD的突破口定為周彥兮，上來就搶了周彥兮用慣了的神牛，她無奈，只能結合陣容選了冰女。雖然現在的她早就不是半年以前的她，但是一個醬油還是經不起對方一次又一次惡意的針對。好在其他隊友還算可靠，率先推上對方一路高地。

本來此時ＧＤ優勢很大，但是或許是受了前一天那局比賽的影響，大家都太怕夜長夢多，只想快點結束比賽，在鐘銘這個大哥不在的情況下，小熊和王月明都想一波推掉對方水晶。可是此時對方的英雄已經陸續復活，成功留下小熊和王月明，最後又將跑路的周俊殺掉，直接扳回前期劣勢。

然而更可怕的是，對方雖然前期處於劣勢，但是大哥煉金一直穩定發育，終於在後期有了一定的裝備後，利用帶線優勢成功翻盤。

至此ＧＤ竟然連輸兩局，氣勢大不如前。尤其是王月明，遊戲打到最後，離他最遠的周彥兮都能聽得到他將鍵盤拍得啪啪作響的聲音。

回到休息室，距離下一場比賽只有不到二十分鐘。眾人氣勢萎靡，周彥兮也在反省，剛才那局有沒有自己的鍋。或許是有吧，要不要承認個錯誤？只要能讓大家再振作起來，其實她做什麼都無所謂。因為她比在座每個人都更怕輸。

她始終沒有忘記鐘銘曾經告訴過他，ＷＡＷＡ的老闆有挖他的意思。當時鐘銘或許只是隨口一說，但是在她聽來卻是劫後餘生的感覺。而且自那以後，她比之前更加勤奮謹慎，生怕自己讓他失望，生怕哪一天他真的動了甩掉他們的念頭。她不知道自己為什麼會有這種感覺，不知道只是單純的認為他技術強，可以帶著她贏，還是因為其他原因……

然而正當她要開口時，卻聽到他說：「來，說說我們輸掉的這兩場比賽。」

休息室裡依舊是一片死寂。

鐘銘繼續說：「如果單純說發揮，我覺得這兩場比賽都可以拿達到八十五分了。」

對於鐘銘這個打分，小熊和周彥兮是意外，王月明神情古怪地笑了笑，周俊則是不好意思地說：「銘哥，你別開玩笑了。」

「我沒有開玩笑。」鐘銘說，「客觀來說，這兩局比賽，我們從團隊配合到執行力上都過得去，特別是剛才那局，我能看到大家爭分奪秒地做視野、反埋伏、打支援。也因為如此我們前期才有了那麼大的優勢，要說扣掉的那十五分，不用我說你們也都清楚。昨天是眾人目標不一致，沒有抓住機會成功 All in 一波，而今天剛好相反，太想贏了，反而輸掉了之前打下的優勢。其實昨天回防高地未必就是錯的，今天抓住時機推基地也未必不能成功，如果運氣好一點，昨天或許可以把戰線再度拉長，我們還會找到機會反打一波，而今天說不準就真的一波拿下了。所以說兩局比賽，我們雖然有錯，但不是絕對的錯，對方並不比我們強多少，他們只是比我們多的是一點運氣。」

眾人都沒想到一向嚴厲的鐘銘竟然會把輸了比賽歸結到運氣差上，不過聽他這麼說大家也都覺得有點道理，更何況兩局雖然都輸了，但是讓人欣慰又最讓人遺憾的是，每一局都是惜敗。所以周彥兮乃至小熊都有點分不清，鐘銘說的這些話，到底是安慰眾人的成分更多，還是事實本就如此。

「換句話說，並不是我們做的不夠好，而是對方也不差，而且除了我剛才說的那些，還有一些與運氣無關的，就是我們的心態，剛才這局比賽裡，對方還沒有打過來，但是我們自己早在心裡給自己判了死刑，這是比賽大忌。」

鐘銘說到這裡，王月明的臉色更差了，關於這一點，鐘銘提醒他不止一次兩次，可是每當那種時候，他都不受控制地會急躁，所以這也是他順風局裡的水準會比逆風局高很多的原因。

鐘銘沒再說下去，抬手看了看時間：「好了，下一局該怎麼打，大家應該都有數了。」

或許鐘銘的話真的起了作用，在接下來對局所謂的黑馬戰隊FNL時，GD倒是發揮不錯，半個小時就順利拿下比賽。不過這並不能讓大家的心情哪怕稍稍的放鬆一點，因為就在此時，賽場上那張剛剛更新過的積分一覽表裡，GD的成績依舊算不上理想。

經過大半天的比賽，每支隊伍都只剩下最後一場循環賽。而此時，各家積分再一次更新。

GD勝六負二，總分十二分。WAWA勝六負一平一，總分十三分。80 Gaming 勝六負一平一總分十三分。EW勝五負一平一，總分十一分。FNL勝五負二平一，總分十一分。

這麼看來，GD如果想拿到冠軍，接下來對戰WAWA的那場比賽必須贏，而且還是在80 Gaming 最後一場比賽贏不了的情況下。也就是說，他們有百分之二十五的機率能拿到冠軍。所以GD眾人早已摩拳擦掌，一方面想著要全力應戰，另一方面也祈禱 80 Gaming 可以輸掉最後一場對戰。

而ＷＡＷＡ比他們拿冠軍的機會更高一點，他們只需要贏了最後這場比賽就可以去西雅圖了，所以李煜城此時也已經做好打一場硬仗的準備，因為他比任何人都清楚，自己即將面對的是什麼樣的對手。

積分賽的最後一場比賽裡，ＷＡＷＡ拿出了準備已久的新戰術。

這些年隨著ＬＯＴＫ的大熱，很多新的戰術被開發出來，原本最早的四保一很容易被針對，所以職業聯賽裡越來越常見的是多核戰術。不過ＷＡＷＡ還是根據自己團隊裡選手情況，保留了四保一的戰術，直到這兩年小飛的成長，雙核才經常出現在他們比賽中。不過這一次，明顯與以往都不同。

在李煜城拿手的敵法師被ＢＡＮ掉之後，他選擇了在中後期爆發力較強的熊戰士，小飛選擇了痛苦女王，三號位菜菜選擇小魚人。這三個英雄被選出來，就引來ＧＤ這邊小小的躁動。

小熊說：「這是三核心陣容，對輔助的要求有點高吧。」

鐘銘也微微皺眉，多核陣容能夠避免李煜城被過分針對，但是三核心對隊伍的整體實力要求不低，這個打法的確是有點冒險。ＧＤ這裡也不樂觀，因為從Ｂ／Ｐ環節就可以看出，對方是做好了殊死一搏的準備了。

WAWA先後BAN掉影魔、幽鬼這幾個鐘銘所擅長的英雄。不難看出，他們是認定只要壓制住鐘銘，GD其他人不足為懼。與此同時，選擇三核陣容，企圖在中後期靠著陣容的強大爆發力拿下比賽的心思幾乎昭然若揭。

不過鐘銘也不會坐以待斃。他自己選了大後期英雄梅杜莎，幫小熊選了火女，幫王月明選了螞蟻。這陣容絕對是比WAWA更三核的三核。

這樣的陣容優點是火女可以打前中期，也可以打後期，而且還能克制小飛的女王。螞蟻靠著占線能力打中後期，而鐘銘的梅杜莎是大後期，只要比賽時間能拖到四十分鐘，那麼GD的陣容就會顯現出明顯的優勢來。

但是缺點也很明顯，就是除了輔助以外的三個英雄都非常吃資源。好在小熊和王月明在正式打職業之前，全部都是打一號位出身，基本功不錯，發育能力絕不輸於很多職業隊的一號位。所以只要能撐到後期，那麼就基本拿下了比賽。

李煜城顯然也清楚這一點，從一開始就努力掌控著比賽的節奏，一次又一次地指揮隊友去Gank，試圖在前期爭取最大的優勢。

原本局勢也的確在他的掌控中，GD因為陣容的問題，前期也被壓的很慘。可是問題卻出在了他們上路的菜菜身上。原本在開局第二分鐘的時候，大樹配合著小飛殺掉了小熊拿下一血，本來WAWA是有優勢的，但是後來菜菜竟然被王月明連續單殺兩次。而眾所周知，王月明是順風局裡爆發力很強的選手，他越戰越勇，導致WAWA上路直接被他打崩。即便李煜城打得很穩，但是不到三十分鐘，三核已崩一核，劣勢盡顯。

對比WAWA，GD的三核陣容就要穩得多。上路優勢自不用說，中路小熊從英雄到技術上都比小飛要強，雖然沒有很大的優勢，但是也一直壓制著小飛，至於鐘銘就不用說了，周彥兮的輔助很到位，幫鐘銘創造了足夠大的發育空間。

比賽進行到三十分鐘時，李煜城已經可以依靠著裝備優勢反哺隊友了，這原本是他們陣容爆發最強的時候，但是因為上中兩路劣勢太大，難以挽回。所以到四十分鐘時，鐘銘的梅杜莎直接接管了比賽，連續拔掉下路兩塔，不到一小時拿下了比賽。

差不多是與此同時，另外兩場比賽也已經有了結果。80 Gaming依舊是取得了勝利，順利拿到西雅圖門票。這樣一來，GD總積分第二，和分別取得第三的WAWA，還有第四、第五的EW和FNL將進入明天的淘汰賽。

雖然沒有拿到冠軍，但是剛剛打贏了WAWA，這對GD眾人來說絕對是莫大的鼓舞。大家都很開心，只有鐘銘冷冷清清的，看不出情緒。

周彥兮看了看有說有笑的周俊他們，又看了看一言不發的鐘銘，心裡也沒那麼高興了。記得鐘銘曾經說過既然要來就一定要拿到冠軍回去，但是她知道，全隊除了他怕是誰也沒有真的認為他們可以拿到冠軍。相反，現在的成績幾乎比他們的心理預期還要高少很多。但是不知道為什麼，周彥兮就是知道，對於這個全國冠軍，他是認真的。所以此時，他雖然面上無波無瀾，她也可以清楚地感知到他的遺憾。

「銘哥。」她輕聲叫他。

鐘銘回過頭來看她，她立刻朝他咧嘴一笑：「你不高興啊？」

鐘銘懶懶一笑：「沒有。」

周彥兮朝四周看了看，休息室裡亂哄哄的，應該沒有人注意到他們。

她於是上前扯了扯鐘銘的袖子，在鐘銘再一次回頭看她時，有點不好意思地問他：「如果能拿到世界冠軍，那有沒有拿到全國冠軍是不是也無所謂了？」

鐘銘沒有立刻回答她的問題，而是怔怔看了她片刻，半晌才又笑了起來。

他根本沒有回答她的問題，但是周彥兮知道，自己的目的已經達到了，鐘銘的心情似乎真的好了起來。

身後周俊看到這一幕便問她：「姐妳剛才跟銘哥說了什麼？他心情好像還挺不錯的。」

周彥兮：「我能說什麼？肯定是贏了比賽高興唄。」

GD的車子早早等在了側門處，只是這次眾人沒想到今天的側門也有這麼多媒體。他們幾人一現身就被人攔住了去路。還好鐘銘早有準備，帽子和口罩都還戴著，但是周彥兮一時大意並沒有戴口罩，等她反應過來的時候，正感覺到眼前猛地一亮，不知道是來自哪臺相機的，快門已經按下，她特寫的正臉照已經被人拍下來了。

鐘銘見狀連忙將周彥兮護至身後，一邊替她遮擋鏡頭，一邊在眾多粉絲中替她開闢出一條道路來。最後將她護送著上了車，拉著她直接坐到了車子最後排。

除了他們兩個以外，GD的其他人倒是不介意這些，王月明和周俊甚至還很親切友好地跟粉絲打著招呼，在車下拖延了半天才上車。

一刻鐘後，車子終於駛出賽場匯入滾滾車流，這才甩開了粉絲。

這時候，疲憊了一天的眾人也都安靜了下來，只有坐在中間那排的周俊和王月明偶爾低頭交談兩句。

鐘銘靠在椅背上閉目養神，而周彥兮想到剛才閃光燈閃過的感覺心裡總是毛毛的。

其實她知道，比賽期間肯定有人拍照錄影，但是因為賽場很大，臺下的粉絲應該是看不清臺上的選手的，所以要想看清選手的臉只能靠著賽場的攝影機投影到大螢幕。

不過比較奇怪的是，這麼多場比賽下來，周彥兮看過所有的重播，發現他們隊只有小熊、周俊和王月明在大螢幕上出現過。也不知道為什麼，攝影機每次都是匆匆掃過她和鐘銘，只給一個側影，或者是低著頭看不清臉的角度。

不過不管是什麼原因，她都一直慶幸著，但是剛才還是沒能躲過去。

心裡正七上八下，坐在她前面的周俊突然叫了一聲：「姐，妳要紅了！」

真是怕什麼來什麼，周彥兮立刻就有了一種不好的預感。

周俊回過頭把手機遞給周彥兮：「妳自己看吧。」

周俊的手機螢幕上正停留在某個遊戲論壇，周彥兮拿過來翻了翻，很想哭。

這才多長時間，她剛才從賽場出來的照片就被傳到了網路上，而且還已經被頂成了熱門貼文。再看那幾張照片，她臉上的表情足可以用「呆滯」兩字來形容，連續數張，不是茫然的就是彷徨的，一點也不生動、一點也不可愛！而且打了一天的比賽，身體狀態也已經到了一個極限，頭髮淩亂，臉色憔悴……

周彥兮一張張地看過去，贏了比賽後的好心情一點點消失。她雖然很害怕在公眾面前暴露自己，所以明明知道一個職業選手要面對什麼，但是在那之前，她就像一隻鴕鳥一樣自欺欺人的逃避。但是對於這一天，她也一直在給自己做心理建設。說實話，在他們一點點在比賽中穩固戰隊實力和地位的時候，她最初的那種擔憂也逐漸消失。只是她怎麼也想不到，自己的第一次正式亮相會是這種情況。

「這些人怎麼搞的？傳別人的照片也不幫人修一修圖。」

「噗！」本來還有點伹心她的周俊聞言笑噴。

車上眾人也都像看白癡一樣回頭看著她。

周彥兮卻沒有管大家怎麼想，專注地看著下面的留言。

『妳回首一顧，我連我們以後埋在哪都想好了。』

『房子登記妳的名字、我媽會游泳、生不生隨妳、難產保大的、孩子跟誰姓都行、生男生女都一樣、不和爸媽一起住、銀行卡歸妳、買買買買買！』

『明人不說暗話，姑娘，在下喜歡妳。』

這都是什麼啊……

周彥兮又翻了幾頁，內容大同小異，可是突然有一則留言一下子就吸引了她的注意力。

『你們沒發現嗎？倒數第二張裡，她和影神好像是牽著手的。』

這一則留言把周彥兮嚇了一跳。連忙又返回去看，看到倒數第二張，正是鐘銘將一臉茫然的她護在身後，而在照片的最下面露出兩人半個手腕，可以隱約想像得到，在照片外那兩隻手是牽在一起的。

周彥兮的腦中有一瞬間的空白，然而當她仔仔細細去回憶當時的情形，卻發現自己可能是太緊張太無措了，那幾秒鐘究竟發生了什麼，她完全沒有印象。但無論當時情況是什麼樣，她的心裡卻早已有什麼東西化開了。

她的目光不由得停留在照片中那個男人的臉上，雖然帶著帽子口罩，但是一副黑亮的眼眸依舊波光流轉，只是那裡面透著些讓人不敢靠近的淡漠和不悅。

她悄悄回頭看身邊的人，發現他不知道什麼時候已經睜開了眼，也在看手機。

周彥兮偷偷掃了一眼，好像是在看訊息，並不是她看的這個遊戲論壇。

她鬆了口氣，把手機還給周俊，隨口抱怨了句：「無聊死了。」

其實早在周彥兮拿著手機給周彥兮看時，鐘銘就已經醒了。

他也早就猜到周俊看到的是什麼，但還是忍不住想去網路上看看情況。而就在這時，他的手機進來一則訊息。打開看，來自李煜城。

李某人：『恭喜啊！』

Shadow：『你今天也不錯。』

李某人：『別安慰我了，輸給TK又不丟人。』

『你這心態還不錯。』

『一般吧，論心態肯定不如你，情敵都千千萬了，還有心思打趣我。』

『……』

李煜城剛在鐘銘那裡栽了一局，正想在別的地方找回來，於是再接再厲道：『手都牽上了還想說沒事？我記得有人說過很多如今看來都很打臉的話啊，想不到我們TK教主也有今天哈哈哈哈哈哈。不過她一出現倒是把所有人的注意力都吸引過去了，你雖然腦袋上有點綠吧，但好歹沒人注意你的身分了。』

看到這裡，鐘銘不由得微微皺了皺眉。

周彥兮作為唯一的女性職業選手，她的存在必然會隨著她慢慢打出成績而掀起軒然大波。這早在簽下她時就已經想到了。只是真的到了今天，雖然還算不上什麼大風浪，就是個小浪花也足以讓他不爽了。是擔心她比賽狀態受到影響嗎？或許是吧。

李煜城還在喋喋不休。

『你們確定關係了？』

『什麼時候的事？』

『到哪一步了？是不是已經把人辦了？』

Shadow：『你見過紅色驚嘆號嗎？』

李煜城一愣，回了個問號。緊接著，他發現自己傳出去的那個問號前面多了個紅色驚嘆號，下面還有一句系統提示「訊息已傳送，但被對方拒收了」。

他反應了半秒鐘，不由得「靠」了一聲。這就把他拉黑了？他又試了幾次結果還是一樣。他氣沖沖地撥電話給鐘銘，但直接被掛斷了。

他聽著「嘟嘟」忙音冷笑著傳了一則簡訊：『別說你對人家沒什麼齷齪想法，沒有的話，你心虛什麼？』

第十八章 淘汰賽

第二天的淘汰賽，GD要打第一場。眾人都以為鐘銘會選擇和積分最低的FNL打，但是鐘銘卻選擇了EW。不過有了上次的經驗，知道EW再也不是之前的佛系戰隊了，GD採取的策略也就有了相應的變化。而最終，EW終究是實力不夠，輸掉比賽，進入敗者組。

而另外一場WAWA和FNL的比賽就打得有點焦灼。比賽都持續一個小時了，終於在李煜城抓住了對方打復活盾的空檔，帶著隊友一起推上高地，最後贏得比賽。

按照淘汰賽的規則，GD和WAWA進入勝者組，EW和FNL進入敗者組。而在敗者組的隊伍再敗一場的話就會直接被淘汰。所以下一場比賽中將從EW和FNL中淘汰一支隊伍。

休息室裡，李煜城問鐘銘：「你覺得下一個會是誰被淘汰？」

鐘銘掃了一眼角落裡氣勢低靡的幾個少年：「你說呢？」

李煜城嘆氣：「看來今天以後，EW就真的沒有LOTK分部了。」

結果不出所料，EW狀態不佳，一場四十分鐘的比賽，隊員包括大哥錘子在內，頻頻失誤，最後直接被FNL淘汰。

而另一邊，是GD和WAWA在全國公開賽的最後一戰。勝則拿到進軍國際賽的第二張門票，敗則和敗者組的獲勝隊伍爭奪外卡賽名額。

外界不知Shadow是什麼人，只知道GD作為一支僅僅拿過平臺夏季賽冠軍的新戰隊能走到今天這一步，已經算得上是非常傲人的成績了。而對比起之前打平臺賽時，他們的確更默契、更專業、更有爆發力，也更讓人生畏。尤其是Shadow的操作，讓所有人眼前一亮，堪稱所向披靡。同時因為他還沒有在公眾面前露過正臉，所以不免有人會猜測他曾經確實供職於某個職業隊，不過從其他隊那些在休息室和他打過照面的隊員那瞭解到，在這之前幾乎沒有人見過他。難道真的是蟄伏多年一鳴驚人嗎？

然而比起這一點，更讓廣大粉絲關注的是GD的女隊員周彥兮。周彥兮的照片一曝光，幾乎是一夜之間，她就成了眾人口中的LOTK女神，淘汰賽第二場還沒開始，就有廣告商的電話打到她手機上，想和她談產品代言的事情。

關於GD的傳聞沸沸揚揚的，GD內部也不是一點都沒受影響。

周彥兮因為一個失誤，在比賽開局第二分鐘的時候，直接送掉了一血，緊接著，配合脫節，在第六分鐘的時候小熊千里迢迢來下路埋伏，三打二卻生生讓李煜城逃掉。

這樣一來，GD這邊的氣氛就變得有些壓抑。尤其是周彥兮，從昨晚到現在，一想到有千千萬萬的人在盯著她看，她就忍不住焦慮緊張。在第十分鐘的時候更是連帶著鐘銘一起被李煜城擊殺，讓李煜城成功完成一次雙殺。

兩人的英雄雙雙倒下，周彥兮盯著自己英雄復活的倒數計時讀秒，餘光卻瞥見鐘銘的手在檯子上摸了一下。她知道這是他下意識的動作，每次遊戲打得焦灼的時候，他就會想抽根菸。

周彥兮不敢看他，卻聽到他突然說：「剛才掉以輕心，害妳也死了。」

的確，如果剛才鐘銘將大招放出來，結果可能會翻轉，但是那也是她走位出錯在先。

周彥兮聞言不由得看向鐘銘，見鐘銘也正在看她：「知道我為什麼會掉以輕心嗎？」

「為什麼？」

「我害怕。」

開什麼玩笑？他也會害怕？

鐘銘像是看穿了她的心思，笑了一下說：「是真的害怕，怕妳輸了哭鼻子。」

周彥兮的呼吸不由得一窒。她覺得自己的眼眶已經紅了。

「所以我們不能輸。」他說。

而就在此時，兩人的英雄已經雙雙復活。

周彥兮深呼吸，點點頭，目光重新回到電腦螢幕上，跟著鐘銘出發。

後半場的比賽，GD重新找回了節奏。鐘銘將突破口定位在小飛身上，在周家姐弟的配合下完成了幾次針對小飛的Gank，上路王月明趁著中下兩路發生團戰時迅速推塔，早早將上路高地塔和兵營拔掉，派出了超級兵。

至此WAWA的三路中也只有李煜城的下路還在堅持，但是越來越大的經濟差距已經讓所有人提前看到了比賽結局。

比賽進行到五十分鐘時，李煜城曾帶領著自己輔助以少敵多，力挽狂瀾，完成一次三殺將局勢稍稍扳回一些。

但是LOTK是個五人遊戲，而如今的版本在高規格的比賽中，也不是大哥一人可以接管比賽的時候了，所以最終在七十二分鐘的時候，WAWA終究無法扭轉敗局，輸給GD。

後來有媒體評論這一場比賽，說兩家Carry的操作都無懈可擊，只是比起李煜城，鐘銘更幸運些，遇到了屬於他的隊友。

比賽結束，周家姐弟，甚至包括王月明在內都還不敢相信，他們竟然戰勝了WAWA，亞洲LOTK數一數二的隊伍！但從臺下傳來的歡呼聲和晃動的應援牌提醒著他們，這不是夢。

主持人宣布獲勝一方為GD，按照慣例，離場前兩隊隊員握手道別。

鐘銘走在最前面，和WAWA眾人握手。但明顯感覺得到他們的氣氛不太對。他們似乎還不敢相信，自己竟然真的在大賽上輸給了曾經並不被自己放在眼裡的GD，似乎也忘記了WAWA也曾是一匹黑馬，在眾人的意料之外，將世界冠軍獎盃收入囊中。

鐘銘雖然感覺到了對手的不服氣，但他完全沒有當回事，都是以一笑回應。

李煜城來到鐘銘面前，雖然輸了，他卻是笑著的。

他看著鐘銘，還是那副不太嚴肅的樣子：「意料之中啊。」

鐘銘深深看他一眼，回了句：「承讓。」

所有的賽程只剩下最後一場比賽，WAWA和FNL競爭這次全國公開賽的第三名，也就是國際賽外卡賽的參賽名額。而WAWA雖然前後輸給80 gaming和GD，但是比FNL還是更有實力，所以最後一場，WAWA毫無懸念地拿下了比賽。

比賽全部結束，還有一個頒獎儀式。休息室裡的GD和80 gaming的眾人便在主辦方的引導下重返主賽場。

這是周彥兮第一次去領獎，而且自從他們拿到亞軍後，討論她的文章就更多了，就連她那個認證都沒有做的社群帳號也被人翻了出來。以前不知道紅是什麼概念，到了此刻，她才覺得有點高興，也有點害怕。

心裡正七上八下，一回頭，才發現原本跟在她身後的鐘銘竟然不知去向了。前後看了看，還真的不見人影。眼見著就要進會場了，周彥兮有點著急：「月月你們看見銘哥了嗎？」

王月明也才注意到鐘銘不見了，他和周俊立刻開始東張西望的找人，可直到他們上臺，也沒等到鐘銘回來。只有小熊似乎早有預料，從始至終不著急也不奇怪。

直到頒獎結束，鐘銘也沒有再出現。更奇怪的是，主辦方好像也早就知道似的全程沒有提起GD隊長鐘銘，最後還是小熊代表GD講了幾句話。

從頒獎臺上下來，周彥兮立刻讓周俊打電話給鐘銘。

周俊小聲嘀咕了一句「妳怎麼不打」，但還是老老實實撥了電話。周彥兮自始至終在旁邊聽著，聽到弟弟電話被接通這才放下心來。

周俊問了句「銘哥你人在哪」，後面也沒再說什麼，只是簡單應了兩聲，掛斷了電話。

周彥兮見周俊掛上電話立刻問：「他在哪？」

「剛才他有點事就沒趕上頒獎，現在在休息室等我們。哦對了，讓妳不要和我們一起回休息室，直接去北門等著。等一下我們先從東門上車，再去北門接妳。」

周彥兮愣了愣，但很快也明白了鐘銘這樣安排的用意，心裡不禁暖暖的。

李煜城剛掛斷電話就聽到有人敲門，他說了聲「進來」，回頭看，是小飛。

小飛站在門前也不進來，低著頭，像個犯了錯的孩子。

李煜城悄悄嘆了口氣問：「怎麼了？」

小飛猶豫了一下說：「城哥，今天是我錯了。」

在今天那局關乎WAWA的生死之戰中，WAWA的眾人表現都不算好，但是出錯最多的確實就是小飛。要是以前，李煜城等不到回基地就會把他拎出來痛罵一頓了，但是今天從那場比賽結束到現在，他沒有責備過小飛一句。

李煜城的一反常態倒是讓小飛有點坐不住了，回到基地後，在他房門外忐忑徘徊了很久，最後還是決定自己送上門來，就是為了圖個心安。

然而，李煜城卻只是問他：「你覺得你哪裡錯了？」

小飛想了想，把以前李煜城總說他的那幾點重複了一遍。

李煜城點點頭：「你的問題你自己比我清楚。強中自有強中手，以後還是要更謙虛謹慎點。」

小飛聽著這不痛不癢的勸誡，心裡依舊不是滋味：「城哥，求你別來『語重心長』這一套了，還不如罵我幾句更痛快點。」

這話倒是引得李煜城笑了：「你這小子就是欠練！不過我今天沒力氣罵你，趕快滾去睡吧。」

雖然還是沒有挨到罵，但這才是小飛所熟悉的那個李煜城。

小飛鬆了口氣，也笑了：「那我先去睡了。」

臨走前，小飛又想起什麼回頭對李煜城說：「城哥你放心，我保證這段時間會好好訓練，國際賽上一定不再犯這些錯誤。」

李煜城有一瞬間的失神，面前這大男孩鬥志滿滿的神情，讓他彷彿看到了幾年前的自己。

他突然覺得無比灰心，終究還是沒有忍住說：「如果到時候我沒辦法參賽，你也要記住你今天的話。」

小飛不由得一愣：「什麼意思？」

李煜城無所謂地笑了笑：「我年紀大了，搞不好在那之前就退役了。」

小飛以為自己聽錯了：「為什麼？就因為我們輸給了ＧＤ？但是進入外卡賽也還有機會在國際賽上拿個好名次啊！」

「不光是因為這個。」

「那是因為什麼？」

李煜城想了想說：「在那場比賽中，我們每個人都對那個結果有責任，當然也包括我——你們把希望寄託在我的身上，可是我終究讓你們失望了。」

想到剛才老闆在電話中說的那些話，雖然難聽，但是他想想也不全是錯的。可能他李煜城的思考方式的確不適合現在的ＬＯＴＫ了。

之前他總覺得ＷＡＷＡ的隊員雖然也不差，但是資質上算不上頂級選手，在時下多核戰術日趨成熟的環境下，他們卻在大多數時候依舊還是堅持四保一的打法，一方面是大部分隊友資質有限，另一方面也是他剛愎自用太相信自己。

這樣一來，在高水準的比賽中，他們的打法就很容易翻車。就像和ＧＤ的那一場，他的確靠著隊友對敵人的牽制以及扎實的基本功讓自己成功發育起來了，可是在對方高輸出英雄有兩到三個的時候，他以一人之力又怎能將局面反轉？

想到這些，他不是不自責，但是對自己的隊友也不是沒有想法的。究竟是誰斷送了誰的冠軍夢？他們明明不如別人操作好，可為什麼不能更勤奮一點？聰明如小飛，又為什麼不能再虛心謹慎一點？

但是想到這些人平日裡對他的信任和依賴，所有的一切也只化為了遺憾和不捨。

小飛見李煜城不像是在開玩笑，眼眶立刻就紅了：「城哥你要是退役了，我也不打了！」

見小飛這樣，李煜城也不好受：「說什麼傻話？我退役是因為我年紀大了打不動了，你正是前途無量的時候說什麼退役？」

李煜城要離開，這在小飛看來就是他拋棄了他、拋棄了他們。這兩年WAWA的成績雖然一般，但是今年開始，他明顯感覺到了隊友的努力和隊伍的進步。東山再起不是沒有希望，可是這時候他們最最依仗的人卻說自己要退出了。

小飛失控地吼道：「沒有你我們還會有什麼前途！」

他這一嗓子音量不低，之前就隱約聽到他們爭吵的其他人此時聽清楚了這句話，都從房間裡出來，站在不遠處看著他們兩人。

李煜城沉默地看著眼前的大男孩狠狠抹了一下眼睛，他不是不難受的。

小飛進入WAWA時才十七歲，李煜城是看著他成長起來的，看著他年少成名，雖然也浮躁不羈，但是對他的話始終唯命是從。而他輸了比賽沒有哭過，被他罵得狗血淋頭也沒有哭過，卻聽說他要退役的時候哭了。他不是不動容的，但是他知道，自己不能表現出來。

良久他淡淡地說：「事情還沒有最後確定，但是不出意外的話，俱樂部那邊會找合適的人來替代我的位子，在這之前我還會留在隊裡，跟大家一起訓練。」

說到這裡，他從小飛臉上移開視線，掃了一眼其他幾人，這群昔日的好兄弟們，一向熱情開朗的傢伙們，此時也都沉默著。

氣氛無比凝重，但李煜城還是硬著心腸沒有流露出一點情緒，對眾人說：「都回去睡吧，其他事明天再說。」

然後不再理會其他人，轉身關上了房門。

第十九章　解圍

ＧＤ眾人回到基地後才後知後覺地想起一件事：「我們的獎盃呢？」

眾人紛紛看向小熊，因為當時是他代替隊長鐘銘捧回了獎盃。

小熊淡淡掃了鐘銘一眼：「進了休息室我就給銘哥了。」

被點到名的某人似乎一點也不覺得有什麼好著急的，一邊往樓上走，一邊回了身後眾人一句：「我也忘了放在哪了？」

「什麼？」周俊第一個跳了起來，「銘哥！這可是我們第一個大賽獎盃啊！好不容易打回來的，不能就這麼丟了！你可要好好想想究竟放到哪了？」

鐘銘依舊是那副四平八穩的樣子，背對著周俊擺了擺手說：「沒那獎盃大家也知道你拿了個亞軍，有什麼好著急的？」

「話是這麼說，可是……」周俊話沒說完，鐘銘已經進了房間並且關上了房門。

小熊見狀，只是安撫性地拍了拍周俊的肩膀。

王月明深深望了一眼樓上鐘銘的房門，什麼也沒說進了自己房間。

最後剩下周家姐弟，周俊莫名其妙地回頭問他姐：「難道只有我在意這個獎盃嗎？他們什麼意思？」

周彥兮難得聰明一次說：「聽銘哥那話的意思，好像對拿到亞軍這件事感到很恥辱。」

周俊皺眉：「可是我們是第一次參加這種規格的比賽啊，第一次就能拿到亞軍的成績這已經算是前無古人了。銘哥這自我要求……會不會有點太高了？」

周彥兮聽弟弟這麼一說，也不由得遲疑了一瞬，但也只有那麼一瞬間，她就又想起之前鐘銘對她說過的那些話。

「既然總有人會贏，那為什麼不能是我們？」

「我不喜歡淘汰賽，最好兩天結束比賽。」

想到這些，周彥兮很堅定地選擇了相信自己的感覺。

「我覺得這並不是要求太高。」她無比認真地點了點頭，「我相信銘哥，他既然認為我們有能力拿冠軍，那我們沒有拿到冠軍，就是我們的失誤。」

周俊很少見周彥兮這麼一本正經的說話，像看怪物一樣看著她。正想著奚落幾句，卻看到鐘銘不知什麼時候已經走到了她身後不遠處，也不知道有沒有聽到自己說他要求太高那話，於是怯生生地叫了聲「銘哥」就一溜煙鑽回了自己房間。

周彥兮不知道身後有人，被周俊這一叫嚇了一跳，倉皇間回頭看，正見鐘銘已經換了身居家服，懶懶散散地從樓上下來。

周彥兮想到自己剛才說的話，也緊張了起來。她就像被施了定身咒一樣呆呆地看著他由遠及近，走到她的面前。好在他只看了她一眼，並沒有什麼不尋常的表情。

周彥兮略微鬆了口氣，正當她以為他會直接從她身邊走過去時，他卻突然停住了腳步，微微低頭看著她說：「想不到妳的覺悟還挺高。」

為什麼要離她這麼近？為什麼要刻意把聲音壓那麼低？

周彥兮愣了愣：「啊？」

鐘銘已經恢復如常，笑了笑說：「表現不錯。」

丟下這一句，她也就沒再理會還在發呆的周彥兮，走進了廚房。

周彥兮怔怔看了他片刻，這才回過神來，但卻發現自己竟然心跳很快。她不敢再多停留，連忙轉身朝樓上去。

走到二樓時險些跟另一個人撞了個滿懷。一抬頭才發現小熊正倚在樓梯扶手邊，不知道已經在那站了多久了。

周彥兮沒好氣：「你們一個個怎麼都來無影去無蹤的？」

小熊卻似笑非笑地問周彥兮：「什麼感覺？」

周彥兮納悶：「什麼『什麼感覺』？」

「剛才他靠近妳時……」小熊朝著樓下廚房的方向瞥了一眼，「有沒有心跳加快、興奮不已，甚至出汗臉紅？」

周彥兮回想剛才……是有點緊張……但她不想對小熊承認，狠狠瞪了小熊一眼：「你無聊不無聊，問這個幹什麼？」

小熊卻已換上了一副洞穿一切的表情：「愛的表現——腎上腺素使妳怦然心動。」

又來了……周彥兮頗為不屑地冷笑：「我知道你是學化學的，但我也知道，你就是一個標準的學渣，裝什麼學霸！」

小熊也不生氣，只傲嬌地朝著閨密翻了個白眼：「白癡，我們走著瞧。」

周俊對獎盃遺失一事一直耿耿於懷，第二天又打電話給大賽主辦方問有沒有人撿到被他家隊長「不慎」弄丟的亞軍獎盃。主辦方承辦大賽多年，也是頭一次遇到這種事，立刻聯繫賽場工作人員幫助尋找獎盃。

當天下午，就有工作人員聯繫到周俊，說是昨天比賽結束後，好像有人在選手休息室外的一個公共區域見到過一個獎盃，但是不知道被誰拿走了，打掃賽場的時候就沒再看到。但是這事也算是個不大不小的事，這個消息回饋到主辦方後，主辦方立刻在官方平臺掛出了尋物啟事，請撿到獎盃的人聯繫GD某工作人員。

這種大規模的比賽竟然會有人把獎盃弄丟了，粉絲們也紛紛表示稀奇，有人猜是GD的競爭對手不懷好意，趁GD眾人不備偷拿了獎盃，也有人猜是GD出了內鬼，故意丟掉獎盃讓戰隊尷尬，當然也有極個別的人會猜，GD對這個亞軍的成績或許並不滿意。

大家說什麼的都有，不過這也成了繼周彥兮照片被曝光後，GD被帶的又一波節奏。

但GD的隊長鐘銘好像完全不關注這些，自從回到基地後就再也沒有提過獎盃的事情。

國際賽的時間一般是在來年的七月份，所以眾人還有半年的時間備戰。

全國公開賽後，大多數戰隊都會有一段假期，GD也不例外，有七天假。但是因為大賽過後鐘銘替大家又接了一些工作，所以眾人雖然是處於休假狀態，但也都不能離開B市，像王月明這種家在外地的，就還住在基地裡。

這一天是假期前的最後一天，大家早就說要在放假前聚一聚，好歹他們也拿到了個全國亞軍，鐘銘不能一點表示也沒有。

當周俊委屈地把自己的想法說給鐘銘是，鐘銘只是說：「我沒意見，地方你們決定。」

王月明接完一個電話從房間裡出來，聽到的正是這句，於是半開著玩笑地問鐘銘：「那是不是多貴的地方都可以？」

鐘銘還是那副無所謂的神情：「選好地方告訴我。」

於是王月明和周俊就湊在一起討論去哪裡好，其他都不重要，關鍵是要貴，襯得起他們隊長的身分！

小熊心情不錯，坐在沙發上邊修著指甲邊聽旁邊兩人商量去哪，偶爾也插上一句。

「瞧你們那點出息？這種消費水準算哪門子貴？」

「周俊，你跟你姐真的是同一對爹媽養大的嗎？怎麼感覺你是吃草長大的，一副沒見過市面的樣子。」

周俊聞言也不生氣，還很坦然地說：「我們家是暴發戶，跟熊哥你這種貴族沒辦法比啊。」

眾人最後確定好去一家日本料理店吃飯，鐘銘對此沒有意見。但是幾人收拾好正要出門時，才意識到好像少了個人。

周俊一拍腦袋：「忘了把我姐叫醒了！」

他正要上樓，卻被鐘銘叫住：「等一下我叫她吧，你們先走，我和她晚點到，反正也要分開走。」

周俊也沒有多想，說了聲「好」，就張羅著小熊和王月明出門。

周俊他們走後，鐘銘沒有立刻去叫醒周彥兮，而是先去洗了個澡。差不多半小時以後，他從房間裡出來，而隔壁周彥兮的房裡依舊一點動靜都沒有。

他敲了敲門，沒有人應，乾脆推門進去。

天色已黑，房間裡更是黑漆漆的。不過借著走廊裡的燈光依稀可以看到床上有一團東西在他推門進來時不安地動了動。

鐘銘伸手打開燈，房間裡驟然亮堂了起來。鐘銘這才看清楚床上某人略微銷魂的睡姿。

周彥兮的睡相一向不怎麼好看，此時她上半身正背對著鐘銘側躺著，下半身卻是趴著的，活生生把自己擰成一個麻花。而被子蓋到的地方也只有臉，一頭烏黑如緞的長髮雜亂無章地散落在床上。

好在因為天氣冷，她穿得不少，一身粉色的珊瑚絨睡衣鐘銘之前就見過，只是因為睡姿的緣故，上衣微微捲起，正露出半截白皙纖細的腰肢來。還有一雙瑩白的小腳，此時正光溜溜地搭在床邊。

鐘銘彎腰撿起掉在地上的枕頭隨手丟在床上。

周彥兮被綿軟的枕頭砸了一下，幾不可聞地悶哼了一聲，但是始終沒有醒來的跡象。鐘銘就那樣雙手插在褲子口袋裡在床前又站了片刻，然後抬起一隻腳，在某人的屁股上輕輕踢了一腳。

周彥兮哼哼兩聲依舊沒有醒來。鐘銘又踢了兩腳，她這才把頭上的被子扯了下來，轉向鐘銘這邊。

全國公開賽從海選到最後的決賽，持續了將近一個月的時間。這一個月裡，周彥兮一直處於高度緊張的狀態，沒睡過一個安穩的覺。終於等到比賽結束，她一放鬆下來才感覺到整個人無比睏乏。從昨晚回到基地開始就悶頭睡覺，一直睡到今天中午，起來後就到了午飯時間。誰知道吃飽了又覺得睏，想著再睡個午覺，結果一睡就睡到了太陽落山。

她迷迷糊糊地睜開眼，映入眼簾的正是一雙穿著休閒褲的長腿。她的大腦還處於當機狀態，完全沒意識到站在面前的人是誰。她順著那雙腿往下掃了一眼，腿的主人光腳穿著一雙皮質的居家拖鞋。

等等，這拖鞋怎麼那麼眼熟？

下一秒，周彥兮立刻從床上彈了起來。然後又胡亂擦了擦嘴。

鐘銘臉上沒什麼表情：「趕緊收拾一下，出去吃飯。」

周彥兮瞥了眼窗外，這才意識到自己已經睡了好久了，於是不好意思地「哦」了一聲。

鐘銘抬手看了眼時間：「十五分鐘。我在樓下等妳，十五分鐘內下來。」

「好。」

鐘銘又瞥了一眼她身上：「降溫了，多穿點。」

「哦，好。」

鐘銘的話讓周彥兮心裡暖暖的，但是又想到剛才鐘銘不知道在這裡站了多久，還有自己一向被老周家人詬病的睡相……只能祈禱他並沒有看到什麼吧……

然而就在這時，已經走到房門口的鐘銘卻突然笑了一聲。

周彥兮不明所以地抬頭看。

鐘銘似乎是嘆了口氣：「想不到所謂的『女神』竟然是這種睡相。」

周彥兮：「……」

怕鐘銘等太久，周彥兮只是簡單洗了個臉換了身衣服就下了樓。

鐘銘見她下來，不由得皺了皺眉。

她很敏銳地察覺到自家老大的不滿，可是她明明沒遲到啊。

「我不是說降溫了嗎？」

她低頭看了眼自己身上的大衣：「開車的話，還好吧？」

「給妳三分鐘時間，上去換羽絨服下來。」

周彥兮很喜歡今天這件大衣，本來還想再爭取一下，但是眼見著鐘銘的耐心似乎馬上就要用光了，於是乖乖上樓換了件羽絨服出來。

鐘銘對周彥兮的反應滿意了，一路上也沒再說什麼。

車子快要駛入城中公園時，周彥兮才想起來問：「不是去吃飯嗎？怎麼來這了？」

鐘銘一邊開車一邊說：「周俊選的地方，公園裡有家日式料理店不錯。」

「哦。」周彥兮這才想起來，之前好像來過。那家日式料理店建在公園內的一處密林和人工湖之間，以環境幽靜聞名，不過價格也不低。雖然是周俊選的地方，但是能選在這裡，肯定也是鐘銘首肯的。

周彥兮小心翼翼回頭看他。

他像是有感知一樣，問：「看什麼？」

「你不生氣了？」

鐘銘神色一頓：「我為什麼要生氣？」

「我們沒有拿冠軍。」

「這個啊……」鐘銘頓了一下說，「不瞞妳說之前是有一點，不過現在不了。」

「真的？」

「嗯。」鐘銘眼風帶笑地瞥她一眼，「就像妳說的，如果能拿到世界冠軍，那拿沒拿到全國冠軍也都無所謂了。」

不是鐘銘提醒，周彥兮差點忘了自己竟然還說過這麼勵志的話，心裡正有點志得意滿。卻聽身邊男人又說：「不過周彥兮，妳該不會只是跟我隨便說說的吧？」

周彥兮愣了一下，但神情很快嚴肅了起來：「不是。對於那個世界冠軍，銘哥，只要你說我們可以，我就相信我們可以。」

鐘銘不由得深深看向身邊的女孩，良久，他淡淡地「嗯」了一聲。

日式料理料店前面不遠處的樹林旁有十來個停車位，因為來這裡吃飯的人不算太多，所以車位也是空著的多。但是這天晚上，店裡生意好像特別好，一排車位只剩了三、四個。

車位附近只有一盞照明路燈，還是被搭建在停車場的一側，另外一側單靠這盞路燈根本照不到，遇上陰天情況，就基本上什麼都看不見。而空著的那幾個車位全是在這邊。

鐘銘隨便找了個還算寬敞的位子，正要倒車進去，餘光從後視鏡中瞥見了旁邊那輛車，突然就有些猶豫。但是也只是猶豫了那麼一瞬間，因為不停在這裡，也沒有別的地方停了。

周彥兮完全沒有注意到鐘銘的異樣，車子剛停穩就要下車，卻被鐘銘攔住：「等一下。」

「怎麼了？」她不明所以地回頭看他。

他猶豫了一下，朝著他們旁邊那輛車瞥了一眼，什麼也沒說。

周彥兮這才看向窗外。

窗外黑漆漆的夜色中只有隔壁一輛黑色轎車，不仔細看都快和夜色融為一體了，所以她第一眼幾乎什麼都沒看到，但是再一看，她才注意到，那輛車似乎在動……

她腦子空白了一瞬間，緊接著臉就紅了。如果剛才她直接下車，那麼那輛車上的人大概會被她嚇一跳吧。

她不好意思看車外，更不敢回頭看鐘銘。但是此時車裡太安靜了，就連鐘銘的呼吸聲她都聽得清清楚楚，再加上她雖然不想看，可餘光卻總是不自覺地留意到那輛車子起起伏伏越來越快的律動。

人生最尷尬的情況，大概莫過於此吧……

周彥兮怕鐘銘看出她的窘迫，故意做出無所謂的樣子，與此同時還試圖讓自己盡可能的離他遠一些。可車裡空間有限，她就算貼在門上，離旁邊那人也不足半公尺遠。

過了一會兒，那輛車終於停了下來。周彥兮悄悄鬆了口氣，回頭看鐘銘。鐘銘只是在低頭看手機，對車外發生的一切好像才是真的無所謂。

這時候，車外突然傳來開車門的聲音。眼見著一個女孩鬼鬼祟祟地從後排下了車。周彥兮的第一個反應就是放倒椅背直接躺倒。等看著那女孩從她身邊走過，並沒有留意到車上的她時，才又鬆了口氣。

等人走遠，她回頭看鐘銘。發現鐘銘正好整以暇地看著她：「在這種情況下，我該怎麼理解妳這舉動？」

周彥兮飛快地掃了一眼兩人此時的狀況——她躺在副駕駛座上，而他坐在駕駛座上正側過身俯視著她，並且因為在跟她說話，還特地配合她微低著頭，這感覺就像是他在「車咚」她，曖昧至極。

周彥兮只覺得臉更熱了，她連忙為自己辯解道：「我就是怕她看到我。」

「妳怕什麼？做壞事的又不是妳。」

「我怕尷尬……」

「所以現在不尷尬嗎？」

周彥兮閉上了嘴，她聽到自己的心跳聲越來越大越來越急，不知道離她這麼近的鐘銘能不能聽到。

她想通過調整呼吸來控制心跳，但是此時似乎連呼吸都是曖昧的舉動……

周彥兮平生第一次深刻的理解了「手足無措」這個詞。

還好就在這時，又一輛車子駛入了停車場。周彥兮趁著鐘銘抬頭看向窗外的空檔，逃也似的下了車。

她走得不慢，鐘銘好一會兒才追上她。

快到餐廳時，光線亮了起來，周彥兮聽到身後有年輕男人的說笑聲，大概就是剛才那輛車上的人。起初她沒有注意，但是等那幾人走近一點，她才聽到他們在聊什麼。

男人甲：「沒想到現在的WAWA這麼菜，一幫大老爺們打不過一個妹子，害老子輸了不少錢！」

男人乙：「妹子還好，厲害的是影神，不過那妹子長得不錯。」

男人甲：「是啊，可惜到現場看了幾場比賽都沒遇到她。」

男人乙：「呦，你小子動心了？」

男人甲：「男人嘛，視覺動物。」

男人乙：「你想見她還不容易啊？讓你家老爺子給他們投點錢，還怕見不到人？」

男人甲：「嗯，我看可行。」

男人乙：「不過打遊戲的妹子和學校裡或者酒吧裡的都不一樣，搞不好不吃你那套。」

男人甲：「有什麼不一樣的，都是漂亮小姐姐，其他人喜歡什麼，她自然也喜歡什麼……」

聽到這裡，周彥兮只想快點離開，可身邊男人卻突然停下腳步。她微微一怔，隱約猜到他要做什麼，回頭一看，果然見鐘銘臉色不好。於是連忙去拉他，然而拉了兩下沒拉動。

身後的人也越來越近，周彥兮幾乎是央求地看向鐘銘。

鐘銘神色中閃過一絲猶豫，終究還是不甘不願地被她拉著進了店裡。

直到被服務生引著到了包廂門口，周彥兮的心才漸漸落回了原處。正在這時，包廂的門忽然被拉開，裡面的三人和外面的兩人都不由得一怔。

裡面的人意外是因為沒想到門打開的一剎那看到的竟然是他家隊長和輔助手挽手的樣子。而外面周彥兮則是因為看到了裡面的人見鬼一樣的神情。

周俊先回過神來：「你們搞什麼？走紅毯嗎？」

周彥兮這才意識到自己的手還掛在鐘銘的臂彎裡，連忙訕笑著抽回來說：「就是想給你們一個驚喜啊呵呵……」

周俊嘴角動了動：「不好意思，只有驚嚇沒有驚喜。」

周彥兮尷尬地看了鐘銘一眼，好在他倒是一副無所謂的樣子，已經脫了鞋進了包廂，見她看他，還催促了一句：「傻愣著幹什麼？」

「哦。」周彥兮回過神來，連忙也脫了鞋進去，在鐘銘旁邊的空位子上端端正正地跪坐好。

對面的小熊將一杯水推至她面前：「來，喝口水。」

周彥兮感激地看了小熊一眼，接過水杯猛灌了幾口。

小熊看著她，突然問：「妳頭髮亂了。是出門前沒梳，還是剛在哪裡躺過？」

其實小熊有意調侃周彥兮，誰知周彥兮剛才的確是在車裡「躺過」，她一心虛就沒控制好，立刻被喝進嘴裡的水嗆到。

而小熊不說還好，他這一說，眾人的注意力又回到了周彥兮身上。

周俊那傻子還不怕事大的說：「是啊姐，我剛才就想說，妳看上去有點淩亂啊。」

周彥兮狠狠瞪向弟弟：「你閉嘴！」

周俊一愣，委屈地嘟囔了一句：「我又沒說什麼……女人真是不可理喻！」

幾個人你一言我一語地調侃周彥兮，周彥兮一個人勢單力薄，免不了會對某人心生不滿——明明被調侃的是他們兩個人，怎麼鐘銘就像沒事人一樣既不幫忙反駁，也不主動澄清？

還好這裡的菜品夠有吸引力，等一道道精緻可口的菜端上來後，眾人也就漸漸忘了這件事。

但周彥兮不喜歡這裡，主要是因為在這吃飯有點受罪，跪的時間長了腿都麻了。她藉故去洗手間，順便活動活動雙腿，可一出門才發現鐘銘也跟了出來。

剛才那尷尬的情形別人忘了，她還沒忘，看到鐘銘就反射性開始臉紅心跳，倒是不知道該說些什麼了。

「這麼巧啊銘哥。」

話一出口，周彥兮才覺得有點奇怪。

果然鐘銘笑了笑：「是啊，有點巧。」

「……」

還好他們那個包廂的位置離洗手間不算遠，沒走多久就到了。

一進到洗手間裡，周彥兮立刻打開水龍頭洗了個臉，讓自己漸漸冷靜下來。然後又故意磨蹭了一會兒，想著鐘銘應該已經回去了，才從洗手間裡出去。

然而一出門，她就傻眼了——靠在外面走廊牆上抽菸的不是鐘銘又誰是？

看到她出來，鐘銘慢條斯理地將還沒燃盡的半根菸按滅在旁邊的垃圾桶中，然後似笑非笑地說：「這麼巧。」

這梗他打算玩多久？

「呵呵……是啊……」

「那走吧，再不回去那幫傢伙不知道又會想到哪去。」

周彥兮欲哭無淚，既然想到了會被人八卦了，那他為什麼要等她一起回去啊？避嫌懂不懂？

然而就在此時，伴隨著遠處一間包廂門被拉開，年輕男人說話的聲音也漸漸變得清晰起來。

周彥兮立刻聽出來說話的人就是剛才在路上討論她的那兩人……這要是迎面遇上，對方肯定會認出她的！

周彥兮這邊還沒想到該怎麼辦，就覺得手臂上突然一緊，然後眼前一花，她整個人就被鐘銘壓在了牆壁上。那兩人也正在此時從他們身邊走過。而鐘銘俯下身來微微低頭，做出要吻她的樣子，成功擋住了那兩人的視線。

周彥兮心裡猛地一跳，條件反射地閉起雙眼，伴隨著一聲響亮的口哨聲，她原以為會發生的事情並沒有發生。

等她再睜開眼時，鐘銘已經鬆開了她，輕聲說了句：「走吧。」

「那個……等一下。」周彥兮叫住鐘銘。

鐘銘停下腳步回頭看她。

她覺得自己的臉還是很熱，問道：「銘哥，你剛才……什麼意思？」

鐘銘瞥了眼剛才兩人消失的方向，理所當然地說道：「幫妳解圍。」

啊？原來只是幫她解圍？周彥兮鬆了口氣，但很明顯，她覺得自己好像有點失望……

鐘銘微微挑眉：「怎麼了？」

她搖了搖頭：「沒什麼。」

「嗯，不用謝我。」

而在此之前，包廂裡的人左等右等都不見鐘銘和周彥兮回去，周俊正好也想去洗手間，就說出去看看兩人是不是迷路了。然而他剛出了包廂，就看到鐘銘將他姐壓在牆上吻的情形。

他突然就不淡定了，因為這在他看來是完全不應該發生的事情。

他第一個反應就是退回包廂，還順手拉上了門。

王月明見他這麼快就去而複返不明所以，再看他的神情覺得更奇怪了：「你那什麼表情？見鬼了？」

「差不多……哦不，沒什麼……」

小熊則若有所思地皺了皺眉，視線不由得掃向門口。

——未完待續——

高寶書版集團
gobooks.com.tw

YH 067
我的世界級榮耀（上）
作　　者　烏雲冉冉
責任編輯　吳培禎
封面設計　茵萊登曼特
內頁排版　賴姵均
企　　劃　鍾惠鈞

發 行 人　朱凱蕾
出　　版　英屬維京群島商高寶國際有限公司台灣分公司
　　　　　Global Group Holdings, Ltd.
地　　址　台北市內湖區洲子街88號3樓
網　　址　gobooks.com.tw
電　　話　(02) 27992788
電　　郵　readers@gobooks.com.tw（讀者服務部）
傳　　真　出版部(02) 27990909　行銷部 (02) 27993088
郵政劃撥　19394552
戶　　名　英屬維京群島商高寶國際有限公司台灣分公司
發　　行　英屬維京群島商高寶國際有限公司台灣分公司
初　　版　2022年 1 月

國家圖書館出版品預行編目(CIP)資料

我的世界級榮耀 / 烏雲冉冉著. -- 初版. -- 臺北市：英屬維京群島商高寶國際有限公司臺灣分公司, 2022.01
　冊；　公分. --

ISBN 978-986-506-336-8　(上冊：平裝)
ISBN 978-986-506-337-5　(下冊：平裝)
ISBN 978-986-506-338-2　(全套：平裝)

857.7　　110022476